고민정의 톡!톡!

재미있는 재단 맘대로 이사장
고민정의 톡톡

초판 1쇄 찍은날 2014년 7월 5일
초판 1쇄 펴낸날 2014년 7월 10일

지은이 고민정

펴낸이 최윤정
펴낸곳 도서출판 나무와숲 | 등록 2001-000095
주소 서울특별시 송파구 올림픽로 336 1704호(방이동, 대우유토피아빌딩)
전화 02)3474-1114 | 팩스 02)3474-1113 | e-mail : namuwasup@namuwasup.com

값 15,000원
ISBN 978-89-93632-32-3   03810

* 잘못 만들어진 책은 구입하신 서점에서 바꿔 드립니다.

재미있는 재단 **맘대로** 이사장

고민정의

나무와숲

그녀처럼 엉뚱하다는 말이 어울리는 사람이 또 있을까?

그녀의 삶은 늘 도발이다. 동기유발의 계기를 넘어서 우리에게 무거운 삶의 철학조차 별거 아닌 것처럼 웃음의 세계로 이끈다. 그래서 그녀가 이끄는 모든 사건과 생활의 철학은 유쾌하고 매력적인 엿보기가 된다.

그녀는 특별하다. 그녀 삶의 에피소드가 특별하다는 것은 어쩌면 그녀에겐 평범한 것일지도 모른다. 온통 반전으로 이어지는 이야기와 그것을 웃음으로 결과를 만들어 가는 그녀의 삶은 흡사 무대 위의 삐에로같이 우리에게 많은 드라마와 허를 찌르는 사유를 던져 준다.

가끔 멍하니 세월의 무게에 지쳐갈 때, 내 안에서 도저히 함께 살아갈 수 없는 갈등이 치솟을 때 바로 무한의 해결 본능으로 가득 찬 그녀의 삶을 들여다보자. 그 안엔 재미와 당찬 끼와 매력과 용기로 가득 찬 그녀의 우주가 있으니까……

원수연 _ 만화가

"세상에, 진짜 웃긴다!"
"넌 사는 게 무슨 시트콤 같니?"
"푸하하! 아니, 그런 상황에서 어떻게 그런 생각을 했어요?"

내 주변엔 참 고마운 사람들이 많다. 내 이야기를 재미있게 들어주니 얼마나 고마운 일인가. 이 책이 나올 수 있었던 것도 다 고마운 사람들 덕분이다.

이 책에 실린 글들은 어떻게 보면 한없이 개인적인 나만의 이야기일 수도 있다. 드라마 못지않았던 시월드와의 관계, 가부장적 아버지와 평생 헌신 하는 삶을 사신 어머니, 좌충우돌 미국 유학 생활, 내 나름의 육아 방식 등, 내 인생의 값진 경험들이 고스란히 담겨 있다.

책을 쓰기 전에 고민을 정말 많이 했다. 잠을 설칠 정도로 망설이고 고민하길 여러 날. 그래도 글로 남기는 게 좋을 것 같다는 결론에 도달했다.

우리는 살면서 수없이 많은 이야기를 듣는다. 때로는 상대방의 이야기에 공감하고, 때로는 '나라면 그때 조금 다르게 말했을 것 같은데?'라는 생각을 하기도 한다. 때로는 '와, 도대체 무슨 생각으로 저렇게 행동할 수 있었을까?' 감탄하기도 한다.

이 책에 담긴 내 이야기가 모든 사람들에게 공감을 주고, 또 재미있을 거라고는 생각지 않는다. 하지만 누군가가 여기에 쓰인 이야기를 읽고 공감하거나 마음이 울렸다면 더할 나위 없이 기쁘겠다.

2014년 6월
고민정

1

현명하게 살아라

귀머거리 3년,
벙어리 3년 하라고요?

"네 성질대로 살면 혼자 사는 게 맞다."

결혼한다고 말씀드리자, 어머니는 그 이야기부터 하셨다.

"결혼은 남의 집과 평생 함께 가는 거다. 결혼했으니까 맞추고 사는 게 필요하다."

이게 도대체 무슨 소리람? 나도 모르게 발끈해서 톡 쏘아붙였다.

"맞춰? 맞추고 어떻게 살아야 하는데? 나도 맞출 땐 잘 맞춰!"

"그게 아니고, 옛날엔 '귀머거리 3년, 벙어리 3년'이라는 말이 있다."

"뭐야, 엄마. 설마 이 시대에 나보고 그걸 하라고?"

"아니다. 사람 말을 끝까지 잘 들어라. 평생 시댁에 맞춰 살란 얘기 아니다. 그 옛날 말 퉁쳐서 5년이라고 셈 치고, 그 집 사람이 되어서 그 집 안의 말을 한번 들어 봐."

끝까지 잘 들어도 기가 막히긴 마찬가지였다. 다른 누구도 아닌 나한테 어머니가 그런 말을 하실 줄이야. 어렸을 때부터 고집 세고 자기주장 강하기로 둘째가라면 서러웠던 나에게 어머니의 말씀은 썩 언짢았다. 내가 힘들 때 언제든지 투덜거림을 들어주겠다는 얘기도 아니고, 이건 딸 대신 시댁 편을 들겠다는 말로 들렸던 것이다.

처음엔 어찌나 황당했는지 서운하다는 표현도 제대로 못했다. 그 얘기를 듣고 곰곰 생각해 봤다. 우리 어머니가 언제 말도 안 되거나 이치에 맞지 않는 말씀을 하신 적이 한 번이라도 있었나? 차근차근 돌이켜 보니 없었다. 그럼 이 말씀도 속뜻이 있을 것이다. 며칠을 곱씹으면서 그 말의 참뜻을 생각해 봤다. 그러고 나서야 깨달았다.

'똑똑하게 살지 말고 현명하게 살아라.'

그래, 똑똑하게 살지 말라고 해서 우둔하라는 말이 아니다. 그리고 결심했다. 딱 5년만 '고민정'을 버리고 시댁 며느리, 남편의 아내로 본 다음에 그 후 어떻게 돌아가는지 보자.

그 결심 이후 생긴 버릇이 있다. 바로 속으로 말하는 버릇이다. 어르신들이 작은 실수도 커다란 잘못으로 둔갑시키고, 실수가 없더라도 찾아내고, 얄미운 시누이가 그 옆에서 앙칼진 추임새를 넣어도 속으로 이야기하면 아무도 듣지 못한다. 예를 들면 이런 식이다.

"어머! 이 밥 누가 했어? 나 진밥 싫어하는데! 엄마도 그렇잖아, 안 그래? 누가 했는데?"

'지가 안 했으면 누가 했겠어? 이 집에 집안일 하는 여자 몇 명이나 있다고.'

"그러게. 나도 진밥 싫어하지. 난 밥 안 했는데?"

"……제가 했어요. 다음 번엔 조심할게요."

'먹지 마, 먹지 마. 그렇게 진밥 싫어하면 네 집 가서 햇반 사먹어. 오긴 왜 와?'

식탁 앞에서는 순종적이고 온순한 며느리지만, 화장실 거울 앞에서는 짓궂은 고민정이 됐다.

'내가 뒤에서 이렇게 생각하는 줄 아무도 모르지? 나만 아는 거야. 약오르지?'

꽤 효과가 있는 방법이었지만 걱정되는 부분도 있었다. 사람이라는 게 늘 냉정하고 이성적일 수는 없는 법이다.

'만약 무심코 진심이 튀어나오면 어떡하지?'

그래서 시댁 사람들하고는 절대 술을 마시지 않는다. 어쩔 수 없는 상황이 되어 술을 마신다고 해도 속마음이 술김에 언제 톡 튀어나올지 모르니까 절대 과음하지 않는다.

'시월드'에서 살아남으려면 이렇게 각고의 노력이 필요하다. 한국 사회에서 시댁이란 갑과 을의 관계에서 그냥 갑도 아닌 슈퍼 갑이다. 이 시월드의 룰 속에 있는 건 논리나 합리성, 현실성, 이성이 아니다.

'시월드는 무조건 옳다!'

그저 이 룰 하나로 모든 것이 통용된다. 시월드 사람들이 원래부터 불합리하고 비논리적인 사람이었을까? 모두 사회생활을 할 만큼 한 사람들인데. 신기하게도 그 합리적이고 이성적인 사람들이 시월드의 수혜를 받는 순간, 그야말로 불합리의 정수를 사발로 들이마신 사람이 된다. 시월드는 잘못을 해도 당당하지만, 며느리는 잘해도 잘못한 것처럼 굴어야 맞다. 왜냐하면 여긴 시월드니까.

5년 동안 참아내는 사이 친정에 자주 가지 못했다. 명절 때도 마찬가지였다. 고향이 경주이고 시댁이 서울이다 보니 어쩔 수 없는 일이라지만 마음이 아픈 건 어쩔 수 없었다. 더 참아내기 힘든 건 명절 때마다 돌아오는 시어머니의 한마디였다.

"어유, 잘했다. 친정 뭐 하러 그렇게 자주 가려고?"

순간 속이 싸늘해졌다.

'뭘 잘했다는 거지?'

"그 먼 데 왔다 갔다 해봐야 몸만 피곤하고 시간도 보통 오래 걸리니? 집에서 쉬는 게 맞아. 잘했다."

앞과 뒤는 잘했다는 말이다. 그런데 이 말이 과연 날 위해 하는 말인가? 시월드를 겪어 본 사람이라면 내가 굳이 정답을 알려주지 않아도 잘 알 것이다.

"너 어떻게 그걸 다 참고 사니?"

내가 겪은 극히 일부분의 이야기만 들려줘도 친구들은 얼굴이 하얘져서 혀를 내두른다. 나라면 미쳤다는 둥, 도망 나오겠다는 둥, 다들 비슷비슷한 처지이다 보니 좀 더 격렬하고 과격하게 화를 내며 동조해 준다. 들어주는 건 고맙더라도 조금 우려되는 게 있어서 새 놀이를 만들었다. 이순신 장군 놀이다.

"내가 여기서 이런 말 했다는 걸 아무에게도 알리지 마라."

대신 이 놀이를 하기 위해서는 신뢰할 수 있는 파트너가 여럿 필요하다. 내 이야기를 들어도 누구에게도 알리지 않을 파트너가 많다면, 당신도 이순신 장군 놀이를 얼마든지 할 수 있다. 이렇게 스트레스를 발산하고 나면 시월드에 걸어들어가도 한결 낫다.

밥 한 순갈의 충격

드라마나 영화를 보다 보면 인물의 성격, 캐릭터를 드러내는 결정적인 사건이 하나씩은 있게 마련이다. 이번에 이야기하려는 것은 시댁 식구들의 독특하기 그지없는, 그들만의 이기적인 캐릭터다.

결혼 전, 저녁식사에 초대를 받아 남편과 함께 예비 며느리 자격으로 시댁에 간 적이 있었다. 상견례 후 두 번째 방문이었다. 상견례 때는 시어머니, 시아버지만 뵈었다가 시누이, 형님까지 만나 뵙자 나도 모르게 긴장이 되었다. 시부모님을 제외한 분들은 첫 대면인 만큼 얌전한 며느리의 모습을 보이기 위해 노력했다. 차남인 남편 위로 형님 한 분, 아래로 시누이가 한 분 있었다. 두 분 다 결혼을 하셨다.

저녁식사가 준비되자, 시부모님까지 합쳐 총 네 커플이 식탁에 둘러앉았다. 시댁 음식은 불행하게도 내 입맛에 별로 맞지 않았다. 그래도 싫은 낯을 할 수 없으니 최대한 성의를 다해 다소곳하게, 맛있게 먹고 있었다. 그때 갑자기 형님이 입을 열었다.

"밥이 많네? 똑같은 양 푼다고 생각했는데, 어떡하지?"

아무래도 밥 양이 많은 것 같았다. 그러더니 옆에 앉은 아주버님께 본인의 밥을 한 숟가락 떠서 덜었다.

"나 이거 많아서 그런데 자기가 한 숟갈만 먹어 줘."

지극히 자연스러운 행동이었다. 부부 사이에 밥이 좀 넘치거나 부족하면 한두 숟갈씩 왔다 갔다 할 수 있다. 헌데 아주버님 반응이 상상을 초월했다.

"아니 됐어. 난 이게 딱 정량이야."

그러더니 형님이 방금 덜어 준 밥을 숟가락으로 다시 푹 떠서 형님 밥공기에 툭 놓으셨다. 식구들이 다 모인 자리에서, 다 들리는 자리에서 그런 일이 벌어진 거였다. 순간 속이 싸해졌다.

'이건 뭐지……?'

다들 결혼한 지 몇 년차 되는 분들인데 이런 상황이 벌어지는 게 너무나 당혹스러웠다. 물론 내가 아무리 당혹스러웠어도 형님만 하지는 않았을 것이다. 얼굴이 빨개진 형님에게 시어머니의 목소리가 날아들었다.

"아유, 그러면 그거 내가 먹을게."

그러더니 숟가락으로 밥을 떠서 가져오셨다. 그 모습이 나에겐 굉장히 따스한 가족처럼 보였다. 싸해진 속이 조금 풀렸다.

'어, 시어머니 괜찮은데? 그래, 아주버님이 나랑 볼일이 뭐 있어? 시어머니랑 관계가 좋아야지.'

형님의 얼굴이 확 밝아졌다.

"아, 그러실래요, 어머니?"

"어, 그럴게."

형님이 퍼서 아주버님 밥공기에 갔다가, 다시 형님 밥공기로 돌아온 그 밥이 이제는 시어머니의 밥공기로 들어갈 차례였다. 난 그때까지만 해도 훈훈한 미소를 지으며 밥을 먹고 있었다.

그러나 방심은 금물이었다. 시어머니 맞은편에 앉아 있던 시누이가 그 광경을 흘겨보더니 젓가락을 식탁에 내려놓았다. 챙! 날카로운 소리가 났다.

"엄마, 엄마 원래 남의 밥 안 먹잖아?"

시누이가 짜증이 가득한 목소리로 톡 쏘아붙이다시피 하자, 시어머니가 어조 하나 변하지 않고 대답했다.

"아 참, 나 그렇지?"

그리곤 왔던 자세 그대로 우아하게 턴해서 형님 밥공기에 다시 그 밥 한 숟갈을 탁 떨어뜨려 놓는 게 아닌가. 아직도 그 기막힌 광경이 눈에 선하다.

'세상에, 이게 뭐야. 캐릭터 장난 아닌데? 시어머니 왜 이러시지? 시누이는 또 왜 저러는 거야?'

형님의 얼굴은 아까보다도 더 빨개졌다. 보다 못한 내가 나섰다.

"그럼 그거 제가 먹어도 돼요? 음식이 맛있어서요."

말이 끝나자마자 여기저기 패스됐던 그 밥 한 숟갈을 가져와서 내가 먹어 버렸다. 도대체 이 밥 한 숟가락이 뭐라고 이런 일이 벌어지는 건지 이해할 수가 없었다. 더 이해할 수 없었던 건 그런 상황에서도 침묵하는 시아버지와, 무관심하게 숟가락만 움직이는 아주버님이었다.

나에게 시댁 식구들의 이미지는 그야말로 문화적 충격이었다. 앞으로 가족이 될 사람을 처음 데려왔는데 어떻게 이런 모습을 보여줄 수 있는 걸까? 최소한 오늘만큼은 가식이든 뭐든 사이좋은 모습을 보여줘야 하는 거 아닌가? 더 경악스러웠던 건 이 기가 막힌 상황이 마치 별일 아니라는 듯, 너무나 자연스럽게 벌어지고 끝났다는 사실이었다. 직전에 그 사건이 있었던 식탁에서 다같이 밥을 먹는데 아무런 대화도 없었다.

　　'아…… 내가 이거 만만치 않은 곳으로 왔구나. 정신 차리고 살아야겠다. 형님 참 안됐다. 결혼하면 내가 말동무 되어 줘야겠다.'

　　식사가 끝날 때까지 이런저런 생각을 했다. 식구들이 하나 둘 일어서자, 아직까지 표정이 좋지 않은 형님이 그릇을 치우기 시작했다. 내가 다급히 만류했다.

　　"형님, 설거지 제가 할게요."

　　"그래도 손님인데……."

　　"아녜요, 이제 곧 식구 될 텐데요 뭐."

　　"아, 그럼 그럴까요?"

　　거기까진 무난했다. 풀죽은 형님의 기분도 조금 좋아진 것 같았다.

　　"그러면 내가 말 편하게 해도 되나? 한식구 될 텐데 동서라고 편하게 부를게."

　　'아, 뭐…… 그럴 수도 있지.'

　　그래, 그럴 수도 있다. 말 편하게 하신다는 건 날 편하게 생각하신다는 거 아니겠어? 긍정적으로 생각하고 설거지를 시작했다. 예비 형님과 함께 설거지를 하고 있는데, 형님이 그릇 씻던 걸 멈추고 말을 걸었다.

　　"아참, 근데 동서."

"아, 네. 말씀하세요."

"나 동서한테 한 가지 궁금한 게 있는데."

"네? 뭐요? 말씀하세요."

"아, 내가 정말 궁금해서 그러는데…… 동서는 국회에서 근무하고, 유학도 갔다 오고, 능력도 있고 괜찮아 보이는데…… 근데 왜 동서 같은 사람이 우리 도련님하고 결혼을 하려고 해?"

"……네?"

'아니, 이건 뭐지?'

"아니, 왜요?"

"혹시…… 아, 동서 모를 수도 있을 것 같다는 생각이 들어서 그러는데, 우리 도련님 백수인 건 알고 결혼하는 거야?"

측은하고 안된 이미지는 훨훨 날아갔다. 형님도 캐릭터가 막강한 사람이었다.

'무슨 가족이 이 따위야? 처음 봤으면 허물도 감싸주고, 좋은 얘기 해주고 이래야지, 어? 아니, 도대체가…….'

목 끝까지 그 말이 치밀어 올랐지만 꾸욱 눌러서 도로 삼켰다. 숨을 '후~' 뱉고 속을 가다듬었다.

"아, 네…… 말씀해 주셔서 감사하구요. 백수인 건 당연히 알고 있죠."

"아, 그래? 난 모르는 줄 알았어."

"아뇨, 당연히 알고 있어요. 근데 그게 왜요?"

"아 근데 동서는…… 백수랑 결혼하는데 미래가 걱정이 안 돼? 지금도 별로 안 늦은 거 같은데…….'"

불과 한 시간도 안 돼 좀전에 먹었던 마음을 고쳤다. 형님은 내 과가 아니었다. 형님이랑 친구가 되겠다는 생각은 너무 마음만 앞서 나간 결과물이었다.

"아, 그래요? 걱정해 주시는 마음은 감사한데요. 저 별로 걱정 안 돼요. 우리나라 신혼부부 둘 중에 한 명만 벌어서 먹고사는 사람 굉장히 많아요. 제가 버니까 먹고사는 데는 큰 지장 없을 것 같은데요. 걱정 안 하셔도 돼요."

형님과 친구가 되려면 아마 강산이 열두 번쯤 바뀐 뒤에야 가능할 것 같았다. 그 일이 있고 집으로 돌아오는데 입맛이 그렇게 씁쓸할 수가 없었다. 그리고 직감했다.

'이게 시작이겠구나. 초면에 이렇게 달리시는데 앞으로 참 무궁무진한 일들이 생기겠구나.'

과연 살아 보니 정말 그것은 시작에 불과했다.

그 밥 한 숟갈 사건 때 침묵하고 계시던 시아버지 캐릭터도 만만찮았다. 결혼식 올리고 얼마 되지 않아 시댁이 오래된 아파트로 이사를 갔다. 나는 스스로 용감한 사람이라 자신하지만 딱 하나 싫어하는 게 있는데 바로 바퀴벌레다. 크면 클수록 끔찍하다.

그런데 시댁에 바퀴벌레가 있었다. 머릿속이 하얘지고 다리가 덜덜 떨려서 소리만 빽 질렀다.

"오빠!!"

내가 바퀴벌레를 싫어한다는 걸 아는 남편이 냉큼 달려와 약을 뿌려서 대신 잡아 줬다. 거기서 상황이 끝났으면 좋으련만, 아직 사체가 남았다. 약을 뿌려서 잡으니 이 검고 번들거리는 몸체가 온전히 보존된 것이다. 똑바로 쳐다보기도 싫어서 남편에게 달라붙어 있자, 남편이 시부모님에게 대신 외쳤다.

"엄마, 아버지! 여기 바퀴벌레 엄청 큰 거 있어요! 약 좀 놔야겠어요!"

그랬더니만 어머님, 아버님 말씀.

"우리 집엔 바퀴벌레가 절대 없다! 너 지금 무슨 소릴 하냐!"

그래, 거기까진 좋았다. 며느리가 왔으니 민망하셔서 그랬을 수도 있다. 청소를 한다고 하셨는데도 바퀴벌레가 나와서 보여주기 싫으셨을 수도 있다. 시부모님이 시치미를 떼자 남편은 화가 나서 죽은 바퀴벌레를 손가락질했다.

"아니, 엄마! 여기 좀 와봐! 봐, 바퀴벌레잖아! 있다니까? 약 좀 놔!"

그 검은 본체를 발견한 시어머니는 깜짝 놀라더니 이렇게 말씀하셨다.

"어머! 허유우…… 왕파리네? 이게 무슨 바퀴벌레야? 왕파리지."

"어구, 그러게. 왕파리네? 아까 창문 열어놔서 날아들어왔나?"

그러고는 순식간에 바퀴벌레를 휴지로 둘둘 말아 쓰레기통에 쑤셔 넣고 흔적을 없앴다. 그야말로 완벽한 증거인멸이었다. 내가 얼이 빠져서 듣고 있자니 두 분은 더욱더 점입가경이었다.

"창문 열어놓지 마! 왕파리 같은 게 들어오잖아."

"우리 집엔 바퀴벌레가 지금까지 한 번도 없었는데 무슨 바퀴벌레야. 그런 소리 하지 마!"

그 일은 그분들의 캐릭터를 규정짓는 하나의 사건이었다. 그리고 이 캐릭터들은 내가 그 집의 식구가 되어 살면서 수없이 업그레이드됐다. 헤아릴 수 없이 많은 일들이 터지고, 내 속도 터지고, 울화통도 터졌다.

나중에는 이 어마어마한 문화적 충격을 견디지 못하고 내 스스로 나와 싸우며 정신적으로 도피까지 했다.

'그래. 다른 생각, 다른 문화. 그렇게 생각해 보자. 왜 생각을 해봐야 되냐. 고민정, 너 숨쉬고 살아야 되잖아. 너 돌아 버리면 안 되잖아. 나를 위해서 상대주의적으로 고뇌해 보자. 자, 마음을 굳게 먹자!'

그때부터 나에게 벌어진 일이 아니라 객관적인 일로 받아들이는 습관이 생겼다. 내가 시댁 얘기를 하고 나면 주변 사람들은 그때 내 심정과 전혀 다른 반응이다. 너무너무 재밌다면서, 내 얘기가 아니라 남의 얘기를 해주는 것 같다는 말이다.

내가 살아남기 위해선 그렇게 할 수밖에 없었다. 이 이야기는 단순한 시월드 이야기가 아니라 내 생존기다.

며느리도 진화한다

우리 시댁 식구들은 국내 어디, 아니 세계 어디에 내놔도 꿀리지 않을 독특한 캐릭터를 제각각 자랑한다. 흔히 드라마에서 보는 '막장'을 기대하면 안 된다. 우리 시월드는 그보다 더 고차원적이다.

신혼 초에 있었던 일이다. 그때 나는 토요일에도 근무해야 했는데 청천벽력 같은 시아버지의 명이 떨어졌다.

"주말마다 와서 자고 가라."

역정 내는 게 장기인 깐깐한 시아버지의 말에 갓 시집온 며느리가 저항한다는 건 어불성설이었다. 내 생활이나 회사 사정은 전혀 고려 대상이 아니었다. 이때 남편이 내 편이 되어 주면 그보다 더 든든한 게 없었겠지만, 이 시기의 남편은 내 편이 아니었다.

주말마다 시댁에 가서 하루 묵고 오는 일은 보통 스트레스가 아니었다. 게다가 주말에는 안산 사는 시누이네, 경기도 사는 형님네까지 같이 올 때가 많았다. 설상가상으로 시댁에는 방이 두 개밖에 없었다. 형님네는 아이들이 있었기에 안방을 차지했다. 남은 건 방 한 개, 거실뿐이었다.

'내 상식으로는 방엔 우리가 들어가서 자야 맞아. 신혼부부인데 설마 결혼한 지 2~3년 지난 시누이네 부부랑 같이 뒤섞여서 자라고 하진 않겠지? 설마? 설마……'

그게 신경이 쓰여서 저녁밥이 입으로 들어가는지 코로 들어가는지 모를 지경이었다. 그래도 잠자리에 들기까지는 시간이 많이 남았으니까 고민을 접어 두려고 노력했다. 시어머니가 꼼꼼하게도 식후 과일까지 챙겨 주셔서 다같이 후식을 먹고 있는데, 사과 한 조각을 먹은 시누이가 자리에서 벌떡 일어났다. 그러자 시누이의 신랑도 따라 일어섰다.

'지금 뭐 하려는 거지?'

식탁에서 일어난 시누이 부부가 향한 곳은 다름 아닌 작은방이었다. 내가 아까까지만 해도 우리가 들어가 잘 곳이라고 믿어 의심치 않았던 바로 그 방이었다.

'작은방엔 왜…… 잠깐만, 설마……?!'

작은방에 들어간 시누이가 문을 닫았다. 찰칵. 그리고 문 손잡이가 잠기는 소리가 났다. 눈이 휘둥그레지고 사과를 우물거리던 입이 딱 멈췄다. 시누이가 도대체 무슨 짓을 한 건지 한참이 지나도록 이해가 가지 않았다. 그게 자기들이 작은방에서 자기 위한 시위라는 걸 사과를 목구멍으로 넘기고 나서야 깨달았다.

정말 어떻게 그런 상황이 벌어질 수가 있을까? 드라마에서도 쉽게 찾아보지 못할 광경이다. 하지만 내 신혼 시절, 눈앞에서 벌어진 실화였다. 시누이 부부가 작은방에 들어가 안에서 문을 걸어 잠그고 코빼기도 보이지 않는데, 힘없는 막내 며느리가 무얼 할 수 있을까.

하는 수 없이 거실에서 어머님 아버님과 같이 자야만 했다. 이 어르신들이 또 오죽 빨리 주무시는가. 9시 반, 늦어도 10시면 칼같이 온 집안의 불이 꺼졌다. 그럼 거실 한가운데 시부모님, 그 옆에 우리 부부, 이렇게 누워 잠들 때까지 어색한 침묵을 공유해야 했다. 나는 그 시간이 정말 싫었다. 어색하고, 텁텁하고, 이유도 없이 서럽고 짜증이 났다.

그렇다고 해서 시누이가 하듯 밥 먹자마자 준비 땅! 해서 작은방으로 부리나케 달려가 문을 걸어 잠글 수도 없었다. 매번 그렇게 살 수는 없을 것 같아서, 하루는 저녁만 먹고 집에 가기로 마음먹었다. 내가 이야기하기엔 아무래도 마땅치 않아 남편을 시켜 살짝 얘기하게 했다.

"아버지, 저희 여기서 저녁 먹고 집이 근처니까 가서 자고 내일 점심 때쯤 다시 올게요."

"뭐? 안 돼!"

그 소릴 들은 남편, 나에게 쪼르르 와서 이렇게 말했다.

"야, 얘기했어. 근데 아버지가 안 된대."

아이고, 두야. 지금이야 많이 달라지고 지난날의 본인이 많이 어렸다고 인정하지만, 그때 남편은 정말 여러 가지 의미로 대단한 사람이었다. 이번에도 아주 대단한 대화를 하고 왔다.

'왜 안 되나요? 같이 자는 게 불편해서 도무지 잠을 잘 수가 없어요. 집 놔두고 밖에서 자기도 싫어요'라고 말할 수도 없었다. 결국 그날도 속으로 피눈물을 흘리며 시댁 거실에서 잘 수밖에 없었다.

잔꾀로는 일이 풀릴 것 같지가 않았다. 그래서 머리를 써보기로 했다. 토요일, 저녁을 먹고 나서 남편을 살짝 불러냈다.

"오빠, 이러면 또 거실에서 10시도 안 돼 잘 거잖아. 나 그거 너무 싫어. 응? 그러니까 당신이 오늘 동창 모임이 있다고 얘기 좀 해. 얘기는 그렇게 하고, 우리 나와서 심야영화 보고 맥주 한 잔 하자. 우리 신혼인데 데이트도 하고 좋잖아."

"어, 그래! 그거 좋은 생각이다! 알았어!"

"그러니까 오빠가 동창 모임 있다고 하면서, 나랑 같이 가야 한다고 얘기하는 거야? 알았지?"

"그래그래, 알았어! 영화 뭐 볼지 생각해 놔!"

씩씩하게 대답하는 남편이 그렇게 믿음직스러울 수가 없었다. 오늘은 드디어 거실 숙박에서 벗어날 수 있겠구나. 벅찬 마음을 숨기면서 짐을 싸고 있으려니 시아버지가 슬그머니 다가오셨다.

"지금 뭐 하냐?"

"아, 그게요. 상규 씨가 일이 있다고 해서 오늘은 가자고 하네요."

"뭐? 상규야, 이리 와봐라."

"예, 아버지. 저희 약속이 좀 있어서 민정이랑 같이 가려고요."

"가지 마. 이 시간에 가면 술밖에 더 먹어? 그리고 내일 아침밥 해먹기도 힘든데 그냥 여기서 주는 밥 먹고 가."

역시나, 예상했던 반응이었다. 하지만 여기서 굴복하면 여태까지 세운 계획과 잡아놓은 영화표가 원통했다. 도와달라는 눈빛으로 남편을 바라보았다. 믿음직한 남편, 거실 숙박에서 날 데려가 줄 남편.

"그럴까? 난 그냥 여기서 먹어도 되는데. 민정아, 어떻게 할까?"

"아니…… 뭐……오빠가 그러면야……."

그날도 거실 숙박이었다. 세상에 믿을 사람 하나 없었다. 밤중 내내 속이 터져서 죽을 뻔했다. 그러길 몇 주, 몇 달이 지나니 스트레스가 너무 심해서 종일 머리를 감싸고 다녀야 할 지경이었다.

'도대체 내가 결혼을 왜 했지?'

'저 사람을 뭘 믿고 살지?'

'원래 시월드가 다 이런 건가?'

스트레스는 점차 쌓여 가고, 풀 곳은 없는 악순환의 계속이었다. 그러던 어느 날, 운 좋게도 시어머니가 외출하시는 날이라 정말 오래간만에 시댁에 가지 않고 주말을 보낼 수 있었다. 잠도 푹 잤다. 자고 나서 눈을 떴는데 갑자기 눈물이 펑펑 쏟아졌다.

나중에 나오는 '배고픈 웨이트리스' 에피소드를 읽는 사람은 알겠지만, 난 먹을 걸 정말 좋아하고 먹을 거 없이는 못 사는 사람이다. 그런 내가 하루종일 아무것도 하지도 않고 식음을 전폐한 채 울기만 했다. 도저히 감당할 수 없는 스트레스를 해소하지 못하고 살다 보니 결국 터져 버린 것이다. 내가 하도 우니까 걱정이 된 남편이 어쩔 줄 모르며 내 주변을 지켰다. 무슨 일이냐고 묻고, 어디 아프냐고 물어도 계속 울기만 하니까 남편도 따라 울기까지 했다.

'너 때문에 우는 거야, 이 나쁜 놈아.'

그렇게 말하고 싶었지만 우느라 그럴 겨를이 없었다. 여하튼 남편이 얘기해 보라고 하도 닦달해서 마지못해 입을 열었다.

"사실은……."

시댁에 가는 것도, 거기서 자고 오는 것도 너무나 큰 스트레스라고 털어놓았다. 더 끔찍한 건 상황을 보아하니 이게 하루이틀이 아니라 평생 동안 이렇게 살아야 할 것 같다는 것이다.

"난 정말 숨쉬기가 힘들어……."

복받쳐 오르는 감정을 겨우 억누르며 쏟아놓자, 남편은 크게 충격을 받은 듯했다. 그러더니 이내 언제 그랬느냐는 듯 씩씩하게 주먹을 불끈 쥐었다.

"그런 거였어? 나한테 진작 얘기하지! 오빠가 다 해결해 줄게! 방법이 있는데 왜 얘기 안 했어? 하나도 안 어렵구만!"

'방법이 있다'는 말을 들었을 때는 솔직히 솔깃했다. 그런데 뒷말이 수상했다. '어렵지 않다'……? 그럴 리 없었다. 불안이 온몸을 엄습했다. 궁금증과 불안이 뒤섞여 물어 보지 않곤 못 견딜 것 같았다.

"그래서 그 하나도 안 어려운 방법이 도대체 뭔데?"

"비밀이야. 내가 내일이면 다 해결해 줄게!"

그때부터 마구마구 불안해졌다. 도대체 뭐 잘난 방법이라 하나도 어렵지 않고 해결할 수 있냐고 끝까지 물고늘어졌다. 그랬더니 '아, 이건 극비사항인데', '진짜 괜찮은 방법인데' 하고 한참을 으스대더니 짐짓 선심을 쓰듯 대답한 게 이거였다.

"나한테 비장의 카드가 있다 이거야. 내가 내일 아침에 목동 가서 어머니 아버지 만나고! 거기 가서 자고 뭐고 이러는 거 민정이가 스트레스 받고 숨쉬기 힘들다고 하더라, 이럴 거야. 그러면 내가 아는 어머니 아버지는 다 이해해 주실 거야. 아마 왜 진작 얘기 안 했냐고, 마음대로 하라고 하실걸? 나만 믿어!"

그럼 그렇지. 누굴 지옥으로 데리고 가는 직행열차 승차권 끊어놓고 비장의 카드는 무슨. 결국 그 주 주말은 울고, 하소연하고, 붙잡고 절대 안 된다고 설득하느라 밤을 꼴딱 새우다시피 했다. 그리고 깨달았다.

1. 괜히 얘기했어.
2. 시댁 문제 해결하는 데 남편은 필요 없다. 이건 스파이가 따로 없다. 전혀 도움이 안 된다.

울고불고, 또 울고, 목소리가 안 나올 때까지, 눈이 퉁퉁 부어서 앞이 안 보일 때까지 울고 난 뒤에야 결론을 내릴 수 있었다.

'이건 내 문제다. 남편이 불편해하나? 시어머니, 시아버지가 불편해하나? 그 사람들은 절대 불편하지 않아. 불편하고 스트레스 받는 사람은 나야. 그럼 이건 내 문제야. 내가 알아서 풀자. 부딪히든, 참든. 어디까지나 내 문제다. 시댁하고 문제가 생겨도 남편을 통하지 말자.'

통해 봐야 더 마이너스가 되기도 했고 말이다.

그 뒤로는 만일 주말인데 도저히 가지 못할 일이 생기면 내가 먼저 전화를 걸어서 직접 이야기했다. 거짓말을 못 하는 성격인 남편에게는 핸드폰을 받지 말라고 당부해 두고 내가 총대를 멘 것이다.

"여보세요? 어머니, 남편 동창회가 있어서 제가 데리고 가야 할 일이 있어요. 오늘 못 갈 것 같습니다."

"뭐? 아니 늦더라도 올 수……."

"아뇨. 많이 늦을 것 같아요. 거리도 멀고요. 그러니까 제가 남편 데리고 다녀올 테니까 이번 주에는 못 갑니다. 대신 다음 주에는 일찍 찾아뵐게요."

지금도 이 원칙은 지키고 산다. 가장 중요한 건 '내 문제는 내가, 직거래로'다. 그러면 오해가 생길 일도 없고, 문제가 생겨도 무엇이 문제인지 바로바로 알고 감당하고 대처할 수 있다. 나도 엄연히 손발 있고 생각도 있는 사람인데, 내 문제를 내가 해결하지 누가 해결해 주겠는가? 억울해서 스트레스 받으면 나만 손해다.

대신 좀 번거롭더라도 세세하게 설명하고, 말을 가능한 한 예쁘게 하려 노력한다. 때때로 서로 좋자고 하는 약간의 거짓말을 하기도 한다. 남편이 백수 시절일 때에는 그 하얀 거짓말이 쏠쏠하게 먹혔다.

"아, 지금 남편이 일자리 소개해 준다는 선배랑 같이 술먹고 있어서 데리러 가는 중이에요."

"어머, 그러니? 알았다 알았다."

주말마다 내 머릿속에서는 100% 거짓말도 아니고, 100% 진실도 아닌 상부상조형 지혜가 번뜩였다.

시월드에서 살기 위해서는 그런 게 필요하다. 나는 그렇게 대처하며 지금까지 왔다. 만일 내가 분명히 이야기했는데 어른들이 기억하지 못하면 여러 번 반복해서 알려주는 수밖에 없다.

"기억 안 나세요? 제가 그렇게 말했었는데."

그래도 곧잘 잊어버리지만 말이다. 가끔은 내가 내 자랑도 하고, 능청도 떠는 게 필요하다. 해마다 며느리가 한 기특한 일에 대해서는 잊어먹는 게 시월드의 섭리다.

좋은 게 있다면 일 문제로 만나는 사람들에게 설명을 조리 있게 잘하는 기술이 늘었다는 점이다. 다들 내 이야기를 듣고 나서 하는 말이 공감된다, 이해가 잘 간다, 알기 쉽게 설명하니까 시월드에 폐해만 있는 건 아니라고 하겠다. 나는 이 '설명 스킬'이 시월드에서 살아남기 위해 내가 진화한 증거라고 생각한다. 시월드는 아마 모를 것이다. 며느리는 진화한다. 그것도 꾸준히, 지치지 않고.

남편에게 내가 모르는
우렁각시가 있었다

신혼 초, 남편은 백수였다. 반면 나는 한창 바쁘게 일하던 시기였다. 남편은 원래부터 시부모님과 사이가 각별했다. 물론 부모님이다 보니 그럴 수밖에 없긴 하지만, 그게 어지간한 범주 이상이었다.

예를 들자면 이렇다. 시어머니는 시댁에 못 가는 핑계를 댈 때마다 이유를 꼬치꼬치 캐묻는다.

"누구 만나니?"

"왜 만나니?"

"어디서 만나니?"

처음에는 완벽한 알리바이를 위해 하나하나 설명했는데 나중에는 점점 피곤해졌다. 설명을 하는 것 자체가 보통 피곤한 일이 아니었다. 그 다음부터는 한마디로 다이어트해서 대답했다.

"중요한 일이에요."

"중요한 사람 만나러 가요."

길게 이야기해 봐야 말실수할 거리나 제공할 터라 이렇게 짤막하게 대답한다. 그런 짤막한 대꾸에도 굴하지 않고 꼬리에 꼬리를 무는 질문을 이어갈 경우엔 마지막 수단을 썼다.

"중요한 사람 만나요. 저 말고 현호 아빠한테요."

"그래? 알았다."

'현호 아빠'를 꺼내면 묻지도 따지지도 않고 오케이, 만사형통이었다. 워낙 두 사람의 사이가 각별했던 탓에 생긴 일은 무궁무진하지만, 이번 일은 그 프롤로그 격인 셈이다.

직장을 다니면서 집안일을 함께 하기란 쉬운 일이 아니다. 그렇다 보니 어쩔 수 없이 집안일에 소홀해지는 면이 없잖아 있었다. 그래도 내 남편인데 끼니는 챙겨 줘야겠다는 마음가짐으로 아침밥은 꼬박꼬박 차렸다. 그런데 정신없이 아침을 먹고 출근했다가 기진맥진한 상태가 되어 퇴근해서 오면 집안이 깨끗하게 청소되어 있었다.

"어? 보기보다 청소 잘하네?"

내가 부탁하지 않아도 먼저 집안일을 도와주는 남편이 그렇게 고마울 수가 없었다. 미안하고, 또 기쁜 마음에 역시 "우리 남편밖에 없다"고 치켜세우자, 남편은 미소로 대답할 뿐 아무 말이 없었다.

그게 남편을 포함한 시월드의 특징 중 하나라는 걸 나중에야 알았다. 본인이 하지 않았다 하더라도 남이 칭찬을 해주면 거기에 대해 '내가 한 일이 아니다'라고 절대 말하지 않는다는 것을. 마치 본인이 한 척, 두루뭉술하게 넘어간다. 만일 나였다면 내가 하지 않은 일에 칭찬을 받았을 경우 "어? 내가 한 일 아닌데?" 하고 곧바로 짚고 넘어갔을 것이다.

그렇다고 그 두루뭉술함을 거짓말이라고 하긴 애매했다.

하지만 신혼 초엔 그런 습성을 알 턱이 없었으니 그저 고마울 뿐이었다. 집안 청소가 되어 있는 날이 매일 이어지니 남편에 대한 고마움은 점점 커져만 갔다. 친구들을 만날 때마다 남편 자랑을 일삼았다.

"내가 일하고 들어갔는데 집안이 깨끗하면 얼마나 고마운지 몰라. 거기다가 냉장고의 오래된 음식도 알아서 제때제때 비우고……. 정말 기분 좋고, 한편으론 미안하더라."

"좋겠다~ 우리 남편도 그렇게 집안일 좀 도와주면 얼마나 좋을까."

친구들의 선망을 한 몸에 받으며 뿌듯한 기쁨을 누리던 어느 날, 사건의 진상이 밝혀졌다. 허겁지겁 출근하고 나서야 회사에 가져와야 할 서류를 깜박했다는 걸 알았다. 남편에게 갖다 달라고 연락을 했지만 통화가 되지 않았다. 하는 수 없이 집에 후다닥 왔다 가기로 했다. 현관문을 벌컥 열고 신발을 벗으려는 순간, 내 몸은 어서 회사로 가야 한다는 의지와 상관없이 우뚝 멈춰 버렸다.

현관문에 다소곳하게 놓여 있는 낯선 신발 한 켤레. 부엌에서 들려오는 달그락달그락 소리. 그제야 여태까지 있었던 모든 일이 머릿속에서 명료하게 정리됐다.

'우리 집에 우렁각시가 다녀가고 있었구나.'

시어머니가 설거지를 하고 계셨다. 그동안 있었던 남편의 기특한 일이 모두 이 원정 오신 우렁각시의 손에 의한 결과물이었다는 걸 알아차린 것이다.

더 기가 막힌 건 우렁각시가 온 이유였다. 도대체 왜, 이 나이 지긋한 우렁각시는 우리 집에 매일매일 드나들었던가? 바로 아들의 끼니를 걱정해서였다. 내가 일찍 출근하니까 아들 밥을 챙겨 주기 위해 날마다 오신 것이었다.

'어쩐지…… 그래서 현호 아빠가 점심 약속이 있는 날은 집안이 지저분했구나.'

그게 단순히 본인이 약속 때문에 청소할 시간이 없어서 그랬을 거라고 생각했던 내가 순진했던 걸까? 어쨌든 우렁각시는 우리 집의 모든 살림을 매일같이 주무르고 있었다.

신혼인데 아무리 같은 성별인 시어머니라 해도 내 옷가지까지 들춰서 빨아다 널었다는 걸 생각하니 프라이버시를 침해당한 것 같아 영 기분이 꺼름칙했다. 그게 너무나 거북했던 나머지 친정엄마에게 전화를 걸어 털어놓았다.

"엄마, 나 우렁각시랑 같이 살고 있어."

"아니, 그게 무슨 소리니?"

"사실은 시어머니가……."

여태까지 있었던 일을 와르르 털어놓고 한숨을 내쉬었다.

"그렇게 뭐 해주고 그래 봐야 며느리가 좋아하지도 않는데, 대체 왜 그러나 몰라……."

"아들 걱정돼서 오고 그러나 본데, 네가 못 본 척하고 참아라."

말로 하긴 쉽지만 실천하기는 어려운 일이었다. 설거지나 냉장고 반찬 정리야 오히려 고마운 일이지만, 아무리 생각해도 내 속옷이나 스타킹까지 시어머니가 봤다고 생각하니 그 창피함과 껄끄러움이 이루 말로 다할 수가 없었다. 머리를 감싸안고 며칠을 끙끙거리다, 결국 임시방편을 택했다. 출근할 때 장롱 깊숙한 곳에 벗어 둔 속옷과 스타킹을 안 보이게 쑤셔넣고 출근한 것이다. 그날 하루는 그래도 마음이 좀 편했다.

하지만 오산이었다. 퇴근하고 와서 무거운 몸으로 장롱을 열었더니 감춰 둔 속옷이 없는 게 아닌가.

"……."

경악. 그 두 글자가 머리 위로 쿵 떨어지는 기분이었다. 말을 잃은 채 장롱 문을 닫고 그 위에 이마를 갖다 댔다.

'You win. 제가 졌어요. 신경 안 쓸게요.'

이렇게까지 했는데, 그렇게까지 하신 분이라면 다른 사람 입장은 안 중에도 없고 당신 입장만 중요시하는 사람이다. 이건 못 꺾는다. 일찌감치 포기하는 게 내 정신 건강에 이로웠다. 안 되는 일에 포기가 빠른 내 성격이 그럴 때는 도움이 됐다. 나중에는 완전히 해탈의 경지에 들어섰다.

'아, 바쁜데…… 뒀다 보면 와서 해주시겠지.'

바쁘고 피곤할 때는 일부러 설거지감을 남겨두고 가기도 했다. 어차피 본인이 존재감 없는 우렁각시를 자처하시는데, 내가 집안일을 안 한다고 해서 지적하실 것도 아니니까 말이다. 그리고 될 수 있는 한 내가 편안한 쪽으로 마음을 먹었다.

"오빠, 이따가 이거 다려 놔."

"나 다림질 못하는데?"

"그럼 세탁소에 맡겨."

구깃구깃한 옷을 남편에게 미션으로 던져 주고 출근했다 와보면 빳빳하게 각이 잡힌 옷으로 탈바꿈해 있었다. 우렁각시의 힘을 빌린 게 분명했지만, 그래도 남편은 마치 본인이 한 것처럼 자랑스러워했다. 가끔은 이 기술을 응용도 해봤다. 어느 날 생태탕이 먹고 싶은데 손질도 귀찮고 시간도 없다, 그러면 재료만 사다 두고 운을 띄웠다.

"생태가 제철이라 오빠한테 탕 끓여 주려고 재료를 사왔는데, 일이 바빠서 손질할 시간이 없네. 저러다가 생태 상하면 어쩌지?"

그렇게 걱정하는 말을 남기고 출근했다 돌아오면 어김없이 요리가 완성된 상태로 날 맞이했다. 손질부터 맛까지 우렁각시의 솜씨를 뽐낸 생태탕을 먹으며 칭찬을 아끼지 않았다.

"역시 생태탕은 우리 어머님이 참 잘 만드셔."

훗날 남편이 취업한 후로 우렁각시는 자취를 감췄다. 어찌 보면 당연한 일이었다. 그 뒤론 우렁각시라고 해서 다 좋은 게 아니라는 교훈(?)을 얻었다. 덕택에 결혼한 후배들을 만나 수다를 떨 때면 해줄 얘기가 생겼다.

"아이 참, 정말 힘들고 귀찮아서…… 누가 와서 다 해주는 사람이 있으면 좋겠다."

"내가 손 안 대면 다 그대로 있지, 설거지 하나도 안 하지…… 진짜 빈둥거리면서 뭐 하나 몰라."

"그래? 그럼 너 우렁각시 하나 키우고 싶니?"

"우렁각시? 뭐야, 언니, 그게 뭐야? 그런 게 있어?"

"응. 나 우렁각시 있었잖아."

그리고 나의 회상이 끝나면 딱딱하게 얼굴이 굳어서 정색하는 후배들만 남아 있곤 한다.

"이래도 우렁각시 필요하니?"

"아니, 됐어."

"그래? 혹시라도 우렁각시가 필요하면 이렇게 해봐. 남편이랑 시어머니 사이를 아주 좋게 만들고, 남편을 백수로 만들면 돼. 그리고 시어머니를 가까이 살게 하고, 결정적으로 마누라가 밥 안 해주는 듯한 이미지만 유지해. 그 조건만 만족시켜 주면 아마 매일 와서 집안일 해주시고 갈 거야. 원하면 해봐. 어려운 거 아니잖아? 할 일도 없는 시어머니, 제 예쁜 아들이 밥 굶고 있다고 전화하면 한달음에 오셔서 설거지도, 빨래도 다 하실걸?"

"아냐, 우렁각시 필요없어."

"그래. 그래서 내 일은 내가 해야 하는 거야. 그게 결론이야."

"언니 말이 맞다, 진짜."

이 글을 읽는 사람들에게도 당부한다. 혹시 당신의 남편도 우렁각시를 키우고 있을지 모르니 놀라지 말 것. 그리고 우렁각시가 만일 있다면 적극적으로 활용할 것. 그게 내가 신혼 초에 얻은 굵직한 교훈이다.

"이제는 고민정으로 살게요"

앞에서 웃고, 뒤에서 웃으며 투덜거리고 한숨 쉬고 울던 5년이 지났다. 정확히 말하자면 5년 반이었다. 정신을 퍼뜩 차리고 보니 그 아까운 반년이 지난 걸 알고 얼마나 억울했는지 모른다. 그 억울했던 시기의 한복판에서 시댁에 큰 사건이 벌어졌다.

따르르릉~

"여보세요."

"애, 아가. 큰일났다. 큰일났어……."

"어머니? 무슨 일이세요?"

"어떡하니, 어쩌면 좋니?"

시어머니가 흐느끼면서 전한 소식은 시아버지가 목동 이대병원의 중환자실에 입원하셨다는 것이었다. 전화를 끊자마자 급하게 외출 준비를 하고 병원으로 향했다. 병원에 당도하자 시어머니가 눈물범벅이 된 얼굴로 나를 끌어안고 한참을 우셨다.

"멀쩡했던 양반이 갑자기 쓰러져서 119를 불렀는데 아직까지 눈을 못 뜬다⋯⋯."

시아버지는 의식불명 상태였다. 응급실에 있다 중환자실로 옮겼을 때는 이미 피를 너무 많이 흘린 뒤였다. 1차로 간단한 수술을 받았는데도 여전히 깨어나지 않으셨다. 상황은 점점 더 나빠졌다. 시댁의 온 가족이 모였다. 수술을 집도한 의사 선생님이 무겁게 말했다.

"어르신은 지금 코마 상태입니다. 가망이 없다고 보셔야 될 것 같습니다."

"아이고 아이고⋯⋯."

시어머니는 그 자리에 주저앉아 목놓아 울기 시작했다. 형님과 아주버님이 시어머니를 부축해 드리고 안정을 시키는 동안, 남편과 나는 일단 집으로 돌아왔다. 집에 아들 현호만 놔두고 왔던 것이다. 패닉 상태가 된 남편은 멍한 얼굴로 힘없이 앉아 있을 뿐이었다. 지금은 내가 위로를 건넬 때가 아니라는 생각이 들었다.

현호를 먹이고 재운 다음, 컴퓨터 앞에 앉아 전원을 켰다. 인터넷으로 뇌출혈과 뇌졸중에 대해 공부했다. 인터넷에는 권위 있고 신뢰할 만한 전문 문서보다는 실제로 가족이 뇌졸중이나 뇌출혈에 걸린 사례가 다양하게 올라와 있었다. 읽고 나니 평상시 전혀 모르고 있던 병명에 대해 숙지할 정도는 됐다. 밤을 꼴딱 새워 올라온 내용들을 읽고 또 읽었다.

날이 밝자 서점으로 가서 어제 인터넷에서 봐뒀던, 뇌졸중과 뇌출혈 관련 의학 서적을 구입했다. 중환자실을 지킬 때면 그 책을 들고 가서 읽었다. 주변 지인들 중 가족이나 지인이 뇌졸중이나 뇌출혈에 걸려 증세를 지켜봤던 사람이 있었는지 전부 전화를 돌려 알아봤다. 구입했던 책을 거의 다 읽어 갈 즈음에 의사가 우리 가족을 다시 불렀다.

"장례 준비를 하시지요."

다들 차마 입을 열지 못했다. 그건 아마도 받아들이고 싶지 않았던 일이 코앞으로 닥쳐왔다는 아득함 때문이었을 것이다. 장남인 아주버님이 묏자리를 찾는다고 자리를 비운 사이 시아버지 곁을 내가 지키게 되었다. 평소와 다름없이 어두컴컴하고 고요한 복도 벤치에 앉아 책을 읽었다. 면회 시간이 되자, 읽던 책을 덮고 시아버지를 뵈러 중환자실로 들어갔다. 의식을 잃은 채 산소호흡기를 끼고 누워 있는 노인을 보니 그간 있었던 일이 머릿속으로 스쳐지나갔다.

시아버지는 무척 괴팍한 분이었다. 아직도 기억이 난다. 처음 시댁에 가니 이상한 정적이 묵직하게 내려앉아 있었다. 당황스러운 마음으로 그 대화 없는 식구들의 모습을 살폈다. 오랜만에 만나면 식구끼리 술잔도 기울여 가며 허물없이 떠들던 우리 집과 달리 시댁은 가족 간에 대화가 전혀 없었다. 그 숨막히는 분위기가 정말 싫었다. 그 분위기, 살벌한 정적에 이유가 있다는 걸 며칠 지나지 않아 깨달았다.

"얘, 아버지 저녁 드시라고 해라."

"네, 어머님."

또 무거운 저녁식사의 시작이겠구나. 속으로 조용히 한숨을 쉬며 안방 문을 열었다.

"아버님, 저녁식사 하셔야죠."

"……"

시아버지는 대답 없이 벌떡 일어나 성큼성큼 나오시더니 갑자기 날 노려보았다.

"너 뭐라고 했냐?"

"……네?"

"너 지금 뭐라고 했어!"

"네? 제가 뭘……."

"너 이리 와봐."

그러더니 도로 안방으로 들어가서 잔뜩 언짢은 얼굴로 앉으셨다.

"너, 여기 무릎 꿇고 앉아!"

바닥을 향해 손가락질을 하며 화를 내시는데 황당해서 몸이 제대로 움직이지 않을 지경이었다. 그게 결혼하자마자 있었던 일이다. 영문도 모르고 주춤주춤 가서 무릎을 꿇고 앉았다.

"네 죄가 뭔 줄 알아?"

'죄……? 사극 찍는 것도 아니고……. 무슨 죄야, 죄는……. 주말에 피곤한데 밥 짓고 식사하시라고 말한 것밖에 없잖아.'

비록 속은 부글부글 끓었지만 겉으로는 잔뜩 풀죽은 며느리의 모습을 고수했다. 시아버지가 혀를 끌끌 찼다.

"쯧쯧……. 많이 배운 애가 수준이 이 정도냐? 네 아버지한테도 이렇게 배웠냐?"

말에 얻어맞았다는 게 무슨 뜻인지 그 순간 알았다. 나도 모르게 눈물이 핑 돌았다. 며느리들이 제일 싫어하는 말 0순위는 단연 친정부모를 들먹이며 꼬투리를 잡는 것이다. 거기까지 오니 나도 가만히 있을 수가 없었다.

"아버님. 제가 진짜 몰라서 그러는데요, 제 잘못이 뭔가요?"

"뭐야? 어른한테 '진지'라고 해야지 어디 '식사'라는 표현을 써!"

"예……? 아, 예…… 아버님, 진지 드세요."

"오냐."

그리곤 벌떡 일어나서 아무 일도 없었다는 듯 헛기침을 하며 식탁으로 가셨다.

세상에. 이건 너무 심했다. 드라마에서 시월드의 악명과 악행을 몇 번 보긴 했지만 역시 현실이 드라마보다 더하다. 게다가 보통 이런 역할은 시어머니가 하지 않나? 갈 길이 멀어도 너무 멀었다. 이후에도 이런 '단어 지적'은 계속됐다.

한번은 김홍신 의원님이 아버님 드리라고 책을 한 권 선물해 주신 적이 있었다. 그 책에 대해 이야기를 하다 보니 화제가 글로 빠졌다. 나도 모르게 들떴을까, 대수롭지 않게 한마디 했다.

"글쟁이들은 원래 그런 게 좀 있대요."

"너 뭐라고 했어?"

"?!"

난 분명 시어머니와 이야기하고 있었는데, 어느 순간 시아버지가 등 뒤에서 불쑥 나타나서는 그렇게 내뱉으시는 게 아닌가.

"네 죄가 뭔지 알아?"

"예……?"

"'소설가 선생님', '작가 선생님'이라고 해야지, 어디 글쟁이라고 해!"

이런 일이 시댁에 갈 때마다 생기니 스트레스가 장난이 아니었다. 지끈지끈거리는 머리를 부여잡고 남편에게 하소연했다.

"오빠. 나 너무 스트레스 받아."

"왜?"

시아버지가 여태까지 지적했던 일을 다 털어놓자, 남편이 씩 웃었다.

"그러게 나처럼 말을 걸지 마. 그럼 되잖아? 쭉 보니까 너 맨날 아버지한테 말을 걸더라! 너 어머니나 형이나 형수가 아버지한테 말 거는 거 봤냐?"

"……아니? 못 봤어."

"다 그거 때문이야! 너 얼마나 피곤한 줄 알아? 단어 하나 잘못 말했다고 매일 신경질 내고, 어떤 땐 상까지 엎기도 하셔! 그래서 우린 말 안 걸어. 그러니까 너도 말 걸지 마."

시댁에 처음 갔을 때 느꼈던 정적의 위화감은 바로 이것이었다. 가족들조차 포기한 괴팍한 성격이 원인이었다.

"알았어. 진작 그런 팁을 주지!"

"난 네가 아는 줄 알았지. 괜한 고생을 하고 있어."

그날 밤, 나는 남편이 잠자리에 든 옆에서 천장을 보며 생각에 잠겼다.

'정말 말을 안 거는 게 맞을까? 사람이 사는데 그렇게 계속 무시하고 사는 게 옳은 일일까?'

'어떡하지?' 생각에 생각을 거듭하다 좀 더 근원적인 이유에 도달했다.

'왜 아버님은 그렇게 지적질 대마왕이 되셨을까?'

까칠하고, 까탈스럽고, 말도 안 되는 일에도 화를 내고, 심지어 밥상을 엎을 정도로 지적을 하시는 이유는 뭘까? 그 당시 내가 내린 결론은 이랬다.

'아! 이분, 외로우시구나. 그것도 보통 외로우신 게 아니구나. 그러면 내가 말을 계속 더 걸어야겠다.'

내 생각이 맞는지 아닌지는 확인해 봐야 알 수 있었다. 그때부터는 대화의 양상을 바꿨다. 그 주 주말, 시댁에 가자마자 짐을 내려놓고 안방으로 향했다. 문을 벌컥 열어젖히자 시아버지가 놀란 얼굴로 나를 쳐다보셨다. 나는 그 앞에 앉아 수다를 떨기 시작했다.

"아버님, 이번에 제가 신문 기사를 읽었는데요. 아, 혹시 보셨어요? 보셨어도 들으세요. 요즘 세상 돌아가는게요……."

"야, 너 지금……."

"잠깐만요. 제 얘기 다 들으신 다음에 하세요. 저도 얘기 다 한 다음에 들을게요. 그동안 제가 무슨 잘못을 하는지 다 파악하고 계세요!"

30분이고 한 시간이고 계속 떠들었다. 중간중간 지적질이 들어와도 "쉿! 잠깐! 제 얘기 끝나고요!" 연발하며 가로막았다. 이야기가 길어지자 시아버지는 말을 끊지도 못하고, 지적하려고 했던 것도 까먹고 말았다.

"너, 아까 무슨 잘못을 했는 줄 알아?"

"무슨 잘못이요?"

"……."

"까먹으셨죠? 잘 까먹으셨어요."

"뭐?! 너 어디서 어른한테……!"

"잘못했습니다!"

또 다른 대화 패턴도 있었다.

"아버님, 63빌딩에 개구리 사는 거 아세요?"

"뭐?"

"모르시는구나. 제가 63빌딩 개구리 얘기 하나 해드릴게요. 올라가는데요, 엘리베이터가 고장나서 계단으로 걸어서 올라갔어요. 근데 꼭대기까지 다 올라가서 보니까 열쇠를 안 가지고 왔어요."

이런 식으로 어르신들하고 전혀 맞지 않는 대화 코드를 거침없이 섞어 말했다.

"아버님, 제가 이 얘기를 해야 돼요. 그래야 안 까먹거든요. 오늘 모임에 가서 얘기를 해줘야 되는데 까먹으면 곤란하니까 제가 아버님 앞에서 얘기 한번 할게요? 일단 앉으셔서 들어 보세요."

이런 일이 몇 번 반복되자 양상이 조금 바뀌었다. 시댁에 가면 내가 들어가기도 전에 시아버지에게 먼저 불려 들어가는 일이 점점 잦아졌다. 이른바 독대였다.

"너 이리 와."

"아, 아버님. 잠깐만요! 제가 한번 맞혀 볼게요. 우리 아버님이 뭘 지적하실까? 진지? 어, 이상하다. 진지라고 했는데, 뭐지? 뭐지? 아! 이거죠! 아, 알았으니까 고칠게요!"

"뭐? 아니……?!"

"죄송합니다?"

무릎 꿇고 앉았다가 5초 만에 나가 버리는 며느리도 대한민국에 많지 않을 거다. 그러니 시아버지는 기가 막혀서 입만 떡 벌리실 뿐 붙잡지도 못했다.

그런데 마치 김홍신 의원님께 했듯 그렇게 대하자 부작용이 생겼다. 시아버지가 나를 마음에 들어 하다 못해 좋아하기 시작한 것이다. 결국에는 주말마다 오라는 통보까지 받았다. 그때는 이미 후회해도 늦었다.

"이번 주말에 올 거지?"

맨 처음에 봤던 괴팍한 표정이 아닌, 해맑게 웃는 표정으로 이렇게 말씀하시는데 거절할 수도 없는 노릇이었다. 그것도 하루이틀이지, 몇 달 해보고 나니 이건 정말 아니라는 생각이 들었다.

"안 가. 못 가. 이대론 못 살아! 나도 내 시간 중요한 사람이야. 알아?"

집에서 설거지를 하다 말고 씩씩거리며 혼자 다짐했다. 고안해 낸 대책은 바로 문자메시지였다.

- 아버님, 잘 지내시죠? 제가 이번 주에는 못 가요.

그러자 전화가 걸려왔다.

"너 지금 어른한테 이게 뭐 하는 짓이냐? 할 말 있으면 찾아와서 하든지, 그것도 안 되면 전화를 해야지. 이딴 쪼가리 하나 보내는 건 무슨 경우야?!"

꽤 친해졌다고 생각했는데, 아직도 멀었던 게 분명하다. 하지만 나도 나름대로 다 대답을 생각해 놨다.

"아버님, 편지 아시죠?"

"아, 알지! 근데 그게 뭔 상관이야!"

"그러게요. 아버님, 편지 받는 게 좋으세요, 전화 받는 게 좋으세요? 가끔은 편지 받는 거 좋지 않으세요? 이게요, 핸드폰 편지예요. 제가 진~짜 아버님 생각해서 오랜~만에 핸드폰 '편지' 썼는데, 하지 말라고 하셨죠? 안 할게요. 안 하면 될 거 아니에요!"

"……아니……이게 편지니?"

"네, 편지요!"

"어휴, 그래. 계속 보내라."

매일 시아버지에게 짤막짤막한 문자메시지를 보내는 걸 한 달쯤 했다. 그러던 어느 날 전화가 왔다.

'또 뭐지?'

"여보세요?"

"얘, 오늘은 왜 편지 안 보내니?"

"아, 편지요. 지금 보낼게요. 끊어요."

시아버지는 슬슬 '핸드폰 편지'를 받는 일에 익숙해지셨다. 가만 보니 점심시간에 친구 분들과 모여 식사를 자주 하시길래, 그때에 맞춰 꼬박꼬박 문자를 보냈다. 그 나이 언저리의 어르신들은 핸드폰도 낯선데, 문자가 하루도 빠짐없이 오니 신기하지 않을 수 없었을 것이다.

"이 전화에 뭐 왔는데 이게 뭐요?"

"아, 이거? 우리 둘째 며느리가 밥 잘 먹으라고 이렇게 보냈네?"

"야, 좋겠다. 우리 며느리도 그런 것 좀 해주면 좋겠네."

그렇게 문자메시지가 시아버지의 '스펙'이 되어 갈 무렵, 하루는 문자메시지를 보내지 않았다. 다음 날도 안 보냈더니 득달같이 전화가 걸려왔다.

"너 왜 편지 안 보내냐?"

"답장이 없으시잖아요. 저 지쳤어요, 아버님…… 아무리 바쁘셔도 한 통의 답장은 쓰셨어야죠. 저 안 할래요."

"아아니……! 그건 내가 답장을 어떻게 하는지 몰라서……!"

"이번 주에 가서 가르쳐 드릴게요. 수강료나 준비해 놓으세요. 캐시로. 현금으로. 캐시가 현금이에요, 아버님."

그 주 주말에는 문자메시지 과외가 열렸다. 핸드폰을 서로 맞대고 문자를 주고받는 걸 과제 삼아 내드렸다. 과외가 끝날 때 보낸 문자 끝에는 이렇게 덧붙였다.

- 답장 필수!

시집살이 처음에 그렇게 괴팍했던 아버님과 겨우 문자 친구가 됐는데, 답장도 몇 번 못 받아 봤는데 사망진단이 났단다. 이제야 아버님이 조금 편해졌는데, 이젠 무섭지도 않은데, 그리고 조금 이해하게 됐는데 도저히 보내 드릴 수가 없었다.

좀 더 솔직하게 말하자면 그 노력을 기울여서 이제 좋은 세상 보내나, 이 기세를 몰아서 시댁에서 두 다리 뻗고 떵떵거리며 예쁨 받는 며느리가 되나 했는데 노력만 투자하고 보상을 못 받게 된 마당이었다.

책으로나마 공부해 보고 나니 뇌줄중이나 뇌출혈에는 셀 수 없이 다양한 경우가 있었다. 딱 하나의 병원에만 의존할 수 없다는 생각에 미쳤다. 내가 중환자실 당번이 아닌 날에는 시아버지의 진료 차트를 들고 다른 대학병원을 전전했다. 대리로 진료를 받은 것이다. 하지만 이미 한 대학병원에서 사망진단을 내린 사람에게 수술을 하자, 살릴 수 있다고 선뜻 말할 수 있는 의사는 없었다. 나도 그런 뻔한 대답을 바라고 여러 의사들을 찾아간 게 아니었다.

"선생님, 교수님. 저 의사 선생님이 환자에 대해 살릴 수 있다, 없다는 대답을 들으러 온 게 아니에요."

"아니, 그럼 무엇 때문에……."

"정말 인간적으로 이 환자가 내 가족이라고 생각해 보세요. 그리고 나는 이 분야 전문의고요. 뭘 어떻게 해야 살릴 수 있는지가 아니라, 뭘 어떻게 해야 후회가 없는지 그 대답을 듣고 싶어요. 여기 법적인 책임은 아무것도 없어요. 그냥 후회하고 싶지 않아요. 그러니까 거기에 대해 한말씀만 해주세요."

다른 의사들은 모두 침묵하거나 고개를 천천히 내저을 뿐이었으나 딱 한 분, 연세대 세브란스 신경의학과 허승곤 박사님께서만 대답해 주셨다.

"이런 상황에서 수술해서 살 가능성은 거의 없을 수도 있습니다. 그런데 나 같으면 수술하겠습니다, 내 아버지라면."

물에 빠진 우리 시댁과 나에게 구원의 손길이 내려온 것이다. 몇 번이나 고개 숙여 감사를 드렸다. 한 대학병원에 근무하는 의사가 다른 대학병원의 진단에 간섭하는 것은 정말 쉽지 않은 일이었을 텐데, 그야말로 구세주였다. 수술을 집도할 의사가 나타났으니 남은 건 병원을 옮기고 수술 날짜만 잡으면 되었다.

그리고 마지막 문제 하나가 남았다. 지극히 현실적이고, 어떻게 보면 아주 우스꽝스러우면서도 공포스러운 문제였다. 바로 수술비였다. 중환자실에서 지낸 비용과 1차 수술 비용도 만만치 않았다. 게다가 병원을 옮겨 재수술을 하면 추가 비용이 발생한다. 진짜 문제는 이미 한 병원에서 사망진단을 내린 사람을 수술한다는 것이었다. 수술을 받고 살아나지 못해도 병원비는 지불해야 하는 상황이었다.

집안의 경제권을 쥐고 있던 분은 아버님이었다. 어머님에겐 경제권이 전혀 없었다. 그런 상황에서 재수술을 하는 게 과연 현실적이고 현명한 판단일까? 다시 말해 천문학적 수술비를 가족이 모두 부담하면서까지 모험을 하는 게 맞을까? 틀린 말은 아니었다. 다들 고만고만하게 사는데 하늘에서 5백만, 천만 원 빚이 뚝 떨어지는 셈이었으니까.

가족회의 전, 남편을 조용히 불러 이야기했다.

"이렇게 얘기해. 이 상황에서 어차피 어머님은 선택권이 없으셔. 형제들은 결정을 내리기 어렵고. 그런데 이건 만에 하나 1% 가능성이 있다면 타이밍의 문제야. 그러니까 오빠가 형이랑 여동생 만나서 병원비 우리가 다 댄다고 해. 그럼 절대 잡음이 나올 수가 없을 거야."

"아니, 그럼 그 돈을 우리가 다……."

"병원비? 그게 천만 원이 들든 2천만 원이 들든 해. 대출을 받든 적금을 해약하든 하자고. 그리고 빚 갚고 살면 돼. 설사 수술 실패해서 아버님 돌아가시고 빚 갚으면서 살아도 난 현호한테 다 얘기할 거야. 그러니까 하자."

수술이 늦어지면 늦어질수록 가능성을 갉아먹는 위급한 상황이라 일을 신속하게 진행해야만 했다. 당연한 일이겠지만 남편이 가족회의에서 내가 일러준 대로 말하자, 모두 흔쾌히 오케이했다.

원래 코마 상태에 있는 환자들은 병원을 거의 옮기지 않는다. 혹여나 시아버지를 옮기다가 사고가 날 경우, 병원이 법적 절차를 비껴 나갈 수 있게끔 조치를 취하고 이동 수속을 마쳤다. 수술 날짜를 하루 앞두고 다시 허승곤 박사님을 찾아갔다.

"아니, 다시 왜 오셨습니까?"

"이걸 드리려고요."

예전 병원에 있던 진료 기록, 그동안 거쳐온 병원에서 가져온 아버님 병력을 전부 정리한 자료였다.

"수술 전의 검진도 가능한 한 최소한으로 하고 1분 1초라도 빨리 수술을 진행해 주시면 해서요. 전 의료계에는 문외한이지만, 순전히 자식 마음으로 말씀드리는 거예요. 무리하게 선생님 일정 뺏은 거 죄송합니다. 그리고 감사드립니다."

천만다행은 의사선생님을 찾고 나서 병원을 옮기고, 수술비를 준비하고, 수술에 들어가기까지 정말 이틀도 채 걸리지 않았다는 점이다. 많은 의사들을 찾아다니면서 이건 그야말로 악조건 중에서도 최악의 조건이라는 말을 숱하게 들었다. 수술한다 하더라도 운이 좋으면 반신불수, 좀 나쁘면 식물인간, 나쁘면 사망이니 이보다 더 나쁠 순 없었다.

마침내 수술이 시작됐다. 시아버지의 상태는 생각보다 심각했다. 뇌출혈이 일어난 지 이미 시간이 꽤 지났고, 뇌동맥류까지 있었다. 뇌동맥류는 주머니 모양의 꽈리가 동맥에 생긴 증세다. 표현 그대로 시한폭탄이다. 뇌동맥이 터지면 즉사하기 때문이다. 다른 뇌 부위의 출혈이 뇌동맥을 압박하고 있다는 이야기를 들었을 때는 눈앞이 아찔했다. 그런데 천만다행으로 그 시한폭탄이 터지기 일보 직전에 발견해서 제거할 수 있었다.

수술은 기적적으로 몹시 성공적이었다. 단 하루, 아니 몇 시간이라도 수술이 늦었다면 뇌동맥이 어떻게 되었을지 아무도 모르는 일이라며 의사선생님도 가슴을 쓸어내렸다.

더한 기적이 일어났다. 아버님의 의식이 돌아온 것이다. 운이 아주아주 좋다 못해 하늘의 은혜를 받았다고 해도 믿을 만했다. 불과 며칠 전까지만 해도 초상집이었던 시댁 식구들에게 평화가 찾아왔다. 시아버지가 깨어나자 수술을 집도했던 의사선생님이 바쁜 시간을 쪼개

병실로 찾아오셨다.

"이영선 씨, 정~말 운이 좋은 사람입니다. 딸 잘 두셨습니다."

웃긴 건 그 상황에서 시댁 식구들 중 아무도 딸이 아니라 며느리라고 고쳐 주지 않았다는 사실이다. 뭐, 이야기 안 해도 내가 며느리인 건 사실이니까 괜찮았다.

깨어나신 것까진 좋았지만 마비 증세가 뒤따랐다. 하지만 크게 당황할 일은 아니었다. 내가 읽었던 여러 뇌출혈 관련 서적은 모두 6개월을 얘기했다. 수술 이후 의식만 차렸다면 6개월 안에 최선을 다한 재활훈련을 통해 몸의 기능 80%는 충분히 돌려놓을 수 있다고 했다. 병원에서 하는 재활치료가 10시간, 20시간 지속되는 걸까? 기껏해야 한두 시간 하는 게 고작이다. 그렇다면 일상생활에서 식사 시간을 뺀 나머지 시간을 전부 아주 강도 높은 재활훈련에 투자하면 분명히 제 기능으로 100% 돌아올 거라는 확신이 들었다. 바로 경주에 계신 어머니께 전화를 걸었다.

"엄마, 나 이러저러하니까 와서 현호 좀 봐줘."

"아이, 뭐. 내야 니가 그렇다면 괜찮다. 애 돌보는 것도 어렵지 않고. 그런데 느이 아버지가 저러는데 어쩌노?"

"뭐! 느이 엄마 데려가면 내 밥은 어쩌고!"

수화기 너머에서 아버지가 항의하는 소리가 쩌렁쩌렁 울렸다. 어렸을 때부터 내 성격도 보통이 아니었던지라 아버지가 화를 내면 지지 않고 맞섰지만 웬만하면 대들거나 소리를 지르지는 않았다. 그랬던 내가 그 소리를 듣자마자 한마디 했다.

"엄마, 아빠 바꿔."

"응? 그래. 바꿀게."

"야, 너……!"

"아빠! 지금 사람이 죽네 사네 하는데 밥이 문제예요?! 알아서 드세요! 짜장면을 시켜 드시든지, 옆집 가서 얻어 드시든지! 아니면 배우시든가!! 뭐 엄마가 평생 올라와 있어요? 수십 년 올라와 있냐고요! 잠깐 그러는 건데!"

그러자 말문이 턱 막히셨는지 우물쭈물하신다.

"아, 뭐, 그래, 알았다…… 밥이 문제랬지 언제 내가 가지 말랬냐? 그런 적 없다."

"아빠, 죄송해요. 제가 경솔했어요. 감사합니다."

그 통화 다음 날 어머니께서 서울로 올라오셨다. 그때부터 어머니가 현호를 돌보고, 내가 시아버지의 재활훈련을 돕는 생활이 이어졌다. 기적은 꼬리에 꼬리를 물고 찾아왔다. 시아버지 본인이 워낙 의지가 강한 성격이었기 때문에 재활훈련 자체는 수월했다. 수술을 받은 지 1년째 되는 날 걸어 다니실 수 있었고, 운전도 하시기 시작했다. 친척들을 전부 모아 시아버지 돌잔치를 열었다. 다시 태어나셨으니 이제 성질 좀 죽이고 사시라는 의미에서였다.

그런 일이 있고 나서 나와 시댁은 아주 묘한, 새로운 관계가 됐다. 비록 부모님만큼은 아니더라도 가족의 일원이 되었다는 생각이 들었다. 나로서는 아주 좋은 관계였다. 가족이라고 생각하니 '지를' 수가 있었다. 시아버지가 병석을 훌훌 털고 일어나셨을 때에 맞춰 시어머니와 함께 두 분을 안방에 모시고 조곤조곤 말씀드렸다.

"저희 어머니가 그러셨어요. 귀머거리 3년, 벙어리 3년. 지금 5년 지나고 6년째거든요. 저 이제 그냥 제 방식대로 '고민정'으로 살게요.

다시 말해서 할말 하고 산다는 거예요. 겪어 보셔서 아시잖아요? 저 그
렇게 막나가고 막되고 경우 없는 사람은 아니잖아요."

  그건 어떤 의미론 선전포고에 가까웠다. 내가 시댁의 일원이 되었든
아니든 갈등은 이전부터 있었다. 하지만 그 선전포고 이후엔 그야말로
관계가 묘하게 바뀌었다.

미움을 방지하기 위한
예방주사

말을 한번 내뱉으면 주워 담을 수 없다. 말은 비수가 되어 사람의 심장을 찌른다. 이런 속담이 있는 건 예로부터 입에서 나온 말들이 무수한 사람을 수도 없이 상처 입혔기 때문이리라. 그런가 하면 상처 입힌 사람은 잊어도 그 상처를 입은 사람은 잊지 못한다는 한탄이 있다. 말도 똑같다. 말로 상처 입힌 사람은 기억 못 하는데, 나는 그 푹 찔린 상처를 끌어안고 끙끙 앓는다. 다른 사람 감정을 헤아리지 않고 툭툭 내뱉는 성격의 대가이신 우리 시어머니의 말은 특히나 더 아프다.

친정어머니는 고추장을 참 잘 담그신다. 결혼을 해 가정을 꾸리고 살면서도 고추장이 떨어졌다고 하면 택배로 한 독 가득 보내 주시곤 한다. 이 맛있는 고추장으로 무얼 할까, 들뜬 마음에 콧노래를 부른 바로 다음 날 시어머니가 오셨다. 우리 집을 제집처럼 드나드는 시어머니께서 그날따라 무언가 한 짐 가득 지고 오셨다.

"어머님, 이게 다 뭐예요?"

"고추장 좀 지고 왔다."

"아니, 웬 고추장을……."

"지난번에 보니까 냉장고에 고추장이 없더라."

오시면 냉장고부터 열어 보는 습관이 있는 우리 시어머니는 조금 오래된 반찬이 있다 하면 내가 확인하기도 전에 휙휙 내다버리셨다.

"말씀을 하시지 그랬어요. 저희 친정엄마가 고추장 보내 줘서 지금 이만 한 게 있어요. 다음부터 먼저 연락 주세요."

보통의 시어머니라면 이 대목에서 이렇게 대답할 것이다.

'아유, 그러게. 전화 한 통 할 걸 그랬나? 알았다.'

다시 한 번 말하지만 이게 '보통의 시어머니' 반응이다. 하지만 우리 시어머니께서는 그러지 않으셨다.

"아, 그래? 어딨어?"

그러더니 내가 대답을 하기도 전에 냉장고를 벌컥 열고는 고추장을 꺼내셨다.

"이거니?"

"아, 네."

꺼낸 고추장의 뚜껑을 대뜸 열고 손가락을 쿡 찍어서 맛을 보신다. 이쯤 되면 내 머릿속은 혼란의 도가니다.

'뭐지? 대체 지금 저게 뭐 하시는 거지?'

"얘, 이거 맛없다. 이거 먹지 마. 내가 가져온 것 먹어라. 그럼 이거 놓을 데 없으니까 내가 가져갈게."

입맛을 짭짭 다시더니 한다는 말씀이 그거다. 순간 속에서 천불이 울컥 치밀었다. 내가 만든 걸 맛없다고 하는 것도 기분이 안 좋은데, 우리 엄마 음식이 맛없다고?

내가 말을 잃고 속을 부글부글 끓일 동안 시어머니는 동작도 빠르게 우리 어머니표 고추장을 챙기고 있었다. 그 손목을 덥석 붙잡았다.

"어머니, 잠깐만요. 지금 뭐라고 말씀하셨어요? 맛없다고요? 잠깐만요."

시어머니의 손에 들린 고추장에 손가락을 푹 찔러서 고추장을 가득 떴다. 그걸 시어머니가 보는 앞에서 내 입에 넣고 우물거렸다.

"맛있네요. 어머니는 저희 친정엄마보다 김치는 훨씬 맛있게 잘 담그세요. 근데 고추장은 저희 친정엄마가 훨씬 맛있게 잘 담그세요. 그리고 제 입맛에 맞아요. 그러니까 저는 맛있는 친정엄마표 고추장을 먹을 테니 어머니는 어머니 고추장 들고 가세요. 참, 그리고 어머니? '맛없다'라고 말씀하신 거요, 저희 친정엄마에게 전해 드릴게요."

그 와중에도 우리 어머니의 감칠맛 나는 고추장은 일품이었다. 내가 강경하게 나오자, 시어머니는 눈을 피하더니 가져왔던 고추장을 다시 주섬주섬 싸기 시작했다.

"아유, 그럼 바빠서 이만……."

"그럼 안녕히 가세요. 또 오세요."

물론 상황만 놓고 보면 굉장히 버릇없고 어른에게 무례하게 얘기하는 며느리일 수 있다. 하지만 약간 다르게 생각해 보자. 어른들이라고 해서 무조건 맞춰 주고 좋게 얘기하는 건 옳지 못하다.

나는 그때 시어머니가 내가 보낸 메시지를 알아들으셨으면 했다. 왜냐하면 내가 분명하고 강하게 짚고 가지 않았더라면 또 똑같은 실수를 반복해서 내게 상처를 줬을 것이기 때문이다. 상처가 맨 처음 생겼을 때는 어른들도 충분히 인식할 수 있도록 메시지을 강하게 전달해야 한다. 내 태도를 본 시어머니는 이렇게 생각했을 것이다.

'아, 애 앞에서는 친정엄마 고추장 얘기는 하면 안 되겠구나' 내지는 '친정엄마의 음식에 토를 달면 안 되겠다'라는 인식이라도 가졌을 것이다. 그러면 다음에 그와 같은 주제로는 다시 상처를 받거나 울컥하는 일이 생기지 않는다.

그 뒤 실제로 시어머니는 다른 말실수는 하시더라도 최소한 우리 친정엄마의 음식에 대해서는 언급하지 않으신다. 오히려 친정에서 음식을 가져오면 입에 침이 마르도록 칭찬하기 바쁘다.

"아휴, 이게 사부인이 하신 거니? 아이고, 사부인은 어쩜 그렇게 음식을 잘하시니?"

"고추장만 빼고요?"

"아, 아니 무슨…… 아휴, 그런 거 아니고…….."

"어머니 고추장도 맛있어요. 어머니, 제가 그렇게 얘기한 거 서운하게 생각하지 마세요. 제가 속으로 계속 참고, 참고, 또 참다가 나중에 어머니 미워하는 것보단 낫잖아요. 그것보다는 그냥 서로 알 거 아는 게 나을 것 같아서 드린 말씀이에요. 제가 어머니 무시해서 내뱉은 것도 아니고요. 그러니까 어머니도 상처받지 마세요."

"그래, 알았다."

이를테면 미움을 방지하기 위한 예방주사라고 할 수 있다. 당장 그 주사를 맞을 때는 따끔하고, 자칫 실수하면 피 몇 방울도 볼 수 있지만 정작 미움이 닥쳐왔을 때는 부드럽게 대처할 수 있다. 순간의 따끔함에 머뭇거리다가 걷잡을 수 없는 미움과 고통에 시달리는 것보다는 이편이 감정적으로도, 시간적으로도 경제적이다.

친정엄마뿐 아니라 친정아버지하고도 이 비슷한 일이 있었다. 우리 아버지는 전형적인 무뚝뚝한 경상도 남자다. 그 무뚝뚝한 양반이 첫딸의 아들, 첫 손주인 현호를 정말이지 끔찍하게 아끼신다. 분유도 타주고, 기저귀도 가는 방법을 배워서 직접 갈아 주실 정도였다. 평생 동안 아버지의 그런 모습을 볼 수 있을 거라곤 상상도 해본 적이 없다.

아무튼 그렇게 현호를 예뻐하셨지만 문제는 거리의 장벽이었다. 서울과 경주에 살다 보니 오가는 시간이 아무래도 만만찮을 수밖에 없었다. 그러던 어느 날, 전화가 걸려왔다.

"여보세요."

"민정이냐? 나 서울 간다."

"예? 갑자기요?"

외가 식구들을 실어나르기 위해 대절한 버스 안에서 전화를 건 것이었다. 외가 쪽에서 결혼식이 있었던 것이다. 사실 어머니라면 모를까 아버지는 가실 필요가 없었는데, 다른 식구들이 다들 못 가겠다고 하니 본인이 가시겠다고 선뜻 나섰던 것이다.

"식장에 한 시간쯤 머물다 갈 건데 현호 데리고 와서 얼굴 좀 보여다오."

"알았어요, 당연히 가야죠."

공교롭게도 그날은 시어머니 생신이었다. 시간상으로는 문제가 없었다. 음식을 마련해 저녁에 항상 시댁에서 모셨는데, 아버지가 와 계신 시각은 낮이었다. 결혼식은 낮에 하니까 시간대가 겹치지도 않고, 잠깐 나갔다 올 여유가 충분히 있었다. 마침 식장도 집에서 가까웠다.

"저 아침에 음식 준비 미리 해놓고, 애기 데리고 잠깐 친정아버지 뵙고 올게요."

"그래, 어쩔 수 없지."

시어머니도, 형님도 그러라고 대답은 했지만 그 뒤에 이상한 게 따라붙었다. '어쩔 수 없지'……? 내 입장에서는 어쨌든 다녀오는 게 중요하니까 넘어갔다. 오전 내내 부지런히 일해 밑준비를 끝냈다. 아버지를 뵙고 돌아와서 간단히 마무리하면 차릴 수 있었다. 그제야 단정하게 차려입고 현호를 데리고 나가는데, 시어머니가 따라 나오셨다.

"어디 가니?"

"어디 가긴요? 예식장이요."

"예식장은 왜?"

"친정아버지가 현호 보고 싶다고 하셔서요. 아까 말씀드렸잖아요."

"아, 그거?"

"다녀올게요."

"근데 얘."

"네?"

"거기 꼭 가야 하니? 아직 저 나물도 덜 됐는데, 거길 꼭 가야 해? 그래야 돼?"

목으로 울컥 솟는 말은 많았지만 싸울 시간이 없었다.

"네, 가야 해요. 다녀올게요."

예식장에 얼마 지나지 않아 도착했다. 두리번거리고 있던 아버지는 나와 현호를 발견하자마자 얼른 달려와 현호를 안으셨다. 밀린 이야기를 다 하기엔 너무도 촉박한 시간이었다. 그렇게 10분 겨우 지났을까.

"그러고 보니 오늘이 사부인 생신이라며?"

"네."

"그래, 그럼 이제 가라. 얼굴 봤음 됐다."

아, 그때의 그 울컥 하는 심정이란……. 집을 나오기 전의 그 울컥하곤 전혀 달랐다. 속이 복받쳐 오르고 눈시울이 뜨거워졌다. 결국 화장실에 가서 엉엉 울었다. 몇 분 서럽게 울고 나니까 그래도 좀 개운했다. 밖으로 나가 물었다.

"아빠, 언제 내려가세요?"

"한 시간 있다 출발할 거다."

"아빠 떠나실 때 갈게요. 저 일 다 하고 왔어요."

아버지가 버스에 올라 떠나시는 걸 배웅까지 해드리고 나서야 집으로 돌아왔다. 돌아오니 이미 친척들이 분주하게 상 차릴 준비를 하고 있었다.

"제가 조금 늦었죠?"

아무렇지 않게 음식을 다시 잡았다. 전부 집에서 한 음식이다 보니 먹기 전에도 고생이었지만 먹고 난 뒤에도 고생이었다. 산더미처럼 쌓인 설거지를 해치우고 나니 팔다리, 허리 쑤시지 않은 곳이 없었다. 시댁에서 뒷정리를 끝내고 집으로 돌아오자 밤 11시가 가까웠다.

몸도 피곤하고, 정신도 피곤하고, 아프지 않은 곳이 없는데 도무지 잠이 오지 않았다. 너무 억울했다.

"거길 꼭 가야 해?"

그 대수롭지 않게 하던 말투가 그렇게 화가 날 수가 없었다.

'그럼 내가 당신 생일에 집 가서 음식 하고 반찬 하고 그릇 닦던 거, 거긴 꼭 갔어야 해? 말로만 매일 난 널 며느리로 생각 안 한다고 입 발린 소리 하고.'

내 표정이 내내 어둡자, 남편이 눈치를 챘다.

"왜 그래?"

"나 억울해. 화나. 매번 이런 식이잖아. 이런 식으로 하시면 내가 시댁 어른들에게 잘 해드리고 싶은 마음이 생기겠어? 나 싫어. 도저히 안 되겠어."

밤 11시에 시댁으로 전화를 걸었다. 아버님이 해맑기 그지없는 목소리로 받으셨다.

"어, 그래. 잘 들어갔다고 전화한 거니?"

"네. 그것도 맞고요. 다른 얘기도 있어요."

"아니 뭐?"

"아버님, 이왕 먼저 전화 받으셨으니 말씀드릴게요. 저, 억울하고 분하고 화나고 울컥해서 울다울다 잠이 안 와요."

"아니, 왜 그러니?"

"어떻게 저한테 이러실 수가 있어요?"

"도대체 무슨 소리를 지금……."

"그 얘기 지금 하려구요. 사실은요……."

낮에 이런 일이 있었다고 아버님에게 간략하게 보고를 드렸다.

"저 그때 기분이 어땠는지 아세요? 저 예식장 화장실에서 엉엉 울었어요. 제 감정 어떤 건지 아시겠어요? 아버님, 고모가 아버님 한 번 본다고 했을 때 그런 일을 당했으면, 내 딸이 당했으면 어떠셨을 것 같아요? 그런데 아버님, 저한테도 그렇고 사돈 어른들한테도 그렇고, 말씀은 잘하시잖아요? 그리고 사위도 자식이라고 하시고. 근데 이건 아니죠. 저 너무너무 화나요. 저 정말 어머니 미워할 것 같아요."

"어휴, 그건 느이 어머니가 그때 그냥 툭 나와서 가볍게 그냥 한 말……."

"왜 가볍게 말씀하시는데요? 그건 아니죠. 저한테 이런 상처를 줘서 뭐가 좋은데요?"

"어휴, 그건 니 시어머니가 잘못한 거야."

"그렇죠? 잘못하신 거죠? 아버님이 그렇게 말씀해 주시니까 감사해요. 일단 아버님 용건은 됐구요, 어머니 좀 바꿔 주세요."

"지금 자는데……."

"깨워 주세요."

부스럭부스럭 이불 들추는 소리가 나고 시어머니가 비몽사몽간에 전화를 받았다.

"어머니, 저예요. 주무시는 거 아는데요, 오늘밤에 얘기 안 하면 내일, 아니 평생 후회할 것 같아서 얘기하는 거예요. 어머니 아까 저한테 왜 그러셨어요? 제 기분 어떤지 아세요?"

"아니, 그게, 내 마음이 그게……."

"마음이 아니면 그게 뭔데요. 뭔데요 대체?"

그렇게 마음에 쌓아 뒀던 말을 마구 질렀다. 자다 깨서 날벼락을 맞은 시어머니는 아휴, 아휴 하다가 결국 백기를 드셨다.

"내가 그냥……헛말이 나왔다."

"그러셨어요? 근데요 어머니. 앞으로 그렇게 상처 주는, 어머니 표현 대로라면 그 헛말 안 하시면 좋겠어요. 저 참으려고 했어요. 근데 참는 게 좋은 건지, 이 밤중에 주무시는 어머니 깨워서 말하는 게 필요한 건지 생각해 보니까 말하는 게 중요하고 필요할 것 같았어요. 이런 얘기 해드려야지 어머니 아실 거 아니에요. '얘 이걸로 울컥하고 상처받았구나.' 얘기 안 하면 모르셔서 다음에 또 그러실 거 아니에요. 계속 말 안 하면 어머니 미워할 것 같아서, 그리고 정말 다른 며느리처럼 착한 척 가식 떨고 적당히 할 것 같아서…… 그렇게 살긴 싫어요. 그러니까 어머니, 조금 조심해 주세요. 부탁드려요. 깨워서 죄송해요, 어머니. 주무세요. 저도 이야기하고 나니까 지금은 좀 속이 시원해요."

그렇게 전화를 끊고 보니 옆에서 듣던 남편의 얼굴은 그야말로 경악 그 자체였다. 하지만 난 할말 다 했으니 시원했다.

"할말 다 했으니까 자자. 잠 오겠다 이제."

그 뒤로는 거짓말같이 잠이 잘 왔다.

다음 날 해가 뜨자마자, 다시 전화를 걸었다.

"밤에는 제가 감정이 좀 격해졌어요. 하지만 저 이런 일 또 생기면 똑같이 할 거예요. 밤 열두 시, 한 시에도 전화 드릴 거예요."

현호를 보면서 싱글벙글하던 아버지, 현호와 떨어져 다시 경주로 가시면서 눈가에 눈물이 고여 있던 아버지, 그리고 그런 아버지와 만나러 가던 나에게 거길 꼭 가야 하냐고 물었던 시어머니. 그날의 감정은 그대로 털어놓지 않았다면 두 번 다시 돌이킬 수 없는 응어리가 됐을 것이다.

시댁하고는 이렇게 지낸다. 충돌이 비교적 자주 일어난 편이었지만, 그 점이 서로 익숙한 사이다. 때로는 이렇게 직설적으로, 감정 그대로 얘기하는 것도 필요하다. 근래에는 시어머니가 입을 열었다가 턱 멈추고 스르르 다무신다. 그러면 나는 속으로 웃는다.

'잘하시는 거예요~'

또는 시어머니가 자신도 모르게 '헛말'을 하실 때면 옆에 있던 시아버지가 허벅지를 쿡쿡 찌르면서 눈치를 주기도 하신다. 내가 나를 드러내면서 계속 메시지를 전한 덕분에 생긴 변화다.

충돌과 표현, 전달은 물론 나를 바꾸는 제일의 수단이다. 그리고 어른들도 이런 나와 부딪히면 분명히 바뀌고, 당장 바뀌지 않더라도 '이건 혹시?' 하는 마음에 주춤한다. 그리고 그게 일상이 된다.

다른 것이 일상이 아니다. 시댁에서 받은 스트레스를 가족들에게, 친정에게, 친구들에게 풀지 말자. 그건 나의 스트레스이며, 나의 문제다. 내가 바뀌고자, 바꾸고자 한다면 일상도 얼마든지 바뀔 수 있다.

오면 오시는 대로, 가면 가시는 대로

일에 치여 살다가 겨우 얻은 휴일이 얼마나 달콤한지 커리어우먼들은 안다. 오랜만에 친구를 집에 초대해서 남편 흉을 보며 안주를 만들고, 안주가 다 완성될 즈음에 냉장고에 잘 모셔 둔 맥주를 꺼낸다.

'푸슉!'

맥주캔 따는 소리는 듣기만 해도 시원하다. 군침을 꿀꺽 삼키면서 한 모금 딱 마시려는데, 삑, 삑, 삑, 삑. 아뿔싸, 대낮에 비밀번호를 꾹꾹 누르고 들어오는 저분은 누구시란 말인가. 남편은 학원에서 수업 중일 테니 아니고, 그렇다면?

"아가, 우리 왔다!"

묻지도 따지지도 않고 불쑥 오신 이분들. 다름 아닌 시어머니, 시아버지이시다. 친구와 눈빛 교환 한 번, 시부모님과 눈빛 교환 한 번. 이 순간의 어색함, 정적⋯⋯.

친구는 허둥거리며 옷과 짐을 챙겨 나가고, 나는 벌여 놓은 상을 부랴부랴 치운다. 아, 슬프다~.

불과 몇 년 전만 해도 빈번하게 있었던 일이다. 결혼하고 시간이 제법 흘렀는데도 시부모님께서는 우리 집에 자주 오셨다. 연락도 없이 불쑥불쑥 오시는 게 나로선 그렇게 유쾌하지만은 않았다.

더욱이 찾아오시는 시간대가 일정하지 않았다. 꼭두새벽이 갓 넘은 이른 아침, 점심나절, 캄캄한 한밤중, 고루고루 찾아오셨다. 심지어는 샤워하고 나왔더니 거실에 계실 때도 있었다. 친구들이나 이웃 아줌마들과 함께 수다를 떨고 있을 때도 도어락 소리는 시도때도없이 울렸다. 삑, 삑, 삑, 삑……. 그러면 모두 어쩔 줄 모르며 자리를 뜬다.

이런 일이 계속되자 무언가 방법을 찾아야 될 것 같다는 생각이 들었다. 주변에 조심스럽게 상담을 요청했다.

"비밀번호를 한번 바꿔 보는 건 어때?"

"……그럴까?"

남편에겐 솔직하게 시부모님께서 자주 오시는 게 불편하다고 말했다. 남편도 내가 불편하다면 마음대로 하라면서 오케이했다. 그렇게 큰맘 먹고 번호를 바꿨다. 그랬더니 아들 현호가 냉큼 묻는 말.

"엄마, 우리 비밀번호 왜 바꿨어?"

차마 '할머니, 할아버지 오시는 게 좀 불편해서'라고 대답할 순 없었다.

"으응, 그게……원래 이런 비밀번호 잠금장치는 보안상 문제 때문에 정기적으로 바꿔 줘야 된대."

"아~아, 그렇구나!"

그렇게 잘 넘기는 듯했다. 이제 나도 편한 마음으로 샤워도 하고, 집에서 편하게 입고 있어도 되겠다!

하지만 홀가분한 기분은 며칠 가지 못했다. 끈나시에 짧은 바지를 입고 소파에 편안히 드러누워 쉬고 있는데, 아니나 다를까 비밀번호 누르는 소리가 들렸다.

삑, 삑, 삑, 삑……. 삐비빅!!

아무래도 사람이 겪은 게 있다 보니 움찔 긴장했다. 비밀번호가 틀렸다는 소리가 났으니 안 열리겠지, 생각하며 가만히 있는데, 이게 웬일? 문이 너무 쉽게 획 열려 버리는 게 아닌가?

"아가, 우리 왔다!"

부리나케 안방으로 달려가 정신없이 옷을 챙겨 입으면서도 한참을 갸우뚱거렸다. 이게 도대체 어찌 된 영문이지?

알고 보니 도어락 센서에 대는 전자키를 갖고 계신 거였다. 그 전자키는 나도, 남편도 안 갖고 있는데 어떻게 갖고 계시는지 도통 알 수가 없었다. 그 뒤론 아예 비밀번호를 누르지 않고 전자키를 대고는 문을 열고 들어오셨다.

게다가 또 하나 문제가 생겼으니, 술에 취한 남편이 새 비밀번호를 기억 못 해서 집에 들어오지 못하는 거였다. 새벽 내내 초인종을 누르는 통에 결국 두 손 두 발 다 들고 예전 비밀번호로 다시 바꿨다. 원상복귀였다.

시부모님이 오시는 때를 알 수 없는 것은 적지 않은 스트레스였다. 결국 조심스럽게 말씀드렸다.

"어머님, 아버님. 오실 때는 미리 꼭 연락을 주세요."

그랬더니 하시는 말씀.

"아니, 우리가 남의 집 오는 것도 아니고 우리 아들이랑 며느리 집에 오는 건데 뭘 전화를……"

몇 번 더 간곡하게 부탁을 드리고 나서야 연락을 해주기 시작했다.

"얘, 우리 너희 집 간다!"

어, 이거 효과 있는데? 내심 기뻐하면서 전화를 끊었다. 그리고 3분 뒤.

삑, 삑, 삑, 삑…….

맙소사, 1층 엘리베이터 앞에서 전화를 거신 거였다.

견디다 못해 엄마에게 전화를 걸어 하소연을 늘어놓았다. 그리고 엄마는 아들 집이라고 그렇게 불쑥불쑥 가지 말라고, 거긴 며느리 집이기도 하다고 신신당부했다.

"난 안 그런다. 그 어르신들이 하루아침에 바뀌겠니? 네가 고생이 많다."

"아, 진짜 힘들고 짜증나. 요즘 시대 대한민국에 시댁 이렇게 불쑥불쑥 오는 경우가 어딨어? 그 불쑥이 한 달에 한 번도 아냐. 일주일에 한두 번씩 이러시고 오시자마자 냉장고 벌컥, 안방문 벌컥……. 정말 스트레스야!"

내 한탄에 한참 맞장구를 쳐주던 엄마가 한마디 하셨다.

"야."

"왜!"

"거 어르신들 바뀌겠나? 안 바뀐다! 그리고 느이 집에 뭐 훔치러 오겠나? 자식 집이니까 하나라도 도움이 되겠구나 싶은 마음에 오시지. 뭐 물건 좋은 거 있을까 하나씩 가져다 놓으려고 오겠나? 그냥 니가 마음 비우라. 어? 오면 오시나 보다, 가면 가시나 보다. 니가 신경 쓰지 말고 살아라."

한껏 짜증이 나서 씩씩거리던 게 거짓말처럼 가라앉았다. 무언가에 쿵 하고 머리를 한 대 맞은 기분이었다. 전화를 끊고 한참을 생각했더니, 아무래도 엄마 말이 틀린 게 아니었다. 그래서 그 뒤로는 엄마 말대로 행동했다. 오면 오시는 대로, 가면 가시는 대로.

어떤 날은 아들을 데리고 외출하려는데, 올라오는 엘리베이터에 시부모님이 타고 계셨다.

"아니, 너 어디 나가니?"

"예. 어디 오셨어요? 605호?"

우리 집이 바로 605호다. 내가 너스레를 떨자 시부모님께서는 너털웃음을 지으셨다. 나도 웃으면서 고개를 꾸벅 숙이고 말했다.

"볼일 잘 보고 가세요. 저 나가요~"

"어, 뭐 늦니?"

"예, 늦어요!"

그러곤 슉~ 나갔다.

또 이런 때도 있었다. 외출하기 위해 옷매무새를 가다듬고 외투를 고르고 있는데 또 불쑥 오셨다.

"아, 오셨어요? 저 약속이 잡혀서 바쁘네요. 늦어서 차는 못 드려요. 차 어딨는지 아시죠? 그럼 볼일 보고 가세요. 저 나가요!"

그러곤 또 슉~.

한번은 집에 친구들과 후배들이 모여 모임을 하고 있는데 오셨다. 이야기를 시작한 지 20분도 채 되지 않았을 때였다. 멀리서 온 사람들이 엉거주춤 일어나 우르르 자리를 피하려고 하니 여간 아쉬운 게 아니었다. 그래서 사람들을 죄다 자리에 앉히고 말씀드렸다.

"아버님, 저 친구들 후배들 모임 오늘 집에서 하기로 했거든요. 그런데 웬일이세요?"

"아니, 이거 하나 주고 가려고."

"아, 그러시구나. 저 오늘은 커피 못 타드려요. 또 오시면 되잖아요. 여기 계속 계시면 오랜만에 만난 사람들이 다 불편하니까 오늘은 그냥 가세요. 죄송해요."

그러면서 공손히 현관문까지 열어 드렸다.

"어어어…… 알았다. 아니 근데 커피 한 잔은……."

"댁에 가서 드세요. 가세요~"

쿵! 현관문 닫히는 소리. 이렇게 지내다 보니 지금은 시부모님께서 오셔도 스트레스가 없다시피 하다.

새벽 5시에 자서 피곤한 날 아침에 시부모님이 오실 때도 적잖이 있다. 예전 같았으면 퉁퉁 부은 눈을 비비면서 비틀비틀 일어나 차를 대접해 드렸을 테지만, 이젠 다르다. 잠이 덜 깬 얼굴로 비실비실 나가서 말씀드린다.

"아버님, 제가 새벽 늦게 자서 피곤해요. 좀 더 잘게요……."

"어, 그래! 들어가서 푹 자라."

아버님도 얼른 들어가라며 손짓을 하신다. 나갔던 걸음 그대로 비실비실 안방으로 들어와 침대에 풀썩 눕는다. 그러면 밖에서 TV 보시는 소리, 커피 끓이시는 소리, 설거지 소리가 난다. 그 소리를 자장가 삼아 다시 잠에 빠져든다. 푹 자고 일어난 다음 나와 보면 언제 가셨는지 모르게 가셨다.

다른 사람이 보기엔 참 독특해 보이는 관계일 것이다. 처음엔 다소 어색해했지만 이제는 완전히 익숙해지셨다.

"좀전에 밥 먹었니? 설거지를 아직 안 했네?"

"아, 설거지요? 저 바빠서 지금 못 해요."

"그래도 설거지 좀 해야 하지 않겠니?"

"그러실래요? 감사합니다! 안 하셔도 되는데……. 그래도 어머님 원하시면 하세요! 저 나가요!"

그러곤 슉~.

또 다른 날. 미팅 시간에 늦어서 발 동동 구르며 준비하고 있는데 오셨다. 수화기에 대고 연신 "금방 갈게요, 금방"을 연호하는 내 옆에서 가슴을 치면서 한탄을 하신다.

"내가 이 집에 와서 커피 한 잔을 못 얻어먹는다."

일주일에 한 번이 멀다 하고 오시면서, 누가 들으면 1년에 한 번 오시는 줄 알겠다.

"그러세요? 아버님 커피 한 잔?"

급히 구두를 신으며 심호흡 한 번 크게 하고 소리친다.

"현호 아빠! 일어나!! 아버님 커피 드시고 싶대!! 나 지금 나가야 돼! 부탁해!!! 아버님, 현호 아빠가 타드릴 거예요. 저 출근해요."

"어? 어어, 그래."

그랬더니 아들도 그대로 배워서는 내가 하는 말투랑 똑같은 말투로 따라한다. 숙제라도 있는 날엔 방에 들어가서 숙제 한다며 인사 꾸벅 하고 들어간다. "필요하신 거 있으면 부르세요."라는 말을 남기고.

그러면 아버님도 숙제 열심히 하라며 방문을 닫아 주신다. 나중에 남편에게 들은 이야기이지만, 어머님 아버님께서 며느리 중에 현호 엄마가 제일 편하다고 하셨단다. 그래서 나는 눈을 동그랗게 뜨고 대답해 줬다.

"오빠, 난 불편할 때가 더 많아."

그러곤 서로 한바탕 웃었다.

어떤 사람들은 결혼생활에서 가장 힘든 게 고부 갈등이라고 한다. 많은 사람들이 고부 갈등을 대화로 풀라고 하는데, 실제로는 대화가 통하지 않아 더 악화하는 경우가 많다.

왜 그럴까? 서로 속마음을 숨기고 겉치레로 대하기 때문이다. 그런 식의 대화는 오히려 서로의 사이를 나쁘게 만들 뿐이다.

여자들은 대체로 시댁에서 서운한 일이 있거나 문제가 생기면 남편에게 불만을 표출하며 해결해 달라고 하소연한다. 나도 처음에는 그렇게 생각했다. 하지만 엄마와 통화하고 난 뒤로 마음이 바뀌었다. 시댁과 문제가 있으면 스트레스를 받는 건 나다. 그건 내 인생이고 내 문제다. 조언을 구하거나 말을 전할 때야 남편의 도움을 받을 수도 있겠으나 문제를 해결하고, 부딪히고, 고민하는 건 궁극적으로 내가 해야 할 일이다.

또 하나는 변하지 않는 것들에 대한 인정, 다른 말로는 포기다. 시댁 어른들이 며느리를 대하는 것이나 생각하는 사고방식은 좀체 바뀌지 않는다. 때문에 그 부분은 인정한 상태에서 다른 방법을 찾는 것이다. 최선이 없다면 최악을 피하기 위해 차선을 선택해 가며 지내는 거다. 그렇게 함께 사는 게 가족이 아닐까. "비 온 뒤 땅이 굳는다"는 속담은 아마 이래서 나온 말인가 보다.

가족 간의 끈을 이어준 여행

시댁과 관련된 에피소드는 무궁무진하다. 비록 지금은 듣고 보는 사람들이 많아 말을 좀 아끼고 살아야 할 시기이지만, 내 나이 60쯤 되면 그 모든 이야기를 털어놓을 수 있을 것이다.

이번 이야기는 거창한 고발까지는 못 되어도 속닥속닥 알릴 만한 자랑거리는 되는 그런 에피소드다. 2009년 여름, 발리로 휴가를 다녀왔을 때의 일이다. 왜 하필 발리인가? 거기엔 여러 가지 복잡한 사연이 얽혀있다. 이야기는 다시 한 번 더 세월을 거슬러 올라간다.

나와 남편이 막 결혼했을 때는 남편이 백수였다. 그렇다 보니 생활비에 여윳돈이 거의 없었다. 그때 우리는 서로 약속했다.

"10주년 여행은 폼나게 가자!"

비록 신혼여행 때에는 좋은 곳에 못 가지만 10주년만큼은 하와이든 몰디브든 누구나 이름만 들어도 고개를 끄덕거릴 만한 곳으로 가자고 의기투합했다. 당시엔 하와이가 신혼여행지의 대명사였기 때문에 우리도 하와이를 10주년 기념 여행지로 정하고 생업에 매진했다.

"앞으로 5년 남았네."

"앞으로 2년 남았잖아?"

"앞으로 1년!"

여름 성수기 때 하와이에 가려면 제법 큰 비용이 든다. 10주년을 몇 년 앞뒀을 때부터 '폼나는' 여행을 위해 우리는 꼬박꼬박 여행비를 모았다. 남편도 취업하고 현호가 태어나고 나니 10주년 여행이 아니면 정말 우리가 제대로 된 여행을 할 기회가 없을 것 같았다. 저축하는 중간중간에도 몇 번이나 목표를 환기했다.

"우리 10주년 여행은 꼭 가는 거다?"

"여름 하와이! 오케이!"

눈 깜짝할 사이에 시간이 흘러 결혼 10주년이 마침내 돌아왔다. 과연 우리는 폼나게 하와이로 떠났을까? 결론부터 이야기하자면 못 갔다. 대신 발리 여행을 다녀왔다.

여행이 취소된 데에는 여러 원인이 있었다. 우선 10주년이 되던 해에 내가 시험관으로 둘째를 임신했다. 둘째로 인해 하와이행 비행기를 타는 건 11주년 여행으로 미뤄 둔 상황이었다. 여기에 또 더할 것은 바로 우리 독특한 캐릭터들의 집합소인 시댁의 사정이다.

나와 시댁하고는 시부모님, 형님댁, 시누이네를 통틀어 마음의 거리가 그리 가깝지 않다. 마음을 툭 터놓고 지내는 것도 아니지만, 그렇다고 싸우고 부딪히며 화내는 사이도 아니다. 남들이 다 그렇듯이 때 되면 만나고 적당히 안부 물으며 형식적으로 지내는 관계다. 이번 에피소드의 주역이 될 형님네 식구하고도 이 관계는 비슷했다. 자연 명절 때를 제외하고는 형님과 따로 소통하는 일이 없었다. 그러다 보니 형님네 식구들이 어떤 상황인지 알 길이 없었다.

하와이 여행을 미루고 바쁘게 살고 있던 어느 날, 퇴근해 집에 돌아오자 집에 있던 남편이 이야기를 꺼냈다.

"요즘 어머니가 걱정이 많으신가 봐."

"무슨 걱정?"

시어머니와 남편은 평상시에도 자주 만나서 대화를 하는 사이다. 무슨 이야기인가 싶어서 듣다 보니 내가 관심을 끊고 살았던 형님네 가족 문제였다.

사실 결혼한 지 15년쯤 넘어가면 부부 사이가 신혼처럼 좋아도 그렇게 일반적인 모습은 아니다. 하지만 형님이 처한 상황은 180도 반대였다. 부부 사이에 대화가 전혀 없다는 것이다. 굉장히 건조하고 무심한 개인 행동이 몇 년째 이어지다 보니, 시어머니께서 덜컥 걱정이 되신 모양이었다.

"하루이틀도 아니고 1년 2년을 계속 저랬다던데?"

저러다 이혼하면 어쩌겠냐고 아들을 붙잡고 하소연을 하신 것 같았다. 남편이야 그래도 식구 사이의 정이 있어서 나에게 계속 그 부부 문제를 들려줬지만 이미 한 발짝 떨어져 버린 나는 시큰둥할 뿐이었다.

"알아서들 잘 사시겠지 뭐."

그 뒤로도 한참을 신경쓰지 않고 살다가 우연히 형님과 다른 일로 만날 기회가 있었다. 그때 이야기를 하다 보니 부부 관계에 대한 말이 흘러나왔다.

"남편이랑 대화가 안 통해. 그리고 지금은 솔직히 대화할 필요성도 못 느끼고, 어떻게 대화를 해야 할지도 모르겠어. 솔직히 지금은 할말도 없어. 말을 거는 게 더 불편해."

사람의 이야기를 들으면 어느 정도 '느낌'이라는 게 오기 마련이다. 내가 그때 느낀 건 미움이나 화가 아니라 무관심이었다. 남편을 통해 들은 시어머니의 이야기도 있었고. 그 모든 것을 종합해 보니 이미 형님 부부는 갈 데까지 간 상태라는 직감이 들었다.

'그래도 내가 상관할 필요가 있나?'

예전부터 형님의 시큰둥하고 마구 던지는 말투에 적잖이 언짢았던 나는 계속해서 그 부부의 문제를 외면하고 살았다.

그러던 어느 날, 갑자기 어떤 예감이 들었다. 예전부터도 나는 그런 '예감', '느낌'에 민감했다. 또 꽤 잘 들어맞는 편이기도 했다. 그런 내 예감이 형님네 가족 사이의 위험 신호를 감지한 것이다.

'저러다가 남이 될 수도 있겠구나.'

어떤 사소한 계기 하나만 있어도 기폭제가 될 것 같다는 생각이 들었다. 대화하는 법을 잊고, 표현할 필요성도 못 느끼고, 어느 누구도 시도하지 않는 사이가 과연 가족이라고 말할 수 있는 걸까? 고민 끝에 남편에게 속을 털어놓았다.

"오빠, 내가 보기엔 형님네 걱정스러워. 서로에게 애정이 없고 미움이나 분노도 안 남아 있잖아. '너는 너, 나는 나' 하는 게 너무 뚜렷하게 보여. 서로에게 아무 관심도 없고. 끈이라고 하는 게 하나도 없는 것 같아. 저러면 나쁜 계기가 딱 하나만 생겨도 아마 미련 없이 확 잘라내 버릴 거야. 오빠는 어떻게 생각해?"

내 얘기가 끝나자 남편도 어두운 얼굴로 고개를 천천히 끄덕였다.

"……사실 나도 그런 느낌을 좀 받았어. 솔직히 꽤 오랫동안 그래서 가능성도 없어 보이고."

'내가 뭔가 해줘야겠다.'

지금 생각해 보면 도대체 왜 그런 생각이 들었는지 알쏭달쏭하다. 하지만, 그때만큼은 힘을 보태 주고 싶은 마음이었다.

그렇다고 내가 거창한 뭔가를 해줄 수 있는 건 아니었다. 내가 할 수 있는 최선의 방안은 이 '끈'이 끊어지지 않도록 하면서, 가능한 한 스스로 이어 나갈 수 있게 도와주는 것이었다.

그러기 위해서는 무엇보다 대화가 최우선이었다. 무관심, 무표정, 무시로 일관하는 형님네 부부 사이에 우선 대화의 다리를 놓아 주는 게 필요했다.

'대화할 수 있는 계기를 자연스럽게 만들어 주자.'

그러려면 우선 일상에서 빠져나오는 일이 시급했다. 일상에서 벗어나는 가장 간편하고 빠른 방법? 단연코 여행이었다. 내가 여행을 떠올린 데에는 다른 이유도 있었다.

형님네 부부 사이가 안 좋다는 이야기를 듣고 나니 아무래도 신경을 쓰지 않을 수가 없었다. 그래서 한번은 형님네 가족을 집으로 초대했다. 시부모님도 모셔서 맛있는 음식을 함께 먹는 자리를 마련했더니 분위기가 조금은 나아지는 듯했다.

그로부터 얼마 지나지 않아 형님이 유명한 여행지 한 군데를 가고 싶어 하신다는 소식을 듣고 다같이 표를 끊어 당일 코스 국내 여행을 다녀왔다. 그때 여행지로 가는 기차 안에서 나는 형님네 가족에게 남은 희망을 보았다. 어색하나마 가족끼리 대화하려는 시도를 하는 모습이 보였던 것이다.

'아, 그래도 이 사람들 여지가 있구나.'

그래, 이 정도 가능성이면 할 만하겠다. 마음을 굳히고 나서 남편에게 말했다.

"우리 11주년 여행 자금으로 모아둔 돈 있잖아."

"어, 있지."

"하와이 가지 말자."

"어? 아니 왜?"

"거기에 조금만 더 보태면 하와이는 아니더라도 발리 정도는 형님네 가족이랑 같이 갈 수 있을 것 같아. 이참에 그분들이 가족으로 다시 돌아올 수 있게 노력 한번 해보게."

시어머니가 매일같이 걱정하는 이야길 들으며 덩달아 걱정하던 나날이 있었으니, 남편이 마다할 리가 없었다. 11주년 여행 계획이 완전히 변해 버리긴 했지만 남편은 서운해하지 않았다. 오히려 내 판단을 존중하고 고마움을 표했다.

"어떻게 그렇게 기특한 생각을 다 했어?"

그때 나는 "천만의 말씀"이라며 쿨하게 웃었다.

이야기가 정리되고 난 뒤 형님에게 전화를 걸어 여행 계획을 이야기했다. 결혼 10주년 여행 자금으로 이 정도의 돈이 있는데, 애초 생각해뒀던 하와이말고 발리를 가면 형님네 식구들과 함께 갈 수 있을 것 같다, 초대하고 싶다고.

"살면서 형제지간끼리 이렇게 여행 가는 것도 나쁘지 않다는 생각이 들어서 제가 초대하는 거예요."

그러자 형님은 몹시 반가워했다. 알고 보니 형님은 신혼 때는 물론이고, 지금까지도 가족끼리 해외여행을 단 한 번도 해본 적이 없었다. 그러니 내가 제의한 발리 여행이 처음으로 하는 해외여행이자 가족여행이 될 터였다. 형님네 아이들은 물론이고, 형님도 잔뜩 들떠서 여권을 새로 만든다, 사진을 새로 찍는다면서 부산을 떨었다.

하지만 변수가 있었다.

"난 일정이 바쁘니까 너희들끼리 갔다와."

아주버님이 여행에 불참하겠다고 선언한 것이다. 아주버님이 그렇게 나오자, 형님도 기분이 상했는지 자신도 가지 않겠노라고 받아쳤단다. 상황이 이렇게 되니 잔뜩 들떴던 조카들은 풀이 죽고, 분위기는 더욱 나빠졌다.

그러나 이번만큼은 형님네 집안이 평소처럼 대화 없이 흐지부지되는 걸 두고 보지 않았다. 내가 기회를 마련하고자 마음먹었으니, 이게 그 기회의 시작이라고 생각하고 남편에게 넌지시 이야기했다.

"오빠가 아주버님 좀 설득해 봐."

그리고 나는 형님에게 전화를 걸었다.

"여행 같이 가면 좋지 않겠어요?"

"나야 가고 싶은데, 신랑이 기어코 안 가겠다는데 어떡하겠어."

"정 안 되면, 아주버님께서 정말 죽어도 못 가시겠다고 하면 그냥 형님이랑 애들끼리, 우리끼리 같이 가요. 어차피 가서 형님이랑 저하고 놀면 현호 아빠만 혼자 놀겠네. 애들이야 애들끼리 놀고. 가요. 근데 애들 생각해서 형님이 아주버님한테 부탁을 해보는 게 어떨까요? 아무리 바쁘더라도 동서가 '애들 생각하고 주변 생각해서 한 발짝 물러나 같이 가주면 안 되겠느냐'고 부탁한다고 형님이 한번 말씀해 보시는 건 어떠세요? 제가 보기엔 형님이 한마디 하시면 아주버님도 가실 것 같은데. 제 느낌을 한번 믿어 보세요. 그래도 안 되면 우리끼리 가면 되죠. '아님 말고' 하고 그냥 오세요. 제가 재미있게 만들어 드릴게요."

아주버님도 아주버님이지만 형님도 한 자존심 하는 분이라, 이런 내 이야기를 듣고서 움직이지 않을 리 없었다. 결과는? 두 가족 전원 동반 여행이 무사히 결정됐다.

형님이 아주버님도 같이 간다며 연락했을 때, 전화를 끊고 나서 한숨을 푹 쉬었다. 그 한숨은 비행기에 오르기 전까지 끊이지 않았다.

'아니 돈, 시간, 그리고 온갖 정성을 다 바쳐서 이렇게까지 빌면서 가야 돼? 내가 미쳤지!'

그럼에도 불구하고 마음은 닫지 않은 채 활짝 열어 뒀다. 과정이야 어쨌든, 결과적으로는 좋게 되었으니까.

발리에 내리자마자 너나할 것 없이 짐을 풀고 수영복으로 후다닥 갈아입은 다음 물놀이를 하러 뛰어나왔다. 급류타기, 보트타기, 수상스키 등 할 수 있는 놀이는 다 찾아 했다. 그러다 보니 대화를 안 할래야 안 할 수가 없었다.

"아빠! 조심해!"

"야, 아들! 이거 꼭 붙잡아!"

"어어어, 넘어간다!"

"왼쪽, 왼쪽!"

수영장에서도 가족끼리 똘똘 뭉쳐서 공 하나로 물놀이 배구도 하고, 물장구도 쳐가며 얘기를 나눴다. 저녁때까지 꼬박 물놀이를 했더니 다들 기진맥진했는지 뻗어 버렸다. 아이들에게 저녁을 먹이고 숙소에서 일찌감치 자도록 하고, 어른들끼리만 맥주 한 잔씩 들고 라운지에 모였다.

수영장이 내려다보이는 라운지에 서서 탁 트인 바깥을 내다보았다. 낮에는 그렇게 날씨가 화창하더니, 해가 질 무렵부터 어둑어둑해지더니 이내 장대비가 쏟아졌다. 굵은 빗발이 수영장 수면 위로 화드득 쏟아지고, 물기 섞인 시원한 바람이 뺨에 와 부딪혔다. 그 빗소리를 음악 삼아 대화를 나누기 시작했다.

"아까 거기 진짜 무섭더라."

"어, 맞아맞아. 난 보트가 뒤집어져서 죽는 줄 알았어."

조금 전 부대끼며 놀고 난 뒤로 남편과 아주버님 사이에 자연스럽게 말문이 트인 듯했다. 한동안 두 사람이 자연스럽게 이야기를 나누는 걸 본 적이 없었다. 그런데 아까 그 물놀이 몇 번이 무슨 마법이라도 부린 건지 그 두 사람이 옛날 추억까지 끄집어내 가며 신이 나서 떠들었다.

다음 날, 형제 사이가 좋아진 걸 확인했으니 이제 나와 형님 사이도 좋아질 필요가 있었다.

"제가 마사지 한 번 쏠게요."

남자들에게 아이들을 맡기고 형님과 나는 마사지실로 향했다. 마사지사들이 몸 여기저기를 솜씨 좋게 주무르자 온몸이 노곤노곤해졌다. 집안일을 하면서 뭉친 근육이 시원하게 풀리는 것 같았다. 근육이 풀리면서 막혔던 말문도 풀렸는지 형님이 먼저 말을 꺼냈다.

"정말 고마워. 진짜 생각, 아니지, 상상조차 못했어. 그래서 오기 전에 친구들한테 동서가 발리 여행 경비 다 대고 초대했다고 얘기했더니만 주변 친구들이 다 부러워했어. 나도 그런 동서 있으면 좋겠다고. 그러면서 '야, 너 동서한테 진짜 잘했나 보다. 그게 보통 일이니? 어쨌든 그런 동서 있는 네가 정말 부럽다', '도대체 어떻게 잘해 줬길래 동서가 너한테 그렇게까지 하냐? 너네 동서도 참 대단하다.' 이러더라구. 근데 '내가 동서한테 뭘 잘해 준 적 있나?' 잘 생각해 보니까……나는 그런 기억이 하나도 없어."

솔직히 놀랐다. 하지만 놀란 표정을 밖으로 드러내면 안 되지, 포커페이스를 유지하면서 시치미를 뚝 떼고 속으로만 중얼거렸다.

'어유, 알긴 아시네. 난 모르는 줄 알았는데.'

"그래서 동서, 궁금해서 묻는 건데……."

드디어 오셨다. '형님의 궁금해서 묻는 안 좋은 쪽으로 촌철살인하는 말'.

"내가 그렇게 잘 해준 적 없잖아. 동서도 알잖아."

"……뭐 그거야 그렇죠."

"근데 동서, 왜 이렇게 여행 데려오고 마사지까지 신경 쓰고 다 해줘? 그게 궁금해."

형님이 그렇게 묻는데 동서 된 사람으로서 대답을 안 해줄 수는 없다.

"저도 살면서 힘든 일이 있고, 힘든 일 때문이든 아니든 삶의 무게가 있어서 지칠 때가 있어요. 그냥 흘러가는 대로, 이 무게 때문에 지쳐서 아무 생각도 의욕도 없이 멍하니 있을 때 누군가가 나에게 휴식 같은 여행을 선물해 주면…… 그 여행도 여행이지만 마음 자체가 정말 기분 좋을 것 같았어요. 그런데 제가 형님을 가만히 보니까, 어느 순간부터 굉장히 힘들고 지쳐서 사는 게 재미없다고 생각하고 계시다는 느낌이 들었어요. 그래서 그냥, 제가 '휴식 같은 여행'이라는 선물을 드리고 싶었어요. 다른 이유는 없어요."

"동서, 정말 고마워. 동서는 어떻게 그런 생각을 다 했어? 참 엉뚱하고 신기한 사람이야."

이게 칭찬인지 흉인지 알 수는 없었지만, 어쨌든 마사지도 시원하고 고맙다는데 좋게좋게 듣기로 했다.

"애들도 무척 좋아하고…… 나도 행복하고, 정말 고마워. 우리 해마다 이런 여행 계속 같이 다니자. 나 동서랑 여행 오니까 정말 좋아."

"……아, 여기 좀 더 세게 해주세요."

"아, 저도 세게요."

마지막 말은 못 들은 척, 마사지사에게 말을 돌렸다. 내 말을 들은 형님이 같이 말을 돌려줘서 천만다행이었다.

'후…… 이게 부작용이구나. 어쩐지 부작용 생길 것 같더라.'

아무튼 모두가 다함께 행복하게 여행을 마무리했다. 즐거운 추억이 담긴 사진도 많이 찍었다. 잠깐의 여행에 그 대화 없던 가족이 화목하게 웃으며 대화하고, 서로 가방도 들어주는 사이로 발전했다. 귀국하고 나서도 그때 찍었던 사진을 놓고 아주 오랜 시간 동안 즐겁게 대화를 나눴다. 아마 그들끼리 가족 내부에서 자체적으로 정한 여행을 갔다왔다면 변함없이 서먹서먹했을 것이다. '가정의 화목'이라는 목적의식이 도리어 여행의 즐거운 분위기를 해쳤을 게 틀림없다.

내 눈에 그들의 불화, 끊기기 직전인 끈이 보이지 않았다면 돕지 않왔을 테지만 우연히도 내 눈에 보여서 도와주게 되었다. 여행을 다녀오기 전부터 다녀온 후까지, 친구와 주변 지인들은 나보고 미쳤다고 난리였다.

"아니, 뭘 그렇게까지 극진히 해? 그럴 거면 나 좀 데려가!"

그럴 때마다 난 피식 웃으면서 대답한다.

"아냐. 앞으로 그렇게 큰돈 쓸 일 없으니까 큰맘 먹고 한 거야."

아직도 그때는 내가 참 멋있는 일 했다고 나 스스로 생각한다. 그 정도 시간과 돈을 쓰면서 사람들 관계를 이어줄 일이 언제 또 있을까. 아무리 밉다 밉다 해도 가족이지 않은가. 남들에게도 부족하니까 가족에게라도 잘해야지. 여기까지가 형제지간 부부동반 가족여행의 결말이다. 다만, 충격적인 반전이 끼어든 에필로그가 있다.

시부모님에겐 우리가 형님 가족의 불화를 해소하기 위해 동반여행 간다는 걸 남편을 통해 이야기했다. 실제로 여행을 다녀온 형님네 부부 사이가 확연히 좋아졌다. 가방도 들어주고, 함께 앉아 밥을 먹으며 도란도란 이야기를 나누는 두 사람은 여행 가기 전이라면 상상도 할 수 없는 모습이었다.

"당신 힘들지 않았어?"

"아니야, 정말 행복했어."

시댁 식탁에서 대화의 장과 웃음꽃이 펼쳐진 건 처음이었다. 시부모님도 흐뭇한 기색이었다. 거기까지만 해도 나는 다음에 닥쳐올 충격적인 반전을 몰랐다.

그때 시어머니가 말씀하셨다.

"얘, 식사 끝나고 잠깐 안으로 들어오렴."

'앗, 뭐지? 칭찬해 주시려나? 아니면 잘했다고 용돈이라도 조금 쥐어 주시려나?'

내심 기대하며 안방으로 따라들어간 나는 나도 모르게 들떠서 선수를 쳤다.

"어머님, 형님네 사이 안 좋아서 매일 걱정하셨는데…… 지금은 정말 좋아 보이죠? 두 분 대화도 하시고 다시 화목해져서 참 다행이에요. 기분 좋으시죠?"

자, 우리 시어머니는 뭐라고 대답하셨을까?

'그래, 얘야. 고맙다. 네가 큰마음 썼다'?

천만의 말씀. 스쳐가며 말하는 것이지만, 우리 시어머니에겐 어록이 있다. 치명적이고도 잔잔한 시월드 어록. 며느리에게 윽박지르며 머리채를 부여잡는 그런 과격한 행동은 하지 않으신다. 정말 차분하게 사람의 뒤통수를 정신적으로 날려 주는 어록 중 하나가 바로 지금 공개된다.

"언제는 걔들이 부부 사이 나쁜 적 한 번이라도 있었니? 무슨 얘기하는 거니?"

"……."

"그건 그거고, 그래서 드는 생각인데 내년에는 시누이를 데리고 여행 한 번 가는 게 어떻겠니?"

너무나 어처구니없는 반응에 멍하니 있다가 그 말에 정신이 번쩍 들었다. 시누이? 지금 시누이라고 말씀하셨으렷다?

"어머니, 잠깐만요. 저 지금 불러서 하시는 말씀이 다음엔 시누이 데리고 여행을 가라고요? 그 말씀 하시려고 저 부르신 거예요?"

"어, 그래. 좋지 않겠니?"

"안 좋아요, 저. 시누이는 어머니가 더 잘 아시잖아요. 그리고 현호 아빠랑 인사도 안 하고 지내는데 무슨 말씀 하시는 거예요. 저는 할 만큼 했어요. 그리고 시누이와 관련된 말은 저한테 하지 마시고 두 오빠들한테 말씀하세요. 그러니 앞으로 저한테 그런 말씀 안 하셨으면 좋겠어요."

그렇게 되어서 여행의 마무리는 영 좋지 못했다. 충격적인 반전, 누구도 예상치 못한 반전이 내 발치에서 호시탐탐 내 정신을 걸고 넘어뜨리려 노리고 있었다.

거기 걸렸다 나온 정신적 충격은 솔직히 컸다. 그나마 위안이 되는 건 다소나마 변한 형님네 가족이었다. 꽤 오래 형님네 가족을 만나 왔지만, 퍽 변하지 않는 분들이라고 생각하고 있었다.

하지만 그 여행 이후 그 가족은 덜 뾰족해졌다. 다른 사람에게는 아니지만 최소한 나에게는 고맙다는 말을 할 줄 알게 되었다. 본래 목적은 부부 사이의 연을 이어주는 것이었으니, 목표를 초과로 달성한 거나 마찬가지였다.

결론적으로 10주년, 아니 11주년 기념 하와이 여행은 다녀오지 못했다. 15주년으로 미뤄 두긴 했지만 어떻게 될지는 잘 모르겠다. 그리고 이 일 이후로 시댁 부부 관계나 가족 관계에 대한 관심은 좀 끄게 됐다. 말했다시피 '내가 할 만큼'은 했으니까.

특별한 생일선물

결혼생활을 하다 보면 이따금 이유 없이 심심하고 무미건조할 때가 있다. 똑같은 일상, 똑같은 생활이 지겨워지는 일도 비일비재하다.

그러나 그 살짝 지루한 일상도 알고 보면 굉장히 큰 행복이다. 늘 같다는 건 사건·사고가 없다는 뜻이기 때문이다. 하지만 그 당시에 행복을 깨닫는 건 무척이나 어렵다.

하지만 지금은 자신 있게 말할 수 있다.

"나는 그 지루한 일상을 제일 좋아해요."

젊었을 때엔 그 지루함을 견디지 못해서 꽤 큰일을 벌이곤 했다. 지금 생각해 보면 그것도 다 젊기 때문에 할 수 있는 일이 아니었나 싶다.

결혼한 후, 한동안 남편은 백수였다. 아무래도 집안의 가장 역할을 못하다 보니 시무룩하게 기가 죽은 게 눈에 보일 정도였다.

"오빠, 그러지 마. 오빠 아끼는 사람 주변에 얼마나 많은데."

위로를 건네도 그때만 고개를 끄덕거릴 뿐 커다란 태도 변화는 없었다. 어떻게 하면 기운을 북돋워줄 수 있을까? 곰곰이 생각하다가 떠올린 게 생일파티였다.

'그래, 우리를 소중히 여기고, 또 우리가 소중히 여기는 친한 사람들이 많잖아. 자주 보는 사람도, 가끔 보는 사람도 다들 소중한 사람들이니까 1년에 한 번쯤은 내가 정성스럽게 맛있는 음식 해서 대접하는 게 좋을 거야.'

그 이후로 남편의 생일 때마다 남편과 내 주변의 지인들을 불러 생일파티를 열었다. 남편은 생일파티 얘기를 하자, 그제야 함박웃음을 지었다. 첫 생일파티 때는 서로 처음 만난 사람들이 많아 어색하면서도 수줍은 분위기였다.

"안녕하세요? 저는 민정이 선배 되는 사람입니다."

"아, 네, 안녕하세요. 저, 그런데 어디서 많이 뵙던 분 같은데…… 혹시 ○○고등학교 다니셨나요?"

"엇, 네! 혹시 그 근처 다니셨어요?"

"아뇨, 저 거기 졸업생인데……."

이런 식으로 뜻밖에 고등학교 선후배 만남이 이뤄지기도 했다. 첫해에는 그렇게 인사하고 소개하고 의외의 재회로 끝났지만, 해를 거듭할수록 흐름이 바뀌었다. 비록 처음에는 서로 모르는 사람이었더라도 1년에 한 번씩 보다 보니 자연스럽게 얼굴을 트고 친해진 것이다.

어느 해인가 또 생일파티 겸 '홈커밍데이'를 하는데, 뉴페이스가 보였다. 처음 온 탓에 사람들과 잘 어울리지 못하고 쭈뼛쭈뼛하는 게 눈에 띄었다.

"처음 오셔서 어색하신가 봐요?"

"아, 네. 저는 처음 와서 아는 분은 몇 분 안 되고 다 모르는 분인데, 여기 계신 분들은 다들 친하신가 봐요."

나와 그 뉴페이스 씨의 얘기를 듣던 친한 선배 하나가 낄낄 웃으며 말을 던졌다.

"이봐요, 뉴페이스 씨. 그게 아니에요. 나도 10년 전에는 뉴페이스 씨랑 똑같았어요. 여기 있는 사람들 다 마찬가지예요. 1년에 한 번씩 10년 동안 보다 보니 이렇게 친해진 것뿐이에요. 뉴페이스 씨도 내년에 오고, 내후년에도 오고 그러면 금방 친해져요. 여기 멤버 잘 안 바뀌거든요."

파티장인 우리 집 거실에 순식간에 '와~' 하고 웃음이 퍼졌다. 그래서 작별 인사는 이렇다.

"우리 내년에도 상규 씨 생일파티 때 봐요!"

그래서 고정 멤버들은 10월 언저리가 되면 내게 먼저 연락을 한다.

"이번 생일파티는 언제쯤 할 거야? 날짜 미리 빼놓게."

이렇게 주변 사람들이 모두 기다리는 생일파티는 그리 흔치 않다. 맨 처음에는 남편의 기를 살려 주려고 열었던 파티가 어느 샌가 왁자지껄한 홈커밍데이가 됐다.

그러던 어느 날 문득, 남편이 옛날에 친하게 지내던 사람을 그리워했다.

"대학 다닐 때 그 사람이랑 참 친했는데, 지금은 뭐 하고 살까?"

"그 형 예전에 나한테 참 잘해줬는데 뭐 하고 사는지 진짜 궁금하다."

"벌써 10년이나 지났네. 그 형 진짜 착했는데. 결혼은 했나? 핸드폰이 없으니 연락도 못 하고."

"머리카락은 많이 빠졌나? 아저씨 다 됐겠지? 살은 좀 붙었으려나?"

막연히 대학 생활을 그리워하나 싶으면서도 가만 들어 보면 특정한 누군가의 이야기를 한다는 걸 알 수 있었다. 예전에 딱 한 번 남편에게 소개받은 적이 있는 선배였다. 기억 속에서 따뜻하고 선한 이미지로 남아 있는 분이었다.

남편은 그 친했다는 형을 정말 오랫동안 그리워했다. 일상이 지루할 때마다 그 선배 이야기를 했고, 그 덕에 나도 남편이 누군가를 그리워할 때면 자연스럽게 그 선배라고 인식하게 되었다. 어느 날인가는 그토록 노래를 부르는 남편에게 한마디 했다.

"그렇게 궁금하면 한번 찾아봐?"

"연락이 되겠냐? 핸드폰도 없고, 전화도 모르는데. 그때 전화가 어딨어?"

그것도 일리 있는 말이었다. 남편의 선배 타령은 그 뒤로도 계속 이어졌다. 그렇게 선배 타령이 어느 정도 익숙한 곡조가 될 무렵, 남편의 생일파티가 돌아왔다. 지인들에게 연락을 돌리고, 이번 파티엔 무슨 음식을 할까, 남편에게 무슨 선물을 줄까 고민하다가 불현듯 그 선배 생각이 났다.

'이번 생일선물은 그 선배로 해야겠다.'

물론 나는 그때 한 번 본 것 외엔 아무런 사이도 아닌 사람이었다. 그러나 친한 지인도, 선후배도 아니었지만 남편이 향수에 젖어 오랫동안 노래 부르는 것을 듣다 보니 왠지 친근하게 느껴졌다.

남편의 생일 한두 달 전부터 주변 사람들을 통해 그 선배의 행방을 수소문했다. '남편과 한때 같이 일한 남자 선배'라는 단 한 줄의 정보를 붙잡고 내가 알고 있는 인맥을 총동원해서 대한민국을 샅샅이 뒤졌다. 한 다리, 두 다리, 세 다리 건너가면서 발바닥에 땀이 나도록 뛴 지 어느덧 몇 주가 지났다. 지성이면 감천이라고, 기적적으로 그 선배를 찾았다. 벌써부터 뿌듯한 마음이 되어서 전화를 걸었다.

"안녕하세요, ○○ 선배님. 이상규 씨 아내 되는 고민정이라고 합니다."

"네? 누구요?"

"이상규······."

"아, 상규요? 아니 근데 무슨 일로 전화를······."

나야 찾아 헤매던 선배에게 연락이 닿았으니 신이 났지만, 이 선배님은 앞뒤 사정 모르니 무척 조심스러워하는 눈치였다. 딱 한 번 본 사람이, 그것도 10년 만에 걸어온 전화였으니 겁을 내는 것도 당연했다.

"아, 긴장하실 필요 없어요. 저 보험 하는 것도 아니고, 정수기 팔려는 것도 아니니까 걱정 마세요. 전화만 끊지 말고 들어 보세요."

"네······ 무슨 일이십니까?"

"제 남편, 이상규 씨가 꽤 오랫동안 선배님 안부를 굉장히 궁금해하고 보고 싶어했는데 계속 연락이 안 닿았어요. 다음 달이면 남편 생일 파티라, 제가 선배님을 남편에게 생일선물로 드리고자 연락을 드린 거예요. 그러니까 이상규 씨 핸드폰 번호는 그때 와서 받으시고, 장소는 제가 알려 드릴게요. 그날 무조건 와주세요. 정말 너~무너무 보고 싶어하면서 타령을 했어요."

상황을 파악한 선배님은 그제야 긴장을 완전히 풀곤 박장대소를 하셨다.

"아니, 그 이유로 절 찾아내신 겁니까?"

"네, 생일선물 좀 해주세요."

"하하하! 사실 며칠 전에 아는 친구가 전화를 했어요. 고민정이라는 사람이 날 찾는데 혹시 아는 사람이냐고 그러기에 그때는 모른다고 딱 잘라 말했는데, 그 고민정이 제수님이셨군요! 알겠습니다. 그때 꼭 갈게요."

"고맙습니다. 아, 그리고 파티가 열리는 시각보다 조금 늦게 오세요. 원래 주인공은 늦게 오는 거예요."

"좋습니다. 그럼 그때 뵙겠습니다."

남편이 모르는 사이 나와 선배님의 작전이 성사됐다. 일단 선배님과 연락이 닿고, 또 연락처를 받고 나니 남편이 그 선배를 보고 싶다고 노래를 부를 때마다 속으로 웃음을 참느라 한참을 고생했다.

마침내 남편의 생일파티 날이 되었다. 파티 분위기가 한창 무르익을 무렵 초인종이 울렸다. 딩동 딩동~. 파티의 주인공인 남편은 사람들과 계속 어울려 놀고 내가 민첩하게 현관문으로 향했다. 예상대로 그분이 계셨다. 눈빛 교환을 한 뒤 우선 현관에 들이고 양해를 구한 다음, 다시 거실로 향했다. 손바닥을 짝짝 치자, 사람들이 실컷 떠들고 웃다가 내 쪽을 돌아다보았다.

"여러분! 제가 음식 준비하느라 정신이 없어서 남편에게 생일선물을 아직 못 줬네요. 지금부터 생일선물을 전해 주는 시간을 갖도록 하겠습니다. 잠깐 모두 집중해 주세요~"

"어? 생일선물도 있어? 이 파티가 생일선물 아냐?"

남편도 어리둥절해져서 눈을 둥그렇게 떴다. 하지만 내심 기대하는 표정이었다.

"자, 잠깐만 눈 감았다 떠 봐."

"눈? 뭐 그렇게까지……."

"빨리빨리!"

"아, 알았어."

남편이 눈을 꼭 감고 있는 동안 기다리고 있던 선배님을 모시고 거실로 들어왔다.

"자, 이제 눈 떠."

"……!!"

"……!!"

감동과 눈물 겨운 상봉은 없었다. 대신 동병상련과 반가움의 복잡미묘한 포옹이 있었다. 한창 친하게 지낼 때는 무성했던 그들의 머리숱이 지금은 현저히 적어진 것이다. 10년 동안 무척이나 흡사해진 헤어스타일을 공유하게 된 두 아저씨는 거실 불 아래서 반짝반짝, 면적 넓어진 이마를 하곤 얼싸안았다. 남편은 마치 아이처럼 좋아했다.

"아니, 도대체 어떻게 찾은 거야? 아니지, 진짜 고마워. 정말. 야, 내가 올해 생일선물은 정말 평생 잊지 못할 것 같아."

"고마워요, 민정 씨. 저도 평생 못 잊을 거예요."

그해의 생일파티는 모두의 박수갈채를 받으며 재회의 행복 속에 막을 내렸다. 그러나 남편과 선배의 행복 뒤에는 부작용이 있었다.

"민정아."

"왜?"

다음 해 남편의 생일이 가까워질 무렵 남편이 내게 말을 걸었다. 뭔가 해서 고개를 돌리자, 눈앞으로 메모 하나를 쑥 내밀었다. 거기 적혀 있는 건 덜렁 이름 석 자였다.

"올해는 내 친구 얘 좀 찾아줘."

'아이고, 골치야.'

까짓껏 사람 찾기, 한 번 했으면 두 번도 하는 거지. 마음을 단단히 먹고 찾으니까 또 찾아졌다. 물론 그 사이에는 드라마틱한 좌충우돌, 고난과 역경의 시간이 있었지만 지면상의 문제로 생략한다. 그리고 약속한 대로 생일파티에 그 친구와 남편을 상봉시킨 다음, 남편을 불러내어 단단히 못박았다.

"이제 이런 거 그만해."

"그래그래, 알았어."

그 뒤로 남편은 그 선배와도, 친구와도 연락을 주고받으며 잘 지낸다. 나하고는 덜 친하게 지내지만 그래도 결과가 좋아서 참 잘한 선택이라고 생각한다.

2

"당신이 제 엄마여서 행복해요"

닮은 사람끼리 결혼한다?

어렸을 적엔 단독주택에서 고모들과 함께 살았다. 그 집 창문에는 창살이 없었다. 도둑이 들지 않겠냐고? 그거야 그렇지만, 그때는 그런 생각을 할 겨를이 없었다. 식구 중 누군가가 아버지의 심기를 거스르면 그야말로 지옥문이 열렸다. 집안에 공포 분위기가 조성된다 싶으면 할머니께서는 갑자기 주무시는 체하셨다. 우리는 무릎을 꿇고 나란히 쪼그려 앉아서 찍소리도 못하고 눈치를 보곤 했다. 그럴 때면 심장이 두방망이질치는 소리가 숨소리보다 더 크게 느껴지곤 했다.

"야!!!"

그러다 이렇게 한번 호통이 터지면 너나 할 것 없이 부리나케 창문을 넘어 도망쳤다.

"얘들아, 튀어!"

우당탕 쿵탕 밟히고 밟고 하면서 도망 나간 우리는 옥상에 숨어서 오들

오들 떨며 아버지의 화가 풀리길 기다렸다.

그렇다고 해서 우리 아버지가 가정폭력을 휘두르거나 물건을 던지거나 하셨냐면 그건 아니다. 그저 그 자리에 서서 언짢은 표정을 지으셨다가, 성난 표정을 지으셨다가, 목에 핏대를 세우고 왁! 소리 지르셨을 뿐이다. 그게 왜 그렇게도 공포스럽고 싫었던지. 이번 이야기는 이런 아버지를 남편으로 둔 우리 어머니 이야기다.

"닮은 사람끼리 결혼한다"는 말이 있다. 나름대로 일리가 있으니 생긴 말이겠지만, 우리 부모님을 보면 꼭 그런 것도 아니다. 두 분 다 경상도 어른이라는 것만 빼고는 정반대 성격의 소유자이시다.

잠깐 우리 아버지의 개인사를 풀어 보자면, 7남매 중 장남으로 태어나서 열아홉 살이 되던 해 할아버지가 돌아가셨다. 열아홉 살에 남동생 둘, 여동생 넷을 부양하는 가장이 되었다는 책임감은 무척이나 무거웠을 것이다. 당시 동생들을 어찌나 엄하게 기르셨으면 예순이 다 되신 큰고모도 우리 아버지를 무척이나 어려워하셨다.

그래서인지 아버지는 본인 고집대로 당신 하고 싶은 일을 모두 다 하는 성격이 되셨다. 어떤 상황에서도 자기 자신이 언제나 우선이고, 집안에서도 늘 권위적인 위치를 고수하셨다. 그런 가부장적 면면은 카리스마 넘치는 아버지의 위엄이기도 했지만, 한편으로는 가족들의 말을 전혀 귀담아듣지 않는 막무가내 고집불통의 모습으로 우리들을 한숨 쉬게 했다.

업무를 처리하거나 대외적인 일을 하실 때는 철두철미하고 원칙적으로 진행했지만, 본인이 하고 싶은 일은 즉흥적으로 결정하는 면도

있었다. 어디서 엑스포가 열린다고 하면 혼자서 훌쩍 다녀오시는 일
도 많았다.

반면 어머니는 집 밖으로 나가는 일이 드무셨다. 할머니를 모시다 보
니 어쩔 수 없었을 것이다. 항상 집에 계시면서 집안일을 잘 꾸려가시
는데도 아버지는 자주 트집을 잡으셨다. 반찬에 나물 종류가 조금이라
도 많으면 곧바로 얼굴을 찡그리셨다.

"풀 먹고 남자가 어떻게 일을 해?"

그러곤 방안으로 쿵쾅쿵쾅 들어가 버리셨다. 내지는 김치를 썰어 놓
은 크기가 마음에 들지 않는다면서 다시 잘라 오라고 역정을 내는 경
우도 있었다.

또 대부분의 일에 화통하고 대담하게 임하신 것과 달리, 건강만큼은
'어떻게 저렇게까지 하나' 싶은 생각이 들 정도로 세세하고 꼼꼼하게
관리하셨다. 규칙적인 운동과 산행은 물론이고, 몸에 좋은 음식은 꼭
찾아 드시고, 전날 음주를 하셨어도 다음 날 새벽에 마당을 쓰는 등 철
저한 자기관리를 뽐내셨다.

이 자기관리의 정점은 다름 아닌 꿀단지였다. 뜬금없이 웬 꿀단지인
가 싶겠지만, 말 그대로 꿀이 들어간 단지 이야기다. 날이 쌀쌀해지기
시작하면 아버지의 서재 앞 책상에는 꼭 조그만 꿀단지가 놓였다. 인삼,
깨, 하여간 몸에 좋다는 재료는 듬뿍 썰어 넣고 토종꿀로 재운 꿀단지는
아버지의 겨울철 보물 1호였다. 매일매일 꿀단지 안의 꿀을 두세 숟갈
씩 꼬박꼬박 드시는 모습을 겨울이면 흔히 볼 수 있었다.

아버지가 몸관리를 열심히 하시는 건 내 입장에선 오히려 감사드릴
일이다. 문제는, 이렇게 자기 몸은 끔찍이 아끼면서 어머니 몸은 전혀

챙기지 않는다는 거였다. 어머니 생일조차 챙기지 않는 분이 일상적인 건강을 챙겨 주시겠냐마는.

어머니는 원체 욕심이 없으신 성격이다. 거기에 아버지와 한평생을 사시다 보니, 몸에 좋은 것 좀 드시고 푹 쉬라고 말씀드려도 괜찮다며 집안의 궂은일은 도맡아 하신다. 어머니의 가장 나쁜 습관 중 하나는 자기 몸을 돌보지 않는다는 것이었다.

"엄마, 그건 엄마 몸에도 안 좋은 거지만 나중에 자식들한테도 민폐라니까? 왜 자기 몸을 안 챙겨. 제발 좀 그러지 마. 그거 고쳐야 돼."

여러 번 말씀을 드렸지만 대부분의 어머니들이 그렇듯이 우리 어머니도 그저 웃어넘길 뿐이었다.

하루는 그런 어머니께 편찮으시지 말고 건강하게 겨울 나시라고 보약을 몇 첩 해드린 적이 있었다.

"이거 엄청 비싸고 몸에 좋은 약이니까 이번엔 꼭 먹어야 돼. 알겠지? 이거 다 엄마랑 나 위해서 하는 거야."

신신당부를 한 뒤 한숨 돌리나 싶었는데 오산이었다. 이 양반이 집안일을 한바탕 하고 나면 약 먹을 시간을 자꾸 까먹어 버리시는 거였다. 게다가 한약재는 오래 보관하면 효능도 맛도 떨어진다. 답답한 마음에 약 먹는 시간을 집안 곳곳에 쪽지로 붙여놓으면 좀 덜하지 않겠냐고 닦달했더니, 하시는 말씀.

"얘, 그래도 그 아까운 거 버리진 않았어. 느이 아버지가 다 드셨다."

…… 아, 이럴 수가. 누가 꿀단지를 들어다 내 머리를 꽁 쥐어박은 것처럼 띵했다. 내가 경악한 건 다른 게 아니었다. '우리 아버지'가 '부엌'에 들어가셨다는 거였다. 이건 정말 상상을 초월하는 일이었다.

앞에서도 말했듯이 우리 아버지는 아주 가부장적인 분이다. 요즘 세상에 남자가 부엌에 드나들면 하늘이 무너지는 줄 아는 어르신이 어디 있냐고? 바로 경주, 우리 집에 있다. 아버지는 늘 안방에 계시면서 목이 마를 때면 목청을 드높이신다.

"야!! 물!!"

혹은,

"민정아!! 물!!"

이런 식이다. 어느 날은 아버지께서 여느때와 같이 물을 가져오라고 외치셨는데, 어머니께서 설거지를 하느라 그 소리를 듣지 못하셨다. 여러 번 불러도 이 사람이 오질 않으니, 기어이 아버지가 안방 문을 나섰다. 뚜벅뚜벅. 마치 개선장군처럼 씩씩하게 부엌으로 향한 아버지가 어머니의 등 뒤 멀찌감치에 서서 하신 말씀.

"물!"

그러곤 다시 몸을 홱 돌려 안방으로 성큼성큼 들어가 양반다리를 하고 털썩 앉으신, 그런 분이다. 그러면 어머니는 한숨을 쉬며 고개를 절레절레 흔드셨다.

"아이구, 왔으면…… 하여튼 손이 없어, 손이…….."

이렇듯 부엌 근처에는 얼씬도 안 하고, 냉장고 문도 잘 열어 보지 않는 분이 우리 아버지이시다. 그런 분이 김치냉장고에 보관해 둔 보약은 꼬박꼬박 챙겨 드셨다니. 그것도 당신 드시라고 산 것도 아니고, 당신이 하는 몸관리의 절반의 절반도 못 되는 만큼이라도 어머니 챙겨 드리려고 사드린 보약을 말이다.

"아이, 참! 아빠가 먹기 전에 엄마가 먼저 챙겨 먹으면 그런 일이 없잖아."

속이 상해서 가슴을 치며 말했지만 어머니는 호호 웃으실 뿐이었다. 어머니 드시라고 사드린 보약을 아버지가 낼름 드셔 버리는 일이 몇 번 있고 난 뒤였다.

따르르릉~.

"여보세요?"

"응, 민정이니?"

웬일로 어머니 목소리가 굉장히 밝고 즐거웠다.

"어? 김 여사, 좋은 일 있는 것 같은데?"

"음~ 그럼~"

"말해 말해, 그런 건 같이 재미있어야지! 뭔데, 뭔데?"

"야, 내가 있지, 오래 살긴 살아야 돼."

"어, 뭔데?"

"내가 내 인생에서 보약 한 자루를 다 먹어 봤다."

"어, 진짜? 어떻게? 혹시 아빠가 한 달 동안 집 나가 있었어?"

그랬더니 쓴웃음이 섞인 대답이 들려왔다.

"아니, 네 아버지가 그럴 사람이니?"

"아니 그러면 도대체 어떻게?"

"내가 머리를 좀 썼다."

"머리? 어떻게?"

어머니 말씀인즉, 집안에 뒀더니 장소를 가리지 않고 보약이 없어지더라는 거였다. 김치냉장고, 책상 서랍 할 것 없이 꼭꼭 쑤셔넣어 놔도 어떻게 알았는지 아버지가 귀신같이 찾아내서 드셔 버린다는 거였다.

딸이 사준 보약이니 고맙게 먹고 싶지만 아버지가 먼저 손을 써버리니 어찌할 바를 몰랐다고 했다.

"그래서?"

"내가 그 보약을 느이 아버지 손에 절대 안 닿는 곳에 뒀지."

'아버지 손에 절대 안 닿는 곳? 도대체 어디지?'

"그렇게 기가 막힌 곳이 있었어?"

"그러엄."

그 기가 막힌 곳이 어디인고 하니, 바로 앞집이었다. 평소 앞집 아주머니랑 친하게 지내시던 어머니가 아주 비상한 계책을 생각해 내신 것이다. 보약을 몽땅 맡겨 두고 난 뒤론 매일 아침식사를 하고 나면 앞집이 먼저 연락을 해온다는 이야기였다.

"언니, 약 먹을 시간이야."

하면서. 하루에 두 번, 세 번씩 연락을 받고 찾아가면 마시기 딱 좋게 데워서 주신다니, 참으로 고마운 분이다. 앞집 아주머니 덕에 어머니는 보약을 무사히 다 드실 수 있었다.

친정엄마와 빨간색 마티즈

부부 사이에 결함 없는 사랑이라는 게 존재할까? 반평생 가까운 시간을 함께 살다 보면 연애할 때에는 보이지 않았던 그 사람의 단점, 미운점, 못된 점이 속속들이 보이게 마련이다. 서로 미워하고 트집 잡고 싸우고, 내지는 아무것도 기대하는 것 없이 포기한 상태로 수십 년을 살아가는 사람들도 적지 않다.

하지만 그런 결함을 서로서로 보완하면서 그때그때 싸우고, 또 화해하며 살아가는 게 여느 부부들의 삶일 것이다.

우리 어머니도 그렇다. 어머니께서 아버지에게 품은 감정을 한마디로 다 정의할 수는 없다. 애정, 증오, 한탄, 그러면서도 안타깝고 안쓰럽고 불쌍히 여기는, 뭐라 한마디로 정의할 수 없는 복잡한 심정으로 수십 년을 살아오셨다. 그 세월 동안 어머니께서 인내하고 참아온 나날은 정말이지 헤아릴 수조차 없다.

그렇게 애증으로 살아가던 두 분에게 생긴 일이다. 나쁜 일은 언제나 갑작스럽게 찾아온다는 말은 우리 부모님에게도 마찬가지였다. 우리 아버지는 본인의 몸관리에 무척 신경쓰시는 분이다. 감기 한 번 걸리지 않을 정도로 건강하시던 분이 어느 날부터인가 조금씩 이상해지셨다. 하루가 멀다 하고 바깥출입을 하던 분이 집안에만 계시고, 가끔씩 상황에 맞지 않는 질문을 하시고…….

어머니께서 이상한 낌새를 알아채고 아버지를 설득해 진찰을 받기로 하고 병원에 가시게 되었다. 그 완고한 분을 어떻게 설득했는지는 몰라도 다행이라고 안도하고 있을 때 전화가 왔다. 어머니였다.

"얘, 느이 아버지가 사고를 냈다."

사고? 이게 도대체 무슨 소리인가 싶었다. 그 길은 아버지께서 늘 운전대를 잡고 오가시던, 집에서 가까운 곳이었다. 심지어 일반 도로도 아니고 험한 길은 더더욱 아니었다. 자초지종을 들으니 액셀을 잘못 밟으신 바람에 다른 차와 충돌해서 수리 견적이 꽤 크게 나왔다는 거였다.

사고를 낸 본인도 본인이지만, 조수석에 앉아 있던 어머니도 보통 놀라신 게 아니었다. 아직까지 심장이 덜컹거린다며 불안하게 말씀하시던 목소리가 지금도 생생하다. 베테랑 운전자인 아버지가 액셀과 브레이크를 혼동하셨다는 건 가벼운 문제라고 보기 힘들었다.

병원에 간신히 도착해서 진단을 받은 결과, 치매가 상당히 진행됐다는 결과가 나왔다. 의사는 더 이상 차를 운전하는 건 위험하다고 말했고, 자가용을 처분하시는 게 어떻겠느냐고 권유했다.

평소의 아버지였다면 아마도 의사의 말에 고함부터 지르셨을지 모른다. 하지만 그때는 의사의 권고를 따라 두말없이 차를 처분하셨다.

평생 실수 한 번 하지 않던 분이 순간의 실수로 큰 사고를 냈으니…….

가장의 권위를 생명처럼 여기던 분이 본인의 자가용을 팔아 버린다는 건 아마 내가 상상하는 것보다 더 큰 충격이었을 것이다.

사고가 난 지 얼마 지나지 않아 본격적인 문제가 뒤따라왔다. 아버지께서 집안에 온종일 계시면서 어머니와 부딪히는 일이 잦아졌다. 무료함에 지친 아버지의 신경질을 받아내는 어머니의 스트레스가 이만저만 아니었다.

그뿐만 아니라 집안 생활에도 불편함이 닥쳤다. 차가 있을 때에는 많은 물건을 한꺼번에 사올 수 있었지만 그럴 수가 없게 되었다. 또 시골에서는 자가용 없이 병원에 한 번 가는 것도 보통 일이 아니다. 한참을 기다려 버스를 타고 병원에 가느니 안 가고 만다며 한숨을 쉬시던 목소리가 귓가에 선하다. 몇십 년간 다녔던 시장과 병원을 바꾸는 것도 여의치 않았다.

그렇게 1년가량을 갑갑함과 불편함에 시달리며 지내시던 어머니께서 결국 도움을 청해 왔다. 원래 부부 사이에 적당한 거리는 화목한 가정에 도움이 된다는데, 이건 24시간 온종일 서로 신경 쓰며 살아야 하니 좋았던 관계도 나빠질 수밖에 없었다.

"내가 진짜 갑갑해서 몬살겠다……."

한숨이 푹푹 묻어나는 어머니 목소리를 듣고 번쩍 든 생각이 있었다.

"엄마, 그럼 운전면허 한번 따보는 건 어때?"

"운전면허?"

사실상 그 모든 불편은 운전을 안전하게 할 수 있는 사람이 있다면 해결될 문제였다. 근처에 이모도 살고 있고, 운전면허학원도 있으니 배워 보는 게 어떻겠느냐고 권했다.

"운전면허를 따면 인생이 바뀐다니까."

"그래도 내 나이가 몇인데······."

"아이, 엄마아~."

어머니는 꽤 오래 갈팡질팡하셨다. 내가 운전면허 필기 문제집을 사다 드린 날에는 운전학원에 등록하겠다고 독하게 마음먹으셨다가도 수화기를 들어올릴 때면 망설이셨다. 설득과 망설임의 공방이 여러 날 펼쳐진 끝에 어머니가 드디어 백기를 들었다.

따르르릉~.

"네가 이렇게 열심히 얘기하는데, 매번 안 한다고 하기도 그러고······ 해볼까? 네가 보기엔 내가 할 수 있을 것 같니?"

"그럼! 할 수 있어, 엄마! 누구나 다 해. 그리고 떨어지면 또 하면 되잖아!"

"그래, 그럼 한번 생각해 볼게."

짧은 통화를 끊은 후, 바로 다시 전화가 걸려왔다.

"어, 엄마?"

"응, 한번 해봐야겠다. 미우나고우나 느그 아버지 어떤 때는 징글징글하고 그렇지만······ 곰곰이 생각해 봤다. 저 양반 평생 운전해서 나 데리고 다녔는데 이제 병까지 걸려서 운전대도 못 잡는다 아이냐. 그러하니까 내가 한번 배워 가지고 저 양반 태워 줘봐야겠다."

어머니가 결심하셨으니 다음 일은 일사천리였다. 한달음에 경주로 달려내려가서 운전면허학원을 끊었다.

"엄마, 그거 알아? 내가 여기 환불 안 되는 조건으로 깎은 거야. 중간에 관두는 거 안 돼. 그만두면 나한테 물어내야 돼. 알았지?"

내 농담에 한참 웃던 어머니가 학원 문으로 들어서는 걸 벅찬 마음으로 바라보며, 이제 모든 일이 잘 풀릴 거라고 생각했다. 하지만 오산이었다. 이 양반이 나이가 있다 보니 필기를 제대로 따라가지 못해 쩔쩔매는 거였다. 글자가 작아서 안 보이네, 이 문제 답은 이상하네……

그렇게 시시콜콜한 불평불만을 전화 통화로 들어주면서 오답 체크에 쓸 형광펜도 사다 드리고, 요령도 알려 드렸다. 오랜만에 공부할 일이 생기자 무척이나 어려워하셨지만, 또 한편으로는 즐거운 배움의 시간이었다고 회고하신다.

대망의 필기시험 날이 다가왔다. 이모들에게 전화가 오고, 며느리들은 엿을 사들고 오고, 하여간 가족 단위로 난리가 났다. 자리에 있는 가족, 없는 가족들의 응원은 든든한 힘이 됐다.

하지만 그 소동이 무색하게도 낙방이었다. 그 쉽다는 필기시험에 미끄러지셨으니, 이제 운전면허고 뭐고 안 한다고 고개를 내저으셨다. 그리 말씀하시는데 계속 밀어붙이기가 뭣해서 더 권할 수가 없었다.

어머니가 필기시험에 떨어지고 몇 달이 지났을까, 갑작스럽게 연락이 왔다.

'무슨 일이시지? 혹시 다시 필기시험을 보겠다는 말씀은 아닐까?'

"얘, 나 필기시험 붙었다."

그것도 놀랄 만한 소식이었지만, 더 놀라운 건 그 다음이었다.

"내가 공부를 너무 많이 해서 시험 같이 본 사람들 중에 1등을 했지 뭐니!"

그 학원은 또 1등 한 사람에겐 수강생들이 박수를 쳐준다면서, 본인이 서서 박수를 받았다며 수줍게 자랑하셨다.

하지만 그걸로 끝이 아니었다. 최종 관문, 실기가 남아 있었다. 필기시험은 실기에 비하면 새 발의 피였다. 자동차 시동을 켜고 끄는 것도 어머니에겐 각고의 노력이 필요한 과제였다.

더 큰 문제는 어머니가 아니라 학원의 교관에게 있었다. 어느 날 어머니가 하시는 말씀이 그 교관이 자기를 싫어한다는 거였다.

"운전면허 그거…… 그냥 아무렇게나 하시죠. 1년 걸릴지 2년 걸릴지도 모르는데. 어? 아니, 왜 나이는 먹어서 운전면허를 따려고 그래요? 택시 타고 다니지."

"그러게…… 딸내미가 돈을 내줘서 다니고 있수."

이런 대화를 일삼으니 서로 속이 터지는 게 당연하다. 교관 입장에선 예쁜 여자가 와서 실수를 해도 성질이 날 판에, 나이를 먹을 대로 먹은 할머니가 와서 말도 제대로 못 알아듣고 실수를 계속하니 환장할 노릇이었겠지. 거기다 출석은 꼬박꼬박 하고.

그래도 어머니는 아버지랑 함께 지낸 세월의 인내심을 발휘해 교육을 완수하셨다. 대망의 실기시험 날. 그랬다. 또 낙방이었다. 아슬아슬하게 떨어졌으니 조금만 더 하면 붙을 거라고 격려를 했지만 이미 거듭된 낙방으로 어머니의 상심은 보통 깊은 게 아니었다. 이대론 안 되겠다 싶어 온화한 성품의 베테랑 운전자인 남동생에게 급히 SOS 콜을 보냈다.

그 뒤로 남동생은 주말마다 경주로 내려가 어머니께 제 차의 운전대를 잡게 해드렸다. 아무래도 차에 익숙지 않다 보니 생기는 약점이 큰 것 같아서, 무엇보다 차에 익숙해지게끔 도움을 드린 것이다.

두 번째 실기시험을 치르기 전, 어머니는 또 못 하겠다고 난색을 표하셨다. 부담스러워서 도무지 자신이 안 생긴다는 것이다. 비록 드세지 않고 조곤조곤하게 말씀하시는 분이지만 누구보다 자존심이 강한 어머니께는 온 가족의 격려와 관심, 손녀의 귀여운 응원도 무거운 짐으로 느껴지신 모양이었다. 발을 동동 구르는 어머니께 조언을 했다.

"몰래 보면 되잖아? 실기시험 떨어져도 아무도 모르게. 그러면 괜찮잖아?"

이야기를 듣고 보니 그럴싸하게 들리셨는지, 아무래도 그렇게 해야겠다며 고개를 연신 끄덕이셨다. 혼자서 열심히 연습하고, 주말마다 운전대를 잡으시면서 그렇게 시간이 흘렀다. 혹시 오늘은 시험을 치셨을까, 내일 치실까 머릿속에서 궁금해하던 것도 살짝 잊어버릴 무렵이었다.

따르르릉~.

"여보세요?"

"민정이니? 나 실기 붙었다, 얘!"

마치 일생일대의 중요한 시험에 합격한 것처럼 들뜨고 즐거워하시던 그 목소리가 무척이나 기억에 남는다. 실기시험에 합격하자 자신감이 붙으셨는지 그 후 도로주행에 한 번에 합격하는 솜씨를 보여주셨다. 그리고 다시 걸려온 전화.

따르르릉~.

"여보세요?"

"야, 너 지금 내 손에 뭐가 있는지 아니, 지금? 운전면허증이 내 손에 있다."

나이 60 넘어 6개월 남짓 걸려 씨름한 피와 땀의 결실이었다. 날이면 날마다 포기와 재도전의 연속이었다. 고꾸라지고 다시 일어서면서도 악착같이 매달린 끝에 우리 어머니는 운전면허증을 손에 쥐셨다.

사실 이제 와서 하는 이야기지만, 내가 어머니에게 운전면허시험을 권한 건 꼭 차를 몰 수 있게 하기 위해서가 아니었다. 설령 '장롱면허'가 된다고 해도 괜찮았다. '내가 무언가 해냈다', '나도 할 수 있다'는 성취감을 맛보여 드리고 싶었다. 더군다나 그게 본인을 위해서라기보다 그 웬수 같은 남편을 위해 한 일이었으니.

"얘, 고맙다."

아마 그 말씀을 하시면서 운전면허증을 꼭 쥐고는 가슴에 품고 계시지 않았을까?

"엄마, 이제 앞으로 주민등록증은 장롱에 넣어 놓고 신분증으로 운전면허증 가지고 다녀. 현대인들은 원래 그러는 거야."

그 말을 듣고 나서 어머니는 정말로 주민등록증 대신 운전면허증을 가지고 다니기 시작했다. 면허증을 딴 뒤로도 남동생이 자주 어머니를 도와드렸다. 그러던 중 전화가 왔다.

따르르릉~.

"어, 엄마? 웬일이야?"

"사람들이 운전면허증 따고 나면 운전을 하고 다녀야지 안 잊어먹는다고 그러는데…… 엄마가 차가 없네?"

그 말을 듣자마자 배를 움켜잡고 깔깔 웃었다. 운전면허학원에서 위트까지 가르쳐 줬나 싶어 한참을 웃었다. 다른 누구도 아닌 우리 어머니가 이렇게까지 말씀하시는데 차를 안 사드릴 수 없었다. 자식들끼리 한푼 두푼 모아 중고차를 한 대 마련해 드렸다. 아담한 빨간색 마티즈였다. 운전석엔 어머니가, 조수석엔 남동생이, 뒷좌석엔 아버지를 태우고 가까운 곳을 돌아다니며 서서히 운전에 재미를 들이셨다. 내가 내려갈 때면 남동생 자리를 대신하고, 조마조마하면서도 응원하는 마음으로 어머니가 운전하시는 모습을 지켜본다.

아직까지도 어머니는 그 빨간색 마티즈를 애지중지하며 다니신다. 지금도 서울 한복판을 지나가다 빨간색 마티즈가 눈앞을 지나칠 때면 어머니가 싱글벙글하며 자랑스러워하던 그때가 생각난다.

"그래도 그거, 야. 한 번 두 번만에 되고, 응? 어릴 땐 나도 똑똑하다는 소리 들었어, 얘."

"당신이 제 엄마여서 행복해요"

"얘, 내가 요즘 우울증 약을 먹는다."

어느 날 어머니의 전화를 받고 깜짝 놀랐다. 이게 도대체 무슨 소리람? 현대사회에서 우울증이란 마음에 걸리는 일종의 감기다. 감기에 걸리고 싶어서 걸리는 사람은 없다. 감기란 불시에 찾아올 수 있고, 혹은 걸리기 쉬운 환경에 오랫동안 노출되었을 수도 있고, 약을 먹으면 증세가 완화되지만 또 비슷한 환경에 처하면 언제든지 다시 걸릴 수 있다. 우울증도 이와 아주 비슷하다.

아무튼 우리 어머니가 걸리신 건 단순한 감기가 아니라 특급 독감이었다. 사실 돌이켜보면 독감에 걸리지 않는 게 더 신기한 세월이었다. 그보수적이고, 경상도 남자 특유의 기질을 고스란히 물려받아 밖에선 지극하고 안에서는 무심한 아버지. 그랬던 분이 세월이 흐르면서 조금씩 유해지고 어머니를 배려하는 법을 알아 가셨다. 아들딸도 시집장가 가고 이제 겨우 두 발 뻗고 지내실 수 있게 됐는데, 아버지에게 치매가 온 것이다. 3년 남짓 되는 진행 기간에 간병인도 뒀지만 어머니의 어깨를 짓누르는 삶의 무게는 너무나 혹독했다.

병원에서 약을 처방받는다는 말씀을 듣자, 마음 한켠이 짠해졌다. 말 그대로 평생을 '그 시절의 어머니'로 지내신 어머니가 어떻게 우울증이 라는 질병을 스스로 판단하고 병원에 가서 약을 타오실 생각을 했을 까. 쉽지 않은 결정이었을 게 분명했다. 내가 일하느라 바빠 오랜 통화 도 변변히 해본 적이 없었는데, 한사코 전화를 붙잡고 하소연하는 어머 니의 작은 목소리를 들으니 안타깝고 슬펐다. 전화를 끊고 한참 생각했 다. 내가 이분을 위해 무얼 해드릴 수 있을까.

평생 곱씹을 만한, 무언가 엉뚱하고 황당한 이벤트가 있을까? 생각에 생각을 거듭했다. 나에겐 가장 사랑하는 사람인데, 그런 사람에게 무얼 하는 게 좋을까? 언제 떠올려도 입가에 미소를 머금을 수 있고, 되새김 질하며 행복해할 수 있는 이벤트가 뭘까?

그때 '프러포즈'에 생각이 미쳤다. 아무리 생각해 봐도 우리 어머니, 김화자 씨 인생에 제대로 된 프러포즈를 받아 본 적이 없었을 것 같았다. 기획은 이틀 만에 끝났다. 어머니께서 우울증 진단과 처방을 받으러 서 울에 있는 병원에 오실 때 진행할 이벤트였기 때문에 짧은 시간 내에 준비를 끝내야 했다.

비록 번갯불에 콩 구워 먹듯 '엉뚱하고 황당한' 이벤트를 기획했지 만, 반지 하나 달랑 드리고 끝내고 싶진 않았다. 기왕 할 거면 정말 남자 가 인생을 다 바칠 여자에게 하듯이 카페라도 통째로 빌려서 보란 듯이 하고 싶었다. 혹은 스케치북을 넘겨 가며 로맨틱한 고백을 찍은 UCC

도 좋았다. 영상 쪽에 종사하는 지인이 있어 계획을 이야기하자, 흔쾌히 오케이해 주었다. 촬영 전날 스케치북에 한 글자 한 글자, 내 마음을 꾹꾹 눌러 담아 썼다.

> 화자 씨,
> 당신이 제 엄마여서 참 다행이에요.
> 고마워요.
> 당신이 제 엄마여서 행복해요.
> 그래서, 조금만 더 욕심을 냈어요.
> 가능하면 다음 생애에도 내 엄마가 되어 주세요.
> 사랑해요, 화자 씨.
> 당신을 사랑하는 민정이가

강남대로변에서 스케치북을 들고 하나하나 넘기는 일에는 상당한 용기가 필요했다. 지나가는 사람들이 쳐다보는 게 아무렇지 않았다면 당연히 거짓말이다. 하지만 내가 하고 있는 일은 내 인생에서 가장 잘한 일 중 세 손가락 안에 들어가고도 남을 거라는 확신이 있었다.

그렇게 촬영한 영상의 배경음악으로는 그 유명한 〈강남스타일〉을 선정했다. 보기 좋은 UCC를 만들기 위해서 어머니의 어렸을 적 사진도 한가득 모았다. 영화 소개 프로그램처럼 배경에 하나씩 지나가는 효과도 넣었다. 오프닝을 만들고 돌려 보면서 하나하나 준비해 나갔다.

프러포즈에는 역시 반지가 필수다. 새 걸 사면 좋았겠지만, 금값이

눈이 휘둥그레질 정도라 가지고 있던 반지를 녹이고 그 가운데에 꽃을 다이아몬드 하나만 구했다. 케이크, 꽃, 편지도 준비 끝. 편지에는 '엄마' 라는 말 대신 '화자 씨'라고 썼다.

> 태어나면서 처음 사랑하게 된 당신, 화자 씨.
> 일 년, 이 년, 십 년, 시간이 지날수록, 알면 알수록
> 당신이란 사람 참 좋은 사람이에요.
> 그런데 어쩌죠? 죄송한 이야기이지만,
> 당신을 처음 만난 날이 기억이 안 나요.
> ......

누구나 엄마를 맨 처음 사랑하게 된다. 그렇지만 편지를 쓰면서 생각 하는 바가 많았다. 맨 처음 사랑했던 사람을 위해 내가 여태까지 무얼 했 던가. 편지를 다 쓰고 난 뒤 감사패도 제작했다. 내용은 이런 식이었다.

> 인생을 살며 당신의 희생과 인내가 있었기에
> 자식들이 올바르게 자랄 수 있었고,
> 가정을 지킬 수 있었습니다.
> 그 노고에 감사드립니다.

또 '재미있는재단'에 있는 '재미있는 멘토단' 임명식도 준비했다. 어머니는 주변 이야기를 듣고 카운슬링을 하는 일에 능숙하신, 현명한 분이다. 그런 분이 심한 우울증을 앓으시면서 그 재능이 아무 데도 쓸모가 없고, 심지어 본인마저 세상에 아무런 필요가 없는 사람이라고 생각하게 내버려두기가 싫었다.

여기서 분명히 짚고 넘어가야 할 게 있다. 이 이벤트가 정말 엉뚱하고 기막히게 무사히 끝날 수 있었던 건 모두 주변사람들의 도움 덕이다.

카페 하나를 통째로 빌리는 데에 적지 않은 돈이 들어갈 뻔했는데, 카페를 운영하는 친구가 저녁 시간에는 손님이 그리 많지 않다며 흔쾌히 장소를 빌려 줬다. 인쇄소를 운영하는 선배는 이벤트에 쓸 플래카드는 자기가 디자인해 주겠다면서 어머니 사진을 달라고 했다. 또 UCC를 제작해 준 사람은 프러포즈 이벤트엔 영상이 하나쯤은 있어야 폼이 난다면서 도와줬다. 축하 공연을 위해 가수를 섭외하려던 찰나엔 본인이 노래를 잘한다며 자신 있게 나서준 친구도 있었다. 동두천에 사는 후배 용석이에게 사회 좀 봐줄 수 있겠냐고 물었더니 두말 하면 잔소리라면서 믿음직스러운 대답을 해줬다. 정관용 선배는 본인이 자리에 참석하지 못하는 것을 안타까워하시더니, '김화자' 석 자로 삼행시를 써서 보내 주셨다. 제주도에 있는 선배는 삼행시 짓기 대회 얘길 듣더니 본인이 상을 타야 한다며 이메일로 삼행시를 보내왔다. 참석하지 못한 사람들 대다수가 삼행시라도 보내겠다면서 너도나도 문자메시지를 보내왔다.

물론 모든 사람이 이 이벤트의 내용을 알았던 건 아니다. 무슨 일인지 영문도 모르고 불려 나온 친구들도 풍선을 불고, 플래카드를 매달고,

선곡을 도와줬다. 나 혼자의 힘이었다면 도저히 해내지 못했을 것이다.

그리고 당일, 병원에 다녀오신 어머니는 저녁식사를 하러 가자는 내 말에 아무것도 모르는 상태에서 이벤트 장소에 도착했다. 도착하고 보니 이게 웬걸, 서른대여섯 명은 되는 사람들이 모여서 당신을 반기는 게 아닌가. 아직도 상황이 낯선지 얼떨떨한 표정의 어머니를 보아하니 나중에 이런 말씀을 하실 게 분명했다.

"아휴, 나 같은 게 뭐라고 이렇게 바쁜 사람들을 불러내서 시간을 쓰게 하니?"

그래서 그런 얘기를 하실 필요가 없게 처음부터 아예 못박아 버렸다. 마침 사회자가 인사말을 하라고 마이크를 넘겨줬길래 사람들을 주욱 둘러보며 말했다.

"여러분, 제가 사람들을 참 많이 알고 지내죠? 마당발이잖아요, 제가. 그런데 그 많은 사람들 중에서 왜 여러분이 이 자리에 있는 것 같아요?"

그랬더니 사람들이 이렇게 대답했다.

"친해서?"

"단순히 친해서 불렀을까요? 하나하나 전화 통화 해가면서 여기 오시라고 했을까요? 여러분 사이에 공통점이 딱 하나 있어요."

"잘생겼다!"

웃음보가 번졌다. 유감스럽게도 정답은 아니었다.

"여러분, 여러분은 이 목요일 저녁에 제가 안 불렀으면 전~혀 할 일이 없는 사람들이 되는 거예요. 엄마, 목요일 저녁에 진짜 한가한 사람들만 불렀어. 그러니까 나중에 나한테 뭐라고 하지 마. 맞으면 박수 한 번 하고 시작해요!"

우렁찬 박수 소리 사이사이에 "야, 목요일 저녁에 한가한 사람 됐다"는 장난스러운 한탄이 들려왔다. 그렇게 떠들썩한 인사말로 이벤트를 시작했다. 토크 콘서트 이전의 축하 공연에서는 노래를 잘 부르는 지인이 도와줬다. 어머니가 영어를 낯설어하시니 팝송은 부르지 말라고 그렇게 얘기했는데 끝끝내 〈Loving you〉를 불렀다. 아무튼 축하 공연이 끝나고 사회 잘 보는 친구가 정말 프로 못지않은 솜씨로 토크 콘서트의 진행을 맡았다.

프러포즈 이벤트는 성공적으로 끝났다. 아니, 내가 생각했던 것보다 훨씬 더 즐겁고 유쾌하게 끝났다. 내 계획을 알고 왔던 사람들, 모르고 왔던 사람들 할 것 없이 한마음 한뜻으로 어머니의 인생을 되새기고 또 새로운 추억을 새겼다.

그로부터 한 달 뒤. 사실은 내심 궁금했다.

'엄마가 그 얘길 하셨을까? ……에이, 아냐. 본인 얘기 하시는 걸 자랑이나 뽐내는 거라고 생각하시는 분이잖아.'

그러던 중 내 생각을 어떻게 알았는지 이모가 전화를 하셨다.

"애, 너 엄마한테 이런 거 해줬다면서?"

그러면서 어머니가 그 이야기를 즐겁게 하시더라는 말을 나에게 전해 주셨다. 새삼 그때 이벤트를 기획하길 정말 잘했다고 다시 한 번 고개를 끄덕거렸다.

우리 어머니, 김화자 씨는 본인의 속마음을 정말 드물게 표현하시고, 또 이야기할 기회가 생겨도 속으로 감추는 분이지만 그날만큼은 여러 사람들 사이에 섞여 당신의 인생을 말씀하시는 시간을 보냈다. 진짜

'나'를 찾아가는 과정, 그 사이에 있던 행복, 감동. 어떤 뭉클함. 자리에 함께 해준 사람들에게 이 자리를 빌려 다시 한 번 감사의 인사를 전한다.

이상규, 송기정, 윤성호, 김기범, 선별, 손세만, 문지용, 성태경, 정관용, 곽성진, 김민진, 박범, 김민승, 라호일, 천호선, 추철교, 하재근, 이정희, 임상욱, 김영아, 박채희, 김용석, 김길현, 오병선, 이안나, 이경모, 엄정호, 정영석, 김승운, 이건웅, 이현호, 김훈, 정선일, 최병도.

"여러분은 제 인생에 진정 VIP입니다."

3

인생은 예측불허라고 했던가

시간을 머금은 돈

"너 아르바이트 안 할래?"

꽤 오래전, 선배가 아르바이트 자리를 소개해 준 적이 있었다. 한 15년 쯤 됐을까? 아마 대학원에 다닐 때였을 것이다.

연극이나 공연을 보고 다니길 좋아하는 나에게 마침 다가온 연극 기획 홍보 아르바이트는 꽤 구미 당기는 제안이었다. 흔쾌히 오케이를 하고, 두 달 동안 일해서 얼마를 받기로 이야기가 되었다.

내가 기획과 홍보를 맡을 연극은 대학로에서 공연하는 〈딸의 침묵〉이 었는데, 당시로선 파격적인 주제를 다루었다. 성폭행당한 딸이 겪는 고 통과 그로 인한 상처를 한 가정이 치유해 나가는 과정을 그린 작품이었 다. 감독은 미국에서 무대미술을 공부하신 남 사장님이었다. 나에게 자 리를 소개해 준 선배는 그 연극의 조연출을 맡았다.

사실 그 당시에 그토록 강렬한 주제로는 흥행을 기대하기가 어려웠다.

결과적으로 흥행은 실패했지만, 나에겐 즐겁고 좋은 경험이었다.

문제는 그다음에 일어났다. 연극이 참패를 하자, 남 사장님이 나에게 사전에 주기로 한 돈을 마련할 수 없었던 것이다.

아쉽지 않았다면 거짓말이다. 하지만 두 달간 함께 일하면서 사람들과 친해졌고, 어려운 사정도 모르는 바 아니었다. 돈이 있으면서 없다고 발뺌하는 것도 아니고, 정말 없다는데 어찌하랴? 어차피 받지 못할 돈, 마음을 깔끔히 접었다. 내가 그렇게 나오자 사장님은 오히려 몸둘 바를 모르겠다며 거듭 미안해하셨다.

"민정 씨, 미안해요. 내가 좀 더 신경 써야 했는데……."

"미안해하실 필요 없어요. 지금만 안 받는 거예요. 나중에 돈 많이 벌면 꼭 갚으셔야 해요?"

"고마워요, 민정 씨. 내가 나중에 꼭 드릴게요. 이해해 줘서 정말 고마워요."

말은 그렇게 하고 훈훈하게 마무리지었지만, 일터에서 이렇게 되면 임금은 사실상 기억에서 지우고 포기해야 하는 거나 마찬가지다.

'그래, 좋은 경험 한 셈 치자. 좋은 경험……. 에이씨, 돈도 못 받고 고생은 고생대로 했네.'

쓰린 속을 소주 한 병과 조촐한 안주로 남모르게 달래며 그 일을 까맣게 잊었다. 나중에 주변 사람들이 임금을 떼어먹혔다고 분통을 터뜨릴 때 '아, 맞아. 나도 그랬었지?' 하고는 또 깜박 잊는 경지에 다다랐다.

그로부터 정말 오랜 시간이 흘렀다. 그 사이 한국에는 '핸드폰'이라는 첨단기계가 도입됐다. 내가 연극 기획 아르바이트를 했을 때만 해도 삐삐밖에 없었던 시절이었으니, 이때가 언제인지 대충 짐작이 갈 것이다.

몇 년이 지난 어느 날, 갑자기 핸드폰으로 모르는 번호의 전화가 걸려왔다.

'누구지?'

"여보세요?"

"아, 안녕하세요. 고민정 씨. 저, 혹시 기억하실지 모르겠지만…… 오래전에 〈딸의 침묵〉 연극 감독했던 사람입니다."

연극 〈딸의 침묵〉. 그 한마디에 내가 저기 기억 밑바닥에 꽁꽁 숨겨 놨던 옛날 일이 수면 밖으로 뿅 튀어나왔다. 반가운 마음과 놀란 마음이 뒤섞여서 나도 모르게 커다란 목소리가 나왔다.

"아! 알죠! 와, 사장님 진짜 오랜만이에요! 어떻게 번호 아셨어요? 그때는 연락처도 없었는데……."

"하하, 어떻게 열심히 찾으니까 찾아지네요. 민정 씨, 일단 저한테 계좌번호 알려 주세요."

"계좌번호요?"

"네, 얼른요."

몇 년 만에 연락이 닿았는데, 다짜고짜 계좌번호를 달라고 하다니? 어리둥절한 마음에 일단 번호를 불러 드렸다.

"민정 씨, 미안하고 고마웠어요. 나중에 한번 봐요."

안부를 몇 번 더 묻고 통화를 끝냈다. 그 직후에는 일 때문에 정신이 없어서 나중에야 계좌를 확인해 봤는데, 그때 내가 못 받았던 임금이 정말 들어와 있었다. 통장에 찍힌 숫자를 가만히 손끝으로 만져 보며 속으로 생각했다.

'세상에는 진짜 이런 분들도 다 있구나.'

사실 세상 사는 사람들이 다른 사람들에게 일부러 못되게 굴고 욕을 먹기 위해 나쁜 일을 하는 경우는 잘 없을 것이다. 그러나 살아가다 보면 돈 문제로 가족이나 지인, 고용한 사람들과 불화가 생기고 제대로 못 대해 줄 때가 생기게 마련이다. 만일 그게 어쩔 수 없는 일이었다면 그 마무리를 조금 다른 형태로 맺는 게 어떨까.

　　"돈? 없어! 못 줘! 배 째!"

　　이런 형식 말고, 이런 식으로 말이다.

　　"죄송해요. 지금은 제가 이런이런 사정이 있어서 못 드리지만, 나중에 꼭 갚도록 할게요."

　　물론 말로만 그렇게 하는 것이 아니라, 남 사장님처럼 몇 년이 지나도 기억하고 정말 약속을 지키는 사람이 되는 것이다.

　　만일 그런 일들이 서로 간에 몇 번 생긴다면, 어려운 순간에 서로서로 조금씩 보듬어 주는 일종의 유대가 생기지 않을까? 마치 책장에 꽂힌 수많은 책들 중 여러 권에 비상금을 숨기고 잊어버렸다가, 어느 날 아무 생각 없이 펼친 책 사이에서 시간을 머금은 그 돈을 발견할 때의 기쁨 같지 않을까.

인생은 예측불허라고 했던가

책 속에 숨겨둔 비상금 같은, 잊었다가도 그 고마움을 퍼뜩 깨닫도록 해주는 친구가 있는 사람은 참 복 받은 사람이다. 그래서 나는 복이 넘치는 사람이다.

언젠가 이사할 일이 있었는데, 여기저기에 들어가는 돈을 합치면 꽤 큰 비용이 필요했다. 문제는 이전에 살고 있던 집이 빠지질 않아 수중에 있던 돈이 터무니없이 모자란다는 것이었다.

지금으로부터 20여 년 전, 900만 원 가까운 돈을 단기간에 모으기란 불가능했다. 답답한 마음을 부둥켜안고 친구를 만나 하소연했다.

"집주인한테 사정을 해볼까……."

보증금 얘기, 대출 얘기, 사회에 대한 불만 얘기로 시간을 보내다가 헤어졌다. 그러고 나서도 이사 비용에 대한 걱정으로 하루하루를 보내고 있는데, 친구에게 전화가 왔다.

"민정이니? 계좌번호 좀 불러 줘."

"응? 왜?"

"그 돈 내가 빌려줄게."

"뭐? 너한테 그렇게 큰돈이 어디 있다고 그래?"

"아냐. 여윳돈 있으니까 주는 거지. 부담 없이 써."

비슷비슷한 처지에 있는 친구가 갑자기 천만 원에 가까운 돈을 어디서 마련해 이런 이야기를 하나 싶었다. 그러면서도 한편으로는 드디어 돈 걱정에서 탈출할 수 있다는 기쁨을 느꼈다. 옥신각신 실랑이를 하다가 결국 그 친구가 마련해 준 돈을 받고 무사히 이사를 끝마쳤다. 더없이 고마운 일이었다.

'이렇게 큰돈을 선뜻 빌려주다니……. 지금은 정신이 없으니까 나중에 꼭 연락해서 고맙다고 하고 그때 갚자.'

하지만 인생은 늘 예측불허라고 했던가. 이사하고 얼마 되지 않아 미국으로 급하게 유학을 가게 됐다. 그 무렵엔 연락수단이 삐삐밖에 없어서 자세한 사정을 이야기하기가 불가능했다.

엎친 데 덮친 격으로, 당시 평화은행에서 일하고 있던 그 친구가 은행 합병 바람을 맞고 해직을 당했다는 소식이 건너건너 들려왔다. 다행히 출국하기 전에 이전 집이 빠져서 목돈을 마련한 것까진 좋았으나, 아무리 수소문하고 연락을 시도해도 그 친구를 찾을 수가 없었다. 그렇다고 해서 일정을 늦출 수도 없는 노릇이었다. 한참을 고민하다가 통장을 하나 새로 만들고 친구에게 도장과 함께 통장을 맡겼다.

"만약 걔한테 연락 오면, 나 미국 가 있는 중이라 연락이 안 된다고 얘기하고 이거 좀 전해 줘."

당시 나는 짧은 유학 생활을 염두에 두고 있었다. 그리 오랫동안 있을 예정이 아니었기에, 어쩌면 내가 귀국하기 전에 친구에게 빌린 돈을 간접적으로나마 전달해 줄 수 있을 거라고 생각했다. 그렇게 다른 친구에게 통장과 도장을 맡긴 뒤, 미국행 비행기에 몸을 실었다.

시간은 눈 깜짝할 사이에 흘러 1년이 지났다. IMF가 터져 한국 경제가 전체적으로 휘청거릴 때였다. 오자마자 제일 먼저 통장을 맡긴 친구에게 전화를 걸었다. 내심 잘 전해 줬다는 대답을 기대하고 있었다.

그러나 친구의 대답은 내 예상을 빗나갔다.

"아직 연락이 안 오더라. 어디 잠깐 해외라도 나가 있는 거 아닐까?"

친구에게 도로 받아온 통장과 도장은 1년 전 그때와 마찬가지로 갓 만들어 새것이나 다름없었다. 복학하기 위한 학비를 모으면서 친구를 백방으로 찾았다. 내 정성에 천지신명이 감동한 건지, 겨우겨우 친구와 연락이 닿았다. 전화 너머로 친구의 목소리를 듣자마자, 나는 외쳤다.

"야! 당장 만나!"

바로 당장은 아니었지만 우리는 가까운 시일 안에 재회했다. 그간의 회포를 풀고 나서 그때 못 돌려줬던 돈 이야기를 꺼냈다.

"너무 오래 걸려서 미안. 그때 어떻게 사정이 그렇게 돌아가서……. 시간도 오래 지났으니까 이자까지 합쳐서 입금할게. 계좌번호 좀 줘."

그랬더니만 이 친구가 이자는 한사코 받지 않겠다고 버텼다. 한참 실랑이를 하다가 결국 내가 항복했다. 이자 대신 작은 선물이라도 해줘야 내 맘이 편하겠다고 몇 번이나 물고늘어져서 겨우 오케이를 받아냈다. 이 친구는 그러고 난 뒤에야 자세한 이야기를 털어놓았다.

알고 보니 그때 친구가 나에게 빌려줬던 돈은 모아 뒀던 자금이 아니라 본인의 이름으로 대출을 받은 것이었다. 당시 은행원이었던 친구는 다른 고객에 비해 대출을 낮은 금리로 손쉽게 받을 수 있었다면서, 그 대출금도 알아서 갚았다는 이야기였다.

전혀 짐작하지 못한 사실이었다. 어느 누가 그렇게 선뜻 내준 큰돈이 본인이 빚을 져가면서까지 얻어낸 돈이라고 생각할 수 있었을까? 친구의 이야기를 듣는 순간, 얼굴이 확 달아올랐다. 너무나 고맙고 미안했다.

"1년 동안 연락 안 되어서…… 나 돈 떼먹고 도망간 줄 알고 원망 많이 했겠다. 미안해."

"아냐~ 나 원망한 적 없어. 전에 네가 '언제든 확 유학 가고 싶다' 이런 적 있었잖아. 그거 기억하고서 '미국 갔구나' 했어. 돌아오면 연락하겠지 하고 말았어. 그리고 너 이렇게 연락했잖아."

맑게 웃으며 그렇게 이야기하는 친구의 말을 듣고 친구에게 말했다.

"너, 나한테도 지금 이 기분, 딱 느낄 수 있게 나중에 힘들 때, 어려울 때 연락해."

"그래, 알았어."

오랜 회포를 풀고 난 뒤에 그 친구와 종종 만나며 지냈다. 귀국해서 1년쯤 지났을까, 친구가 어느 날 연락을 해왔다. 평소와 같이 수다를 떨다가 친구가 조심스럽게 말을 꺼냈다.

친구는 내가 몇 년 전 유학갔을 때와 똑같은 상황에 처해 있었다. 이사 때문에 목돈이 필요하게 된 것이다. 필요한 비용도 그때와 비슷하게 천만 원 가까운 돈이었다. 친구는 어렵사리 말을 꺼내고 나서도 미안해하는 기색을 감추지 못했다.

"가능하면 몇 달 정도 쓸 수 있게 빌려줬으면 하고…… 가능하면."

"그래, 알았어. 계좌번호 불러 줘."

이번에는 내가 친구를 도와줄 차례였다. 그때 내 수중에 그렇게 큰돈이 있었을까? 유감스럽게도 난 은행원이 아니라서 저금리 대출은 힘들었다. 대신 은행에 적금을 들었던 게 있었다. 남편을 불러 사정을 이야기했다. 내가 결혼하기 전에 유학갈 때 도와준 친구가 있었고, 이번에는 내가 그 친구를 도와줄 차례라고 설명하자, 남편은 앞뒤 사정을 다 이해했다. 이전에 그 친구를 남편에게 소개한 적도 있었기에 적금을 해약한다는 결정도 존중해 주었다.

우리 둘 사이에 합의가 되자, 그 이후로는 일이 쉬웠다. 그날 곧바로 은행에 가서 적금을 해지했다. 적금을 해지하겠다고 하자, 창구에 있던 은행원이 놀라서 나를 설득했다.

"고객님, 이거 지금 만기가 안 되어서 해약하시면 이자 하나도 못 받는데 너무 아깝지 않으세요?"

"아, 그래요? 몇 달 남았는데요?"

"두 달도 안 남았어요. 이거 아까워서 어떡해요? 괜찮으시면 조금만 더 있으면 되는데……."

해약하는 건 난데, 은행원이 더 울상이었다. 웃으면서 이렇게 대답했다.

"걱정해 주시는 건 감사하지만, 그 이자보다 훨씬 더 많이 준다는 데가 있어서 해약하는 거니까 그렇게 안타까워하지 않으셔도 괜찮아요."

그렇게 해서 무사히 해약한 적금으로 친구에게 빌려줬다. 몇 달 뒤 친구는 갚았고, 지금도 나와 절친하게 지낸다.

첫 월급봉투의 종착지

예전부터 우리 어머니가 항상 하시던 말씀이 있다.

"사람이 살면서 반드시 기억하고 살아야 되는 고마운 분들이 있다. 첫째는 결혼이나 중매에 도움을 준 사람이다. 둘째는 그 얼마나 힘든 취직, 그거, 도와준 사람들. 이 두 사람 은혜는 절대 잊으면 안 된다."

그 둘 중 하나는 내 인생에서 만난 적이 없다. 아마 앞으로도 만날 일이 없을 것이다. 왜냐하면 결혼은 내가 알아서 했기 때문이다.

지금은 나도 사회생활 베테랑이지만, 사회초년생일 때는 옛날 직장 동료였던 선배의 도움을 많이 받았다. 다른 것도 아니고 취직을 도와준 선배이니만큼 어머니가 누누이 말씀하시던 은혜를 꼭 갚아야겠다는 생각이 들었다. 내가 택한 건 가장 간편하고 가장 강렬한 방법이었다. 본래는 첫 월급을 전부 다 드릴 생각이었다. 헌데 막상 첫 월급을 받고 나니 나도 먹고살아야겠다는 생존 본능이 퍼뜩 들어 봉투에서 얼마를 꺼내고 100만 원만 남겼다. 봉투가 좀 두툼하게 보이도록 만 원짜리로 만 꾹꾹 채우는 꼼수도 부렸다.

월급을 드린다고 하면 안 받으실 게 분명하니, 취직턱을 쏘겠다고 시치미를 뗐다. 약속 전날에 편지를 써서 월급봉투 안에 넣었다. 편지 내용은 이랬다.

'지금까지 여러 가지 일로 고마웠지만, 취직에 힘을 써주셔서 그게 무엇보다 고맙습니다. 그리고 이 직장이 평생직장이 아닌고로 또 취직 하게 되면 선배가 막강하게 믿음직스러운 분이 되어서 내 인생을 또 도 와주실 수 있으면 좋겠습니다.'

약속 당일에 만난 선배는 당연하게도 내 작은 성의를 한사코 거부했 다. 그럴 때를 대비해 나도 준비해 뒀던 으름장을 놓았다.

"만일 형 입장에서는 적지만 내 입장에서는 무지 큰 이 성의를 안 받 는다면 앞으로 '고민정 취직 부분은 이걸로 땡. 앞으로 안 도와주겠다' 로 받아들일 거예요. 그럼 이 100만 원 갖고 인간관계 하나 완전히 끊 을 수도 있는데 그래도 안 받을 거예요?"

"야, 참…… 내가 너 말고도 다른 숱한 사람들 취직을 도와줬는데 한 번도 이런 식으로 표현한 사람은 없었다."

취직해서 첫 월급 받았다고 술이나 밥을 사는 사람은 있었어도 편 지와 함께 본인의 월급을 통째로 주는 사람은 전무했다는 것이다. 당 연한 얘기였다.

"형, 나한텐 정말 피 같은 돈이니까 형이 정말 아끼는 사람들한테만 이 돈으로 밥 사주세요. 그러면 좋겠어요."

"그래, 꼭 그렇게 할게."

"그래요? 그럼 그 아끼는 사람 첫 번째가 내가 되면 어때요?"

"그래그래, 뭔 소린지 알겠다."

그리고 선배는 그날 쿨하게 밥을 샀다.

"월급 굳었네요. 그리고 다른 사람한테 얘기해 줘요. 누구 취직 도와줄 때 이런 식으로 보답하는 사람이 있었다고 하나의 사례로 꼭 얘기해 줘요."

선배는 크게 웃으며 꼭 그러겠다고 했다.

남들이 이 이야기를 들으면 내가 돈을 몹시 많이 버는 사람이라고 착각을 한다. 하지만 천만의 말씀이다. 지금도 빚을 지고 살고 있고, 예전에도 크게 상황이 다르지 않았다.

다만 그런 마음이 생겼을 때 안 하면 나중에 후회하게 될 것 같아서였다. 또 그 돈이 있었다면 아마 다른 곳에 썼겠지만, 없으면 또 없는 대로 살게 되어 있다. 그 중심에는 항상 우리 어머니가 보셨던 사주가 있다.

"항상 먹고살 만큼은 벌고 산다."

난 아직도 그 철학관 할아버지의 말을 깊이 믿고 있다.

"이번 주에는 민정이가
뭐 해가지고 올까?"

한밤중, 혹은 새벽에 걸려오는 전화는 좋든 나쁘든 항상 갑작스러운 소식을 달고 온다. 그날도 마찬가지였다. 나에게 걸려온 전화 한 통. 졸린 눈을 비비며 전화를 받았다.

"여보세요……?"

"민정이…민정이니? 나 어떡하지, 민정아…….”

단짝 친구인 여고 동창이 울고불고 하며 눈물을 쏟아냈다. 실직한 남편이 계속 몸이 좋지 않아 응급실에 갔는데 하루아침에 암 말기 선고를 받았다는 것이었다. 정신이 확 깨면서 가슴 한쪽이 싸해졌다. 나조차 이럴진대, 친구에게는 그야말로 마른하늘에 날벼락이 아닐 수 없었다. 나와 그 친구는 경주여고를 함께 나온, 둘도 없는 단짝이었다. 경주에서 서울로 올라올 때도 같이 왔고, 같은 동네에 살았고, 같은 해에 결혼하고, 같은 해에 큰애를 낳았다. 남편들 나이까지 같다 보니 사이가 떨어지려야 떨어질 수가 없었다. 그토록 절친하게 지내던 친구에게 하루아침에 불행이 닥친 것이다.

친구는 곧바로 직장을 그만두고 아이를 친정에 맡기고는 남편의 간병을 시작했다. 생각해 보니 중환자를 간병하는 도중엔 밥을 제대로 챙겨먹을 마음의 여유가 없을 것 같았다. 나도 일을 다니고 있던 터라, 평일에는 가지 못하고 일요일에 음식을 조금 장만해서 병문안을 갔다. 며칠 사이에 수척해진 친구를 보니 마음이 몹시 아팠다.

그 무렵 친구의 남편은 암 말기라는 사실을 받아들이지 못해 사람 만나길 거부하고 있었다. 결국 친구의 얼굴만 보고 돌아서야 했다. 나를 배웅하던 친구가 머뭇거리며 입을 열었다.

"저기, 민정아."

"응, 이야기해 봐."

"혹시…… 김치랑 밑반찬 좀 갖다줄 수 있겠어?"

친구의 친정은 나와 마찬가지로 경주에 있었다. 시댁은 서울에 있었지만, 무슨 연유인지 몰라도 병간호를 하러 오는 사람이 없었다. 당연히 친구를 지원해 주는 사람이 있을 리 만무했다. 친구는 세 끼를 다 병원에서 해결해야 하는 상황이었다. 내가 할 대답은 하나밖에 없었다.

"그래, 알았어."

그다음 주말, 지난주와는 다른 반찬을 만들어 갖고 갔다. 그렇게 일주일에 한 번씩 찾아가길 한 달가량 했다.

한 달 뒤에 찾아간 주말은 마침 복날이었다. 병원에서 염분을 제한한다는 이야기를 듣고 소금을 넣지 않은 오골계 전복 삼계탕을 만들어 냄비째 들고 갔다. 오늘도 친구 얼굴만 보고 갈 거라고 생각했는데, 예상처 않게 친구의 남편이 나를 보겠다고 했다. 지성이면 감천이라더니, 마음이 조금 열린 것 같았다. 삼계탕을 세 명이 둘러앉아 먹었다.

"요즘 어떻게 지내세요?"

"저야 뭐 잘 지내죠."

오랜만에 보는 친구 남편이 반가워서 그동안 내게 있었던 이런저런 이야기보따리를 술술 풀어놓았다. 분위기가 꽤 화기애애해지자, 친구 남편이 조금씩 웃기 시작했다.

"나 병원 들어와서 이 사람 웃는 거 처음 봐. 고마워, 민정아."

고마워하는 친구에게 손사래를 치며 계속 수다를 떨었다. 친구가 잠시 자리를 비운 사이에 친구 남편이 말을 꺼냈다.

"민정 씨, 고마워요. 내가 이렇게 되는 바람에 아내가 병원에 갇혀서 무슨 낙이 있겠어요. 그런데 금요일만 되면 '민정이가 이번 주에 뭐 해가지고 올까?' 노래를 해요. 아마 그 낙으로 사는 것 같아요. 정말 고마워요."

병 때문에 안색이 파리했지만 그때만큼은 얼굴에 생기가 돌았다. 그 말을 듣는 순간, 나는 이렇게 생각하고 말았다.

'아~ 빼도 박도 못하겠구나. 주말마다 와야겠구나.'

"보기보다 음식 솜씨가 좋아요. 아내보다 더 잘하는 것 같아요."

'굳히기까지 하시네.'

결국 나는 미국 출장을 간 한 주를 빼고는 주말마다 계속 병문안을 갔다. 같이 사는 사촌동생은 자기가 먹고 싶은 반찬을 골라서 그 주의 병문안 음식으로 추천하곤 했다.

"이거 맛있지 않을까?"

"아, 그럴까?"

음식뿐만 아니라 아이도 자주 돌봐주었다. 아이를 맡길 데가 없다는 친구의 한탄에 울컥한 내가 돌봐주겠다고 나선 것이다.

친구가 집과 병원을 오가며 병간호를 할 때에는 반찬을 친구네 집으로 가져다주곤 했다. 주말에 병원으로 향하려다가 친구의 연락을 받고 방향을 선회한 일도 있었다.

그러던 어느 날 친구의 집으로 갔더니, 친구가 쇼핑백을 하나 쑥 내밀었다.

"이게 뭐냐?"

가을 분위기가 풍기는 부츠 한 켤레가 쇼핑백 안에 들어 있었다.

"집 앞에 마트가 있는데, 그 옆옆 집이 보세 가게더라. 마트에 장 보러 갔다가 우연히 봤더니 그 집에 있는 부츠가 너랑 정말 잘 어울릴 것 같아서 샀어."

"…… 야, 너 이럴 정신도 있냐? 아무튼 고맙다."

그렇게 받은 부츠를 앞코가 다 해지도록 신고 다니다 보니 시간이 흘러 어느 새 크리스마스가 되었다.

날이 날이다 보니, 친구 부부에게 기분전환이 될 만한 선물을 하고 싶었다. 평범한 사람들에겐 별것 아닌 휴일처럼 느껴질 수도 있겠지만, 병원 안에서 지내야 하는 친구 부부에겐 크리스마스가 유감스러운 휴일이 될지도 모른다는 생각이 들었다. 그 안에서 바깥의 반짝반짝한 크리스마스 조명을 내다보는 마음이 얼마나 싱숭생숭할까. 감정이입이 되자마자 팔을 걷어붙였다.

그때는 남편 친구가 시립요양병원에 있을 때였는데, 병원에 양해를 구한 뒤 남편과 함께 가서 휴게실에 크리스마스 디너 세팅을 했다. 빨간 체크무늬 테이블보, 알록달록한 접시, 포크, 나이프, 리스와 꼬마전구, 크리스마스 분위기를 물씬 풍기는 인테리어를 순식간에 설치했다. 아마 누군가 이때 찍어 둔 사진을 본다면 요양원의 휴게실이라는 것을 전혀 짐작하지 못할 것이다. 살짝 구운 스테이크를 따뜻한 상태로 잘 가져가서 요양원에 있는 전자레인지에 돌려 갓 구운 것처럼 만들어 접시 위에 놓았다. 크리스마스 케이크도 준비했다. 우리는 도란도란 이야기하며 즐거운 시간을 보냈다.

친구 남편은 그다음 날부터 병세가 급격히 나빠져서 이틀 뒤 세상을 등졌다. 여름에 암을 선고받고 6개월이 지난 겨울에 떠난 것이다.

처음에는 마음이 너무 힘들었다. 주말에 쉬지 않고 음식을 만들어서 갖다주는 일도 만만찮았다. 병문안을 마치고 집에 올 때는 감정이입이 되어 항상 차 안에서 한바탕 울고 들어갔을 정도였다. 순간순간 모든 일을 그만두고 싶은 유혹에 시달렸다. 그럴 때마다 절친한 친구와 그 남편이 나를 애타게 기다리고 있다는 사실을 떠올리며 마음을 다잡았다.

그러나 어느 순간부터는 초연해지면서 감정이입이 되기 시작했다. 그들의 아픔, 슬픔, 어두움, 모든 감정을 함께 느끼며 그 반년을 보냈다. 생각건대, 아마 그 친구는 우리 가족 다음으로 내가 잘 되길 빌어 주는 사람 1순위일 것이다.

친구는 남편을 보내고 얼마 후 두 아이와 함께 고향인 경주로 내려가서 잘 지내고 있다.

"이눔아, 내가 오늘 널 네 번 봤다"

꽤 오래전 송년회 술자리에서 누군가가 재미있는 이야기 하나를 들려 주었다.

어느 해 겨울, 막바지 추위가 매섭다는 아나운서의 날씨 방송을 버스에 서 들으며 학교 앞 정류장에서 내려 씩씩하게 등교한 고대 학생이 있었 단다. 늘 그렇듯이 도서관과 학과 사무실, 동아리 방 등 캠퍼스를 배회 하다가, 저녁나절 후배들과 학교 주변 빈대떡집에서 술을 마시기 시작 했다. 술자리가 3차쯤 거치고 나니 주머니가 곳간 비듯 완전히 텅 비었 다. 포장마차에서 차비까지 탈탈 털어 술값을 내고 일어섰다. 취한 탓에 서로 인사하는 둥 마는 둥 헤어진 후, 정신을 조금 차리고 보니 학교 앞 버스 정류장에 자신만 덜렁 혼자 남았더란다. 집에는 가야 하는데 아뿔 싸, 차비가 없었다. 하지만 이내 호기롭게 중얼거렸단다.

'까짓것, 그래 걸어서 집에 가보자. 그동안 한 번도 못 해봤는데……'

그래서 그 엄동설한 새벽에 목동 집까지 걸어가게 되었다. 눈에 익은 버스 노선을 따라 취기에 정신없이 걸었다. 큰길을 따라 고대에서 종로로, 그리고 서대문로터리에서 이대 쪽을 향해 걷고 또 걸었다. 자신의 미련을 탓하고 후회하면서.

　　주머니 속에 손을 집어넣으니 마침 동전 하나가 잡혔다. 이대 앞 편의점에서 사발면을 하나 사서는 행복하게 폭풍 흡입하고 다시 밖으로 나왔다. 몸도 따뜻해지고 취기도 좀 가시는 듯했다.

　　가로등 불빛을 따라 한참을 걷다 보니 양화대교가 나타났다. 추위에 오들오들 떨며 몇 시간을 걸었는지 온몸이 굳어 왔다. 그때였다. 등 뒤에서 갑자기 '끼익' 소리를 내며 급정거하는 택시가 한 대 있었다. 깜짝 놀라 뒤돌아보니 할아버지 운전기사가 창문을 내리고는 버럭 소리를 질렀다.

　　"야, 이 새끼야! 타!!"

　　너무도 어이없는 상황이라 당황했지만, 이내 이분이 산타클로스일지도 모른다는 생각에 좌고우면하지 않고 얼른 택시에 올라탔다. 그러고는 다 기어들어가는 목소리로 말했다.

　　"저어…… 기사님, 근데 제가 돈이 없어요."

　　그러자 기사님 왈.

　　"안다, 이놈아!"

　　"……."

　　"야 이놈아, 내가 널 오늘 네 번 봤다. 고대 앞에서 첨 봤을 땐 술 취한 손님인 줄 알았구, 종로에서 봤을 땐 혹시 걷는 거 아닐까 싶었는데, 이대 앞에서 봤을 때는 '네 녀석 한 번만 더 만나면 오늘 인연이구나, 마음먹고 집까지 태워 줘야겠다'고 결심했다. 근데 양화대교 막 들어서는데 저기 멀리 하얀 점이 하나 보이길래 네놈인 줄 알았다. 너, 오늘 니 하얀 파커 덕 본 거다."

"와 하하하 우와~~ 정말 감사합니다. 이제 살았어요. 추워서 죽는 줄 알았어요."

"근데 이놈아, 그렇게 살지 마라. 술 작작 먹고 공부 좀 해라. 안 그러면 나같이 산다."

고대 최고의 술꾼 에피소드라며 후배한테 들을 때만 해도 너무 재밌어서 깔깔대며 누군지 궁금하고 한번 보고 싶었는데, 어이쿠 그게 어이없게도 내 남편이란다. 난 남편이 술 못 마시는 줄 알고 결혼했는데. ㅜㅜ

선배의 미소

"어, 민정아."

"아, 안녕하세요. 선배, 잘 지내셨어요?"

"잘 지냈지, 그럼."

10년, 20년 지기인 선후배들 열 몇 명이 모여 만든 모임이 있다. 오랫동안 홍대 근처에서 산 나를 주축으로 모인 지인들이라 그 이름 하여 '홍대앞 모임'이다. 이 모임의 가족들끼리 우르르 모여 해마다 여행을 다닌다. 어른들도 어른들이지만 아이들끼리도 서로 무척 친하게 지낸다.

"우리 이번에도 어디 근사한 데 좀 가봐야죠?"

"어, 그래. 그래야지. 그나저나 저번엔 참 상규한테 고마웠다."

"상규 오빠요? 뭐 맛있는 거라도 사드렸어요?"

"어? 상규가 얘기 안 했어?"

"무슨 얘기요?"

오랜만에 만난 '홍대앞 모임' 선배에게 듣게 된 우리 남편의 비밀은 과연 무엇일까? 그 사연을 이야기하려면 지금으로부터 몇 년 전으로 거슬러 올라간다.

그때도 평소와 비슷하게 '홍대앞 모임'이 여행을 가기로 일정이 잡혔다. 그런데 변수가 생겼다. 친한 선배 중 한 명이 실직하게 된 것이다. 그 사정을 잘 모르는 초등학생 아들은 여행 갈 날만 손꼽아 기다리고, 선배는 아들에게 언제 말을 꺼내야 하나 전전긍긍하고 있었다. 항상 여행을 같이 다녔는데, 갑자기 못 간다고 이야기하면 아이가 받을 상처와 실망은 이루 말할 수 없을 게 분명했다.

하지만 언제까지고 미룰 수는 없는 터라, 결국 이번 여행은 못 간다고 이야기를 꺼낸 모양이었다. 그러자 선배 아들은 당연히 난리가 났다. 사실 여행 비용이 아주 없었던 건 아니었다. 그러나 앞날이 불투명한 처지에 당장 놀러갔다 올 목적으로 큰돈을 선뜻 쓰기는 여간 망설여지는 일이 아니었을 것이다. 수중에 금전적 여유가 없어지자, 마음의 여유도 덩달아 없어지고 있었다.

'정 안 되면 아들만 보낼까?'

선배는 그렇게도 생각했다고 한다. 하지만 아들에게 이야기하자, 아빠 없이 혼자 가는 여행은 싫다고 잔뜩 풀이 죽었다. 이 상황을 멀뚱멀뚱 보고 있을 수만은 없었다. 나도 이리저리 머리를 굴렸다.

'모임 회비를 좀 줄여서 얘기할까? 아예 안 내도 된다고 하면 자존심에 좀 그럴 거고……. 어떻게 하면 선배네 가족이랑 같이 갈 수 있을까?'

회비를 줄인다면 얼마나 줄여야 할까, 줄이고 난 다음 다른 멤버들의 입단속은 어떻게 해야 할까 고민하고 있던 차에 선배에게 연락이 왔다.

"어, 선배?"

"민정아, 여행 가자!"

"네?! 아, 네! 그래야죠!"

중간에 무슨 일이 있었는지는 몰라도 선배의 목소리는 무척 밝았고, 회비도 정확히 냈다. 가족회의에서 기분 좋은 얘기라도 오갔나? 당장 캐묻는 것도 경우 없는 일이라, 일단 다같이 여행을 다녀온 뒤에 생각해 보기로 했다. 그렇게 '홍대앞 모임'은 무사히 제주도 여행을 다녀왔다.

"……그랬던 거 기억 나지?"

"네, 기억 나죠."

"사실은 그때 말이야……."

선배의 이야기는 이랬다. 당시 직장에 출퇴근해도 월급이 나오지 않고, 일도 없는 상황에서 하루하루가 막막했다고 한다. 그런 와중에 여행 경비를 마련하기엔 빡빡한 사정이 답답하고, 기대하던 여행을 가지 못한 아이에겐 미안하고 면목이 없어 울적한 나날을 보내고 있었다고 한다. 무거운 어깨를 이끌고 직장에서 일하고 있는 선배에게 어느 날 갑자기 전화가 왔다.

"여보세요?"

"형, 저예요."

"어? 웬일이냐?"

"저 회사 앞이에요."

그때 선배의 회사와 우리 집은 상당한 거리가 있었다. 아무런 연락도 없이 선배를 불쑥 찾아간 남편은 차 한 잔 달라고 하고는 선배와 마주

앉았다. 무슨 일로 갑자기 찾아왔나, 궁금하긴 해도 곧바로 물어 보지 못하고 있던 선배에게 남편이 갑자기 봉투를 하나 내밀더라는 것이다.

"이게 뭐냐?"

"민정이한테는 얘기하지 말고 이거 여행 갈 때 쓰세요."

"아니, 뭐 이런 걸……. 난 못 받는다."

처음에는 선배도 완강히 거절했단다. 한 사람 여행 가는 비용도 아니고 가족 단위로 가는 여행 비용이었기 때문에 만만치 않게 큰돈이었다. 그러나 남편도 완강하긴 마찬가지였다고 한다.

"애들이 그렇게 같이 가고 싶어하고, 또 사람들도, 민정이도 다 그렇잖아요. 내가 안 줬어도 민정이가 줬을 거예요. 근데 일단 모르는 걸로 하고 이거 받고 갑시다. 애들 즐겁게 하고, 사람들이랑 재밌게 놀자고 하는 건데 그 자존심이 뭐라고 안 받습니까. 만약 내가 똑같은 상황이었다면 형, 나한테 그랬을 거잖아요? 그러니까 아무 말 말고 재밌게 놀다 오자구요, 형."

선배 이야기가 끝나고 나서야 그때 그 밝았던 목소리가 이해가 갔다.

'그런 일이 있었구나.'

"그때 제주도 가서 재밌게 논 추억도 있지만, 상규랑 있었던 그 추억도 참 기억이 난다."

선배의 얼굴에 걸린 미소를 따라 나도 입가에 미소가 걸렸다. 우리라고 해서 크게 여유가 있는 건 아니지만, 내 마음을 먼저 헤아리고 힘써준 남편이 고마웠다. 평상시에 그런 걸 잘 하지 않는 사람이라 더욱 마음이 따뜻해졌다.

"봐! 되잖아!"

지금 '재미있는재단' 사무실에 이사 온 지는 얼마 되지 않았다. 홍익대학교 근처 3층 건물에 자리 잡은 이 사무실은 처음엔 완전히 폐허나 다름없었다. 여러 가지 엉뚱한 아이디어를 실험하고 실천하고 싶어서 꾸린 곳인데, 이런 곳에서 지내다간 아이디어는커녕 있던 생각도 다 도망가겠다 싶을 정도였다.

정말 도색부터 가구 배치까지 손보지 않은 게 없었다. 갖은 고생과 많은 이들의 도움을 받아 현재의 사무실이 됐다. 이 사무실 가장 안쪽의 회의실에는 천장 높이에 딱 알맞은 검은 책꽂이가 하나 있다. 출판사 '차이나하우스' 이건웅 사장이 마련해 준 물건이다.

처음 책꽂이를 받고는 마냥 고마웠는데, 막상 사무실 안에 들여놓으려하니 문제가 하나 있었다. 건물 자체가 낡고 좁아서 책꽂이를 들고 3층까지 올라갈 재간이 없었던 것이다. 한참을 끙끙거리다 안 돼 여럿이 머리를 맞대고 고민했지만 뾰족한 수가 나오지 않았다.

"난감하네요."

"이 대표에겐 미안하지만 버리고 새 책장을 사는 게 낫지 않겠어?"

"그러게요. 높이가 안 맞으니 원……."

밧줄로 책꽂이를 묶어서 3층 창문으로 들여보내자는 의견이 있었지만 그러기엔 너무 위험했다. 이대로 이 대표의 성의는 버려지는 운명인가 싶었다. 그런 우리를 보다 못한 1층 열쇠방 아저씨가 개입하셨다.

"아니 젊은 사람들이 왜 머리 쓸 줄을 몰라?"

그때 우리한테는 연장도 뭣도 없었고, 사실 연장이 있었어도 거기까지는 생각이 미치지 않았을 것이다. 거의 포기 상태였던 우리 옆에서 책꽂이를 유심히 보던 아저씨가 툭 말씀하셨다.

"얘 없으면 될 것 같은데?"

"예?"

아저씨가 가리킨 건 책꽂이 맨 위칸이었다.

"이거 위 없어도 돼?"

"네? 어…… 없어도 되죠."

"그래? 그럼 잠깐만."

열쇠방 안으로 들어간 아저씨가 갖고 나온 연장은 톱이었다. 아저씨는 책꽂이 맨 위칸을 슥슥 톱질하더니 한 칸을 줄였다. 그랬더니 아주 절묘하게 높이가 맞아서 3층에 올려놓을 수 있었다. 톱으로 책꽂이 칸을 잘라서 높이를 맞추다니, 우리로선 상상조차 못 했던 해결법이었다.

"정말 감사합니다! 이거 어떻게 하나 진짜 고민하고 있었는데 아저씨 덕분에 쓸 수 있게 됐어요."

"그럴 때는 말야, 아임 쏘리 땡큐 하면 되는 거야!"

알고 보니 이 아저씨는 이렇게 영어를 한두 마디 섞어 하는 걸 좋아하시는 분이었다. 아저씨의 활약은 그걸로 끝이 아니었다. 책꽂이 문제를 해결해서 한시름 덜고 난 다음 보니, 사무실 여기저기에 못을 몇 개 박을 일이 있었다. 마침 아저씨가 하고 계시는 일이 열쇠방이라 밑으로 내려갔다.

"아저씨, 저희가 못이 필요해서요. 몇 개만 파실 수 있을까요?"

"못?"

그 얘기를 들은 아저씨, 가게 안쪽에 있는 서랍을 벌컥 여셨다.

"여기 있는 거 가져가."

서랍 안에는 크기와 길이가 각각 다른 못이 굉장히 많았다. 살면서 그렇게 많은 못을 보기도 참 쉽지 않을 거다. 얼마냐고 여쭤 보자 그냥 가져가라며 손을 내저으면서 하시는 말씀이 이랬다.

"이거 다 주워 온 거야."

그러니 앞으로도 못 필요한 일이 생기면 여길 열어서 갖고 가라신다. 참 고마우신 분이다. 사실 주운 물건이라도 한번 내 손에 들어온 물건을 놓기란 쉽지 않다. 그것도 안 지 얼마 되지도 않은 남을 돕기 위해서라면 더 그런 법이다.

열쇠방 아저씨의 활약은 거기에서 끝나지 않았다. 지금은 사무실 한복판에 멀쩡하게 걸려 있는 벽걸이TV가 있는데, 이사 온 날만 해도 전문업자를 불러서 달아야 한다는 얘기를 듣고 고민이 태산 같았다. 그래도 우선 해결할 수 있는 일은 해결해야지 싶어 앞서 얘기했던 못을 갖고 올라왔다. 그랬더니 우리가 일을 야무지게 잘하나 못하나 걱정스러윘는지, 아저씨가 따라 올라오셨다. 사무실을 휘휘 둘러보시더니 벽에 기대어 둔 벽걸이TV를 발견하고 어리둥절하셨다.

"아니, 이건 왜 여기 이래 놨어?"

"아, 그거 사람 불러서 벽을 뚫어야 한대요."

"이게? 달면 되지!"

"네? 어떻게요?"

아저씨는 잠깐만 있어 보라더니 아래로 내려가셨다가 금세 올라오셨다. 아저씨의 손에는 뚱뚱하고 커다란 못, 드릴, 그리고 커다란 비닐과 담요가 한아름 들려 있었다. 못이랑 드릴은 알겠는데, 비닐이랑 담요는 왜 가지고 오셨을까? 궁금증은 금세 풀렸다. 드릴로 벽을 뚫을 때 먼지가 날리면 사무실의 책상이나 컴퓨터가 망가질까 봐 덮어 놓으려고 가져오신 거였다. 우리는 아저씨가 비닐과 담요로 사무실 집기를 척척 덮고 벽에 나사못을 드릴로 박으시는 걸 그저 보고만 있을 수밖에 없었다. 얼마나 시간이 지났을까, 아저씨가 한마디 하셨다.

"봐! 걸리잖아!"

'재미있는재단' 사무실은 그렇게 많은 사람의 도움으로 꾸려졌다. 아저씨가 걸어 주신 벽걸이TV뿐만 아니라 위칸을 잘라낸 책꽂이, 에어컨, 회의실 의자, 난로에 이르기까지 모두 도움을 받은 것이다.

사무실이 이렇게 재단 취지에 딱 알맞게 자리를 잡고 나니, 앞으로 다가올 미래에 어떤 힘든 일이 닥쳐도 괜찮을 거라는 생각이 든다. 어려운 일이 생겼을 때, 누군가가 어디서 번개처럼 나타나서 "봐! 되잖아!" 하고 씩씩하게 외치는 그런 일은 기적이 아니다. 바로 우리 사무실에서 일어나는 매일매일의 일이다.

유람선 창단식의 비밀

'386세대'라는 말도 이젠 한물 지나간 단어가 됐다. 아마 우리 아들 또래 아이들은 '386세대'가 무슨 뜻인지도 모를 것이다. 이 단어는 '30대, 80년대 학번, 60년대생', 즉 386 국회의원들이 뭉쳐 사회를 주도하는 흐름 속에서 생겨난 것이다. 386세대 국회의원들과 함께 보냈던 시간들은 내 지난 세월의 적지 않은 한켠을 차지한다.

벌써 10년쯤 지난 일이다. 당시 나를 비롯한 젊은 지인들이 '한국의 미래, 제3의 힘'이라는 슬로건 아래 모여 한국의 더 나은 앞날을 위해 제안하는 자리가 있었다. 지금은 주축이 되었던 세력들이 사라지면서 단체도 사라졌지만, 초기에 단체와 관련된 이런저런 일을 맡아 했다.

일이나 행사를 준비하다 보면 늘 맞닥뜨리는 아쉬운 상황이 있었다. 분명 모 의원이 주체가 되어 주빈으로 대접받으며 시작된 행사인데도 불구하고 삼십 분 남짓 지나면 그 자리엔 항상 스태프나 일반인만 남았다.

오히려 일반인이 더 열성적으로 행사에 참여하는 경우가 많았다. 소위 '주인'이라는 사람들이 VIP석 한 자리를 꿰차고 있다가 소감 몇 마디 하고 가버리는 걸 수없이 봤다.

주인이 없는 행사가 도대체 무슨 소용이란 말인가? 그게 늘 마음에 걸렸다. 아무리 친한 지인이나 선배들이라도 다른 모 의원과 똑같이 주인 자리를 버리고 가는 게 썩 보기 좋지 않았다. 완곡하게 이야기해 봤지만 소용이 없었다.

"미안미안, 내가 좀 바빠서!"

"다음에 얘기하자. 중요한 미팅이 있어서!"

이렇게 나오면 할말이 없었다. 바쁘다는 사람을 억지로 붙잡아 놓을 수도 없고, 그렇다고 언짢은 기색을 강하게 내비치기도 그렇고, 어떻게 해야 이 '주인 없는 행사'를 해결할 수 있을지 고민하던 나날이었다. 그때 마침 앞서 이야기했던 단체의 창립행사를 준비하게 되었다.

어쨌든 명색이 우리 사회에 새로운 시도와 바람을 불러일으킬 목적과 마음을 가지고 온 사람들이 뭉친 단체였다. 이 창립식만큼은 이전에 무수히 봤던 그런 '주인 없는 행사'로 만들기 싫었다.

'내가 기획한 이상 그렇겐 안 되지.'

어떻게 해야 '주인 있는 행사'를 치를 수 있을까? 저마다 스케줄이 있고, 상식이 있고, 멀쩡히 다닐 손발이 있는 사람들을 감금할 수도 없는 노릇이었다. 설득으로 해결되지 않을 문제라는 건 이미 셀 수도 없이 겪었다. 그때 내 머릿속을 스쳐지나간 기발한 해결책이 있었다.

'가만…… 내가 못 잡으면 그 사람들이 못 가게 만들면 되잖아?'

내가 설득하고 설명해도 안 된다면 다른 방법으로 머물러 있게끔 하면 되는 일이었다. 그렇게 나 말고는 어느 누구도 모르는 비밀 계획이 창립식에 그림자처럼 슬그머니 따라붙었다.

보통 정치단체의 창립식이라면 세종문화회관 등 몇몇 군데 정해진 곳이 있다. 하지만 내가 고른 곳은 달랐다. 대한민국의 정치·사회를 리모델링하겠다는 하나의 목표 아래 젊은이들이 먼저 모였다. 쉽지 않은 결정을 전제로 하고 모인 만큼, 처음부터 끝까지 중간에 내리는 사람 없이 함께 가자는 취지를 창립식 장소로 표현했다.

첫 깃발을 올린 첫 항해. 우리는 모두 한배를 탄 승무원이었다. 창립식 장소로 결정한 곳은 한강 유람선 위였다. 문제가 없는 것은 아니었다. 무엇보다 현실적인 문제는 예산이었다. 다행스럽게도 유람선을 운영하는 회사에서 창립식의 취지와 성격을 듣고는 합리적 선택을 내려줬다. 지금 이 자리를 빌려 다시 한 번 감사를 드린다.

새삼스러운 이야기지만 우리나라의 한강은 정말 특이하다. 세계 어디를 가도 우리나라처럼 한 나라의 심장부인 수도에 이렇게 커다란 강물이 가로지르는 도시를 찾아볼 수 없다. 내가 한강을 택한 또 다른 이유였다. 이 한강은 우리나라 그 자체이고, 유람선의 승객인 우리는 그 나라 한복판을 가로지르는 항해사가 되자는 뜻이었다. 참석자들의 반응도 뜨거웠다. 그 어느 누가 단체 창립식을 유람선에서 해봤을까?

대망의 창립식 당일. 참석자들에게도, 언론에서도 좋은 반응과 주목을 받으며 창립식이 시작됐다. 오프닝도 신경을 써서 준비했다. 사물놀이패를 초청해서 시원스럽고 웅장한 북소리로 처음을 끊었다. 둥둥 울리는 전통 악기의 근사한 울림, 도시의 삶으로 지쳤던 속이 뻥 뚫리는 것 같은 강바람, 순조로운 시작이었다.

"민정아, 내가 오늘 스케줄이 좀 바쁘다. 그래서 말인데 연설 좀 맨 앞으로 바꿔 줄 수 없을까?"

"나 갑자기 다른 일정이 생겼어. 어쩌지? 미안한데 연설 좀 최대한 앞으로 해줘."

그러면 그렇지. 우리는 한배를 탔다고, 창립식만이라도 함께하자고 이야기했는데도 똑같은 일이 벌어졌다. 마치 서너 명이서 짠 것처럼 비슷한 대사를 읊으면서 연설을 앞으로 배치해 달라고 부탁했다. 바쁜 일정에 일부러 시간을 내서 창립식까지 와줬는데 그런 부탁 하나 못 들어줘서야 내 체면이 서질 않았다. 당연히 하나하나 다 반영해 드렸다.

"고마워, 민정아. 미안해."

"미안해, 민정아. 고맙다."

연설을 끝내고 자리로 돌아오기가 무섭게 차례차례 출입구로 걸어 나가는 분들의 등 뒤에 잘 가시라며 손을 흔들어 배웅도 해드렸다. 그러곤 속으로 조용히 카운트다운을 했다.

'5, 4, 3, 2, 1. 땡!'

무슨 일이 벌어졌을까?

"어, 이것 참······."

"민정아, 이게 대체 어떻게 된 일이냐?"

"어, 난데. 이게 갑자기 일이 생겨서······."

휴대폰으로 어딘가 전화를 걸어 통사정을 하면서, 고개를 갸우뚱갸우뚱하면서, 또 돌아오자마자 나를 찾으면서, 바쁘다고 급히 나갔던 모두가 마법에 걸린 것처럼 돌아왔다. 시치미를 뚝 떼고 힘껏 표정관리를 하며 천연덕스럽게 여쭈었다.

"무슨 일이세요? 바쁘셔서 간다고들 하셨잖아요?"

"아니, 그게 갈 수 있어야 말이지."

"무슨 일이신데요? 나가는 문이라도 고장 났어요?"

"밖이 한강인데 가긴 어딜 가나!"

그랬다. 창립식이 시작되자마자 배가 출항해 버렸기 때문에 다들 오도가도 못 하고 돌아온 거였다. 구명조끼를 입고 한강을 헤엄쳐 갈 수도 없는 노릇이고, 비서에게 모터보트를 대여해서 오라고 할 수도 없으니 꼼짝없이 유람선에 남아 있을 수밖에. 난감하기 짝이 없다는 얼굴로 황당해하는 선배들을 보며 웃음을 참느라 혼났다.

앞서 말했지만 내가 창립식에서 무엇보다 강조한 건 '스스로 VIP가 되는 일'이었다. 그 목적을 달성하기 위해선 창립식 멤버 중 누구 하나라도 유람선 밖으로 나가는 일이 없어야 했다. 그러기 위해선 반드시 해야 할 일이 있었다. 어느 누구에게도 들키지 않게, 극비리에 유람선 선장님을 만나 뵈러 갔다. 그분께 부탁드린 일은 간단했다.

"창립식 오프닝 때 큰 북소리가 '둥!' 울리면 출항해 주세요. 쥐도새도 모르게 아주 천천히요."

선장님이야 정당한 대가를 받고 일하는 분이니 마다하실 이유가 없었다. 준비된 프로답게 북소리가 들리자마자 섬세하게 배를 띄우신 것이다. '선장님, 고맙습니다'라고 속으로 소곤거린 다음엔 다시 또 모르는 체 여우주연상급 연기를 계속했다.

"어머, 정말요? 죄송해요. 제가 몰랐어요. 어떡하지……."

그렇게 출발해 버린 유람선 위에 갇혀 버린 선배들은 결국 체념하고 행사에 끝까지 함께했다. 결론적으로 행사는 무척 성공적으로 끝났다.

심지어 마음대로 출항해 버린 유람선 때문에 먼저 잡혔던 일정에 가지 못한 사람조차 불평을 꺼내지 않을 정도였다.

"야, 행사 정말정말 잘 됐다!"

"수고했다, 민정아!"

물론 그 와중에도 투덜거리는 사람이 없지는 않았다.

"아니, 무슨 이런 경우가 다 있어? 유람선에서 앞뒤 말도 없이 배를 다 띄우고."

그런 사람에겐 또 혼신의 연기를 다해 사과했다.

"내가 몰랐어……. 내가 선장님 옆에 있는 게 아니라 행사 주관하다 보니까 말리지도 못했네. 어쨌든 귀한 일정 못 가서 미안해."

행사가 끝난 뒤, 이 일을 나 말고 유일하게 알고 있던 스태프 후배 한 명과 뒤풀이를 하며 배를 움켜잡고 웃었다. 무척이나 통쾌한 창단식이었다. 어느 누가 상상이나 해봤을까? 더더군다나 '미안, 바빠서!' 하며 연설 직후 자리를 뜨는 게 익숙해졌을 의원들이라면 꿈에도 생각지 못했을 것이다.

이 이야기의 요지는 주인이 VIP 행세를 하지 말자는 뜻이다. 주인은 주인이다. 주인은 손님 노릇을 할 수 없다. 정치권이든 기업인이든 항상 주인 의식을 갖고 행사에 참여했으면 싶다.

여태까지 이 이야기의 진실을 아는 건 나, 후배, 선장님뿐이었다. 이 자리를 빌려 선장님께 다시 한 번 감사 드린다. 그리고 그때 유람선에 갇혀 일정을 취소해야 했던 선배들에게도 10여 년에 걸쳐 입을 꼭 다 물고 있던 비밀을 이제야 공개하는 후배를 너그러이 이해해 주셨으면 한다는 부탁을 드린다.

4

"너 같은 학생은 처음이다!"

"저보고 유학 가라면서요?"

국회에서 302호란 상당히 상징적인 의미를 지닌다. 바로 소설 『인간 시장』의 저자 김홍신 의원님이 지냈던 곳이기 때문이다. 김홍신 의원 님은 밤낮 가리지 않고 근면하게 업무를 보시는 분으로 유명했다. 때문에 302호는 '불 꺼지지 않는 방'이라는 별명을 가지고 있다. 지금 할 이야기는 그 302호에서 의원님의 일을 도우며 있었던 에피소드들이다.

얼마 전 '302호 동문모임'이 있었다. 10년 가까이 일하면서 알고 지냈던 보좌진들이 한자리에 모였다. 물론 의원님도 자리에 함께하셨다. 오랜만에 만난 사람들끼리 회포를 풀면서 밀렸던 이야기를 풀어내고 있을 때였다. 문득 의원님께서 이렇게 물꼬를 트셨다.

"여러분, 제가 여러분에게 전부 존댓말로 이야기하는 거 아시죠?"

여기저기서 사람들이 맞장구를 쳤다. 의원님은 아랫사람이라도 결코 함부로 대하지 않고 꼭 예의를 지키는 분이었다.

"그런데 제가 유일하게 존댓말을 쓰지 않고 편하게 반말을 하는 친구가 딱 한 사람 있습니다."

그러더니 나랑 눈을 딱 마주치시는 게 아닌가?

"예? 저요? 제가 뭘 어쨌길래요?"

"내가 살면서 고민정, 저 친구 때문에 얼마나 고생을 했는지 몰라요!"

웅성웅성. 의원님의 폭탄 발언에 난리가 났다. 사람들이 너도나도 질문 공세를 던져 댔다.

"고생요? 무슨 고생요?"

"내가 정말…… 저게 어지간히 엉뚱해야지, 하여간!"

의원님은 뭐부터 이야기해야 할지 모르겠다는 표정이었다. 그때 마침 또 의문을 제기하는 사람이 있었으니, 당시 여비서였다.

"아, 참! 저 그렇잖아도 의원님께 궁금한 게 있었어요. 의원님을 10년이라는 세월 동안 모시면서 단 한 번도 납득이 안 되는 행동이나 결정을 하시는 걸 본 적이 없었거든요. 그런데 딱 한 번 이해가 안 됐을 때가 있었어요. 그거 있잖아요, 그거. 민정 언니 결혼한다고 했을 때, 그러니까 형부 처음 데리고 왔을 때 진짜 이해도 안 되고 말도 안 되고 그러지 않았어요? 그죠?"

그 얘기에 다들 끄덕거리느라 정신이 없었다. 또 웅성웅성.

"맞아, 난 민정이가 제정신이 아닌 줄 알았어."

자초지종을 얘기하자면 길지만 간단히 줄이면 이렇다. 결혼한다는 얘기도, 연애한다는 얘기도 없다가 어느 날 뜬금없이 내가 데려온 신랑감이 백수에, 집안이 아주 잘사는 것도 아니고, 잘생긴 것도 아니었던 거다.

좀 더 직접적으로 말하자면 남들이 보기에 어디에도 결혼할 이유가 없었다. 오죽하면 속도위반 아니냐고 우려할 지경이었다. 선후배할 것 없이 다들 경악하고 있을 때, 단 한 사람만이 적극 찬성하며 앞뒤 볼 것 없이 당장 결혼하라고 등을 떠밀었다. 그분이 바로 김홍신 의원님이었다.

"진짜 너무너무 이해가 안 갔어요. 그때 진짜 왜 그러신 거예요?"

"야, 그게…… 내가 그럴 수밖에 없었던 사정이 있다!"

이야기는 내가 첫 유학을 가기 전 시점으로 거슬러 올라간다.

그날도 302호실에 노크를 하고 들어갔다. 똑똑.

"어, 들어와."

"저, 유학을 한번 가보는 게 어떨까요?"

"유학? 경험 쌓기도 좋고, 아주 훌륭한 생각이야. 결혼하면 다녀오기 힘드니까 미리 갔다 오는 게 좋기도 하고. 좋은 생각 했어. 힘들어도 그런 거 한번 하는 게 필요한 거야."

"알겠습니다."

하지만 유학길에 오르는 과정이 순탄치만은 않았다. 1990년대, 미혼 여자가, 혼자서, 유학을 간다? 지금이야 유학이 많이 일반화된 편이지만 그때는 여러 가지 어려움이 뒤따랐다. 제출해야 하는 서류도 복잡했다. 은행잔고증명을 떼어야 하는 단계에서부터 막혔다. 그때 돈으로 2천만 원을 계좌에 갖고 있다는 걸 증명해야 유학이 가능했는데, 지금도 큰 그런 돈이 당장 생길 구석이 없었다. 거기다 전셋집도 비행기 타기 전날까지 살아야 하니까 당장 비울 수도 없는 노릇이었다.

똑똑.

"어, 왜?"

"이번에 준비하고 가려는데 돈이 묶여 있어서요. 저 2천만 원만 빌려주세요."

듣고 계시던 의원님 입이 벌어지신다.

"아니, 내가 왜?"

"……? 저보고 유학 가라면서요."

"아니……!"

"감사합니다. 일주일만 쓰고 드릴게요."

"야, 야야!"

"감사합니다."

그렇게 302호 문을 뒤로하고 며칠 뒤, 의원님께서 2천만 원을 빌려주셔서 잔고증명 문제는 말끔하게 해결할 수 있었다.

하지만 문제는 거기서 끝나지 않았다. 똑똑.

"……어 왜?"

"사소한 부탁이 하나 있어서요."

"너 맨날 사소한……! 뭔데, 이번엔? 아! 너 또 돈……."

"에이, 아니에요. 전 한번 돈 빌린 사람한텐 다시 안 빌려요. 참, 이게 아니지. 아시잖아요, 경주에 계신 저희 아버지 보수적이신 거. 아마 저 유학 간다고 하면 바로 끌려가서 감금당할걸요? 그래서 후원인 서류가 필요한데, 우리 아빠한테는 절대 못 하고. 그러니까 의원님이 후원인 해주세요."

"뭐? 너 지금……."

"후원인 그거 서류로 하는 건데, 의원님이 직접 떼는 것도 아니잖아요."

"아니 내가 왜?"

"언제는 저보고 유학 가라면서요."

"아, 아니 그거는……!"

"감사합니다."

그렇게 후원인 서류도 해결했다. 서류 절차가 끝나고 이제 출국하는 일만 남은 것 같았다. 막상 비행기에 오르기 보름쯤 전이 되자, 집에 인사를 해야겠다는 생각이 들었다.

문제는 아버지였다. 어떻게 하면 딸을 시집보낼까 고민하는 아버지에게 유학의 'ㅇ'자만 꺼내도 화를 내실 게 분명했다. 그렇다고 해서 잘 다녀오겠다는 인사 하나 없이 몰래 나가는 것도 경우가 아니었다. 어떻게 할까, 고민하다가 우선 내일 찾아뵙겠다고 연락을 드렸다.

똑똑.

"야 너 왜?"

"사소한 부탁이에요."

"너 맨날 사소……!! 뭔데, 이번엔!"

"이번엔 진짜 사소한 부탁이에요. 그리고 이게 마지막이에요."

"뭔데?"

"유학 가기 전에 부모님께 인사는 드려야 하잖아요."

"그렇지. 인사는 드려야지."

"그래서 제가 내일 내려갈 거예요. 근데 우리 아빠, 제가 미국 간다고 하면 아마 그대로 머리채 잡고 끌고 가서 감금시키실걸요? 그러면 제가 미국을 못 가잖아요. 의원님이 그렇게 바라시는 소원을 못 들어 드리죠, 그쵸?"

"아니, 그래서 나보고 뭘 어쩌라고?"

"간단해요. 제가 내려가서 유학 간다고 얘기하면 의원님이 마지막으로 아빠를 설득해 주시면 돼요."

"아니 내가 어떻게……!"

"시나리오가 있어요!"

"대체 무슨 시나리오가?"

의원님께 들려 드린 시나리오는 이랬다.

1. 일단 내려가서 아빠 앞에 무릎을 꿇고 보름 후에 전화번호랑 주소가 바뀐다고 얘기한다.
2. 내 이야기를 들은 아빠가 물건을 던지거나 소리를 지른다.
3. 2가 시작되면 내가 집 무선전화기를 들고 배탈이 난 것 같다며 화장실로 잽싸게 도망친다.
4. 집 전화기로 의원님에게 전화를 건다.
5. 의원님이 전화기에 찍힌 우리 집 전화번호를 보고 다시 전화를 건다.
6. 아빠를 설득해 주신다. 납득이 되게.

내 완벽한 시나리오를 들은 의원님은 몹시 감탄을 하셨는지 다시 입을 딱 벌리셨다.

"아니, 내가 왜……!!"

"감사합니다."

그렇게 경주로 내려갔다. 아니나 다를까, 내가 예상한 반응 그대로였다. 겁도 없이 어딜 가느냐는 고함 소리를 들으면서 무선전화기를 들고 화장실 안으로 도망치는 것까진 성공했다.

"의원님! 지금 전화 주시면 돼요!"

"어, 어어……!"

그렇게 4단계도 무사히 끝났다. 전화를 끊고 다시 아버지 앞에 무릎을 꿇었다. 잠시 소강 상태였던 아버지의 기차 화통이 다시 벌컥 열렸다. 또 한바탕 꾸지람을 들을 준비를 하던 그때, '따르르릉!' 전화 벨이 울렸다.

'앗싸!' 쾌재를 불렀다. 하지만 기쁨도 잠시. 돌발사태가 벌어졌다. 너무너무 화가 난 아버지가 전화 벨소리가 울리는데도 받지를 않으시는 거였다.

"아빠, 전화……."

"지금 딸년 인생이 어떻게 될지 모르는 마당에 무슨 전화야!!"

아, 이렇게 유학의 꿈이 무너지는가. 의원님이 내 '사소한 부탁'을 두 개나 들어주셨는데. 어떻게 해서든 전화를 받으시게 만들어야 했다. 머리에서 김이 오르도록 팽팽 돌렸다. 그때 뇌리에 스쳐지나가는 게 있었다.

당시 아버지는 초등학교 동창회 총무 일을 하고 계셨다. 그러다 보니 자연스럽게 동창 아주머니들과 전화로 수다를 떠는 일이 많아져 상당한 전화요금이 청구되곤 했다. 그중에서도 특히 친하게 지내는 분이 있다는 고급 정보를 어머니께 입수한 기억이 났다. 막 머리채를 잡히려던 일촉즉발의 상황에서 다급하게 따따따 말했다.

"아빠, 신정동 사는 그 아줌마 같은데, 아까도 전화 왔었어요. 아마 그분일 거예요!"

"아, 그래?"

솔깃한 아버지가 전화를 받으러 가셨다. 간신히 속을 쓸어내리면서 전화 통화에 귀를 기울였다.

"여보세요?"

"아, 예. 안녕하세요. 저 김홍신입니다."

"잘못 거셨습니다."

뚝. 철컥.

'……이게 아닌데? 어떡하지?'

이제 꼼짝없이 머리카락이 뽑히는 것만 남았다. 식은땀을 뻘뻘 흘리면서 후회했다. 이럴 줄 알았으면 시나리오를 6단계가 아니라 7단계로 짰어야 했다. '아버지가 전화를 받는다'는 단계를 왜 생각 못했을까! 후회에 후회를 거듭하면서 최후를 각오하고 있을 때였다.

따르르릉!

"아, 뭐야!"

"저기, 아, 여보세요! 민정이 아버님!"

"……아, 예. 누구세요?"

"아, 저는 김홍신인데……."

"김홍신? 누구? 나 모르는 사람인데? 근데 왜요?"

"저기 혹시 인간시장 보셨어요?"

그러더니 한참 자기소개를 하셨다. 『인간시장』을 쓴 사람이고, 지금 국회의원이고, 기타 등등…….

"아, 그 인간시장! 알죠. 근데 왜요?"

"사실 고민정이가 제가 국회에서 데리고 있는 친구인데······."

"안 그래도 얘가 지금 미친 소리 하고 있어 내가 한창 잡고 있어요!"

"아니, 요즘엔 시대가 변해서 유학이······."

의원님은 어떻게든 6단계를 성공시키려고 애쓰시는 중이었다. 붉으락푸르락하는 얼굴로 수화기를 들고 있던 아버지가 기어이 꽥 호통을 치셨다.

"그래서! 얘 유학 갔다 와서 시집 못 가면 당신이 책임질 거야!!"

우리 아버지의 초특급 기차 화통에 휘말리신 의원님, 결국 이렇게 대답해 버리고 말았던 것이다.

"어······ 예!"

"그러면 당신 믿고 보낼 테니까 꼭 책임지시오! 당신 전화번호 받아놓을 거고, 매일 확인 전화 할 겁니다. 그렇게 말하니까 어디 한번 믿어 보겠습니다."

아뿔싸. 하지만 이미 엎질러진 물이었다.

중간에 변수가 좀 있긴 했지만 결과적으로 문제없이 유학길에 오를 수 있었다. 그 뒤로도 의원님은 내 '사소한 부탁'을 종종 들어주셨다. 미국에서 파는 라면은 습기가 차서 맛이 없다고 전화로 말씀을 드리자, 얼마 지나지 않아 한 박스 가득한 라면이 바다를 건너 미국 땅을 지나 집 앞에 배달되어 있기도 했다. 또 어떤 날은 집으로 장문의 편지가 왔다. 의원님이 보내신 편지였다. 타국에서 본 한글이 반가워 냉큼 봉투를 뜯었다. 내용은 이랬다.

어제 국회의원 의정활동 평가에서 1위를 했다, 네가 고생만 하다 가서 나만 이 영광을 누리는 게 서운하다, 이 소식을 편지로나마 알려 준다……

참, 어제도 너희 아버지랑 통화했다. 너, 거기서…… 여하튼 미국인 친구들은 다 안 된다. 꼭 몸 성히 돌아와야 한다. 어쩌구저쩌구…….

국회 소식보다 그 아래를 더 말씀하고 싶으신 게 틀림없었다. 일단 귀국은 문제없이 했다. 의원님의 걱정과 달리 별일은 없었다. 다만 예측하지 못했던 건 정말 엉뚱한 계기로 만난 지금의 남편이었다.

사실 그 당시에 난 한 달 후 미국 출국을 앞두고 있었다. 이번에 가면 꽤 오래 있을 계획을 세워 놓았고, 비행기 티켓도 예매해 놓은 상태였다.

그런데 당시 우여곡절 끝에 지금 남편에게 일주일 만에 프러포즈를 받고 결혼을 결심했다.

"의원님, 저 결혼하려고 하는데 이 사람이 괜찮은지 좀 봐주……."

"당장 데려와!"

그렇게 말씀 받들어 점심때 국회 의원회관으로 남편을 데려갔다. 의원님 양옆에는 보좌관들이 죽 늘어서서 '도대체 이게 무슨 일인가' 하는 표정으로 우리를 보고 있었다. 남편을 유심히 보던 의원님이 손을 척 내미셨다.

"줘 봐."

"네? 뭘 드릴까요?"

"민증 줘 봐. 민증 있지?"

"민증…… 주민등록증 말씀이세요?"

"그래, 민증."

나도 남편도 어리둥절했다. 남편의 주민등록증을 받고 난 의원님이 한마디 하셨다.

"음…… 한국 놈이 맞군. 그래, 그럼 이제 밥 먹자."

그렇게 저녁을 함께 먹으러 갔다. 내가 잠깐 자리를 비운 사이 남편에게 잘 하라고 으름장을 놓으셨다는 얘기만 전해들었다. 그러곤 단박에 오케이하셨다.

모두가 의아해하고 의아함을 넘어서 경악했던 그 오케이에는 이런 속사정이 있었던 거다.

"세월이 지났으니까 하는 말인데, 야 내가 쟤를 데리고 살 판인데 안 고맙겠냐? 얼른 넘겨야지! 어? 내가 쟤 부모님이랑 통화하고 얼마나 곤욕을 치렀는지 알아?"

그렇게 십여 년 만에 302호 모임이 품고 있던 세기의 미스터리가 풀렸다. 다들 속이 다 후련하다는 반응이었다. 의원님의 말씀은 거기에서 끝나지 않았다.

"내가 저놈 때문에 평생 못 해볼 경험을 했어요."

"네? 무슨 경험이요?"

그건 302호실 식구들뿐만 아니라 나도 들어 본 적 없는, 여태까지 전혀 몰랐던 이야기였다.

때는 1995년, 내가 민주당 대변인실에서 의원님 밑에서 근무할 때였다. 각 호실에 구조조정이 통보됐다. 쉽게 말해 내 직위 자체가 사라지고 해고될 상황이었다. 그때 의원님은 당신 손으론 자기 식구를 도저히 해고시킬 수 없다면서, 고민에 고민을 거듭한 끝에 사표를 쓰셨다고 한다.

"야, 나 같은 글쟁이가 사표를 쓸 일이 뭐가 있냐? 근데 너 때문에 사표를 처음 썼어."

그걸 가지고 나를 해고하려면 먼저 의원님부터 해결하라고 말씀하셨단다.

"내가 이놈 사표 써서 살린 놈이야."

정말이지 전혀 몰랐던 얘기였다. 2011년에 와서야 처음 들었다. 혹시나 내가 마음에 둘까 봐 묻어 두고 계셨던 걸까? 떠들썩한 술자리에서도 마음이 짠해졌다.

아직도 의원님하고는 저녁에 편하게 연락해서 식사를 함께하는 사이다. 좌충우돌 첫 유학길과 남편 얘기는 의원님과 나 사이에 있었던 일의 시작에 불과하다.

+ 사소한 부탁

그 뒤로도 의원님은 여러모로 나를 도와주셨다. 물론 내가 드문드문 들고 가는 사소한 부탁 또한 흔쾌히 들어주셨다. 1996년도의 일이다.

똑똑.

"어, 들어와요."

"의원님, 사소한 부탁이 있어요. 우리 엄마가 지금 우울증이셔서 제가 엄마 모시고 제주도 여행 좀 다녀오려고요."

"하긴 너 지난번에 휴가도 제대로 못 썼지? 그래, 갔다 와. 좋은 생각이네. 이런 면이 다 있었어? 그럼 잘 모시고 다녀와."

"가는 건 당연히 가는 건데요, 그거 말구요."

"뭐?"

"사소한 부탁이라고 말씀드렸잖아요. 제주도에 콘도 하나 빌려주세요."

"야, 나도 그러고 싶지만 난 콘도가 없어."

"제가 방금 의원님께 콘도 있나 없나 여쭤 본 거 아니고 빌려 달라고 말씀드렸는데요. 의원님 친구 분들 중에 콘도 갖고 계신 분 없다고 어떻게 장담하세요?"

"친구 누구?"

"의원님 친구면 의원님이 더 잘 아실 거 아니에요? 지금 우리 엄마가 그렇게 제주도 여행도 못 가서 콘도에도 못 들어가고, 우울증 와서 더 악화되고 그럼 좋겠어요?!"

"아니, 그건 아니고…… 그래 알았다. 내가 전화해 볼게."

"제 앞에서 하세요."

"하이구…… 어, 그래. 오랜만이다. 잘 지냈냐? 우리 언제 술 한잔 해야지. 어, 그래. 나야 뭐 잘 지내지. 야, 근데 너, 제주도에 콘도 있냐? 아니, 그게 아니고…… 그래, 한잔 해. 그래서 콘도 있다고? 나 빌려줄 수 있냐? 이번 주에 2박3일 정도. 어, 그래. 사실은…… 허유, 하여튼 꼴통이 하나 있는데 지금 내 앞에 있어! 이거를 빌려 달랜다! 자기 엄마랑 여행 간다고! 그리고 저 꼴통 이름은 고민정이니까 회원증 없이도 할 수 있게 처리 좀 해줘. 그래, 다음에 보자. 그래, 됐냐?!"

"그래서 제가 사소한 부탁이랬잖아요. 전화 한 통이면 될 걸 가지고 참……."

사실 의원님과 이런 대화를 하기 전에 이런 일이 있었다. 엄마가 전화를 하셨는데, 평상시와 목소리가 너무도 달라 불안하고 걱정이 됐다.

"엄마, 무슨 일 있어?"

"얘는, 그런 거 아냐."

"아니야, 목소리가 평소랑 다르잖아. 뭔데? 얘기해 봐."

주저주저하다가 결국 털어놓으신 얘기는 당신이 우울증으로 병원에 다니신다는 말씀이었다. 당시 상황을 생각하면 우울증에 걸리지 않는 게 더 이상했다. 참 선하고 유쾌한 남동생이었던, 그러니까 나에겐 외삼촌이 되는 분이 이따 보자고 손을 흔들면서 출근하셨다가 사고를 당해 하루아침에 돌아가셨던 것이다.

그 상황에서 할머니와 아버지는 상처를 보듬어 주지 않으셨다. 그게 무슨 큰일이라고, 아직도 집안일 하나 제대로 못 하고 시간을 버리고 있냐고, 죽은 사람 생각하느라 산 사람 내팽개치냐고 몰아붙이는 말도 서슴지 않았다.

한편으로는 어머니의 현명함과 용기에 탄복하면서도, 또 한편으로는 너무나 마음이 아팠다. 어떻게 하지? 나는 여기 있고, 어머니는 저 아래에 계시고.

생각 끝에 좋은 선물을 해주기로 결심했다. 선물로 여행을 한번 같이 가고 싶은데, 그게 말처럼 쉬운 일은 아니었다. 이미 이야기했지만 할머니와 아버지 성격에 어머니가 여행 가는 걸 그냥 둘 리가 없었다.

어떻게 해야 함께 여행을 갈 수 있을까? 며칠 동안 고민하다가 답을 찾았다.

따르르릉.

"여보세요."

"엄마, 옆에 아빠 있어? 할머니는?"

"아니, 아무도 안 계시는데. 무슨 일 있니?"

"엄마…… 큰일났어. 어떡해. 나 사고 쳤어. 아빠 알면 큰일나. 어쩌지? 엄마, 얼른 비행기 타고 와."

물론 비행기표는 미리 준비했다. 목소리를 착 깔고 울먹이는 연기를 선보인 다음 전화를 끊었다. 내가 아무리 설득해도 할머니랑 아버지를 두고 오실 것 같지도 않고, 두 분이 찬성할 것 같지도 않았다. 그러면 어머니 스스로 올라오시게 하면 되었다.

전화를 끊고 보니 왠지 집에서 입고 있던 몸뻬 차림으로 그냥 올라오실 것 같다는 생각이 들었다. 제주도에 몸뻬차림으로 같이 가는 건 일단 내가 싫었다. 남대문시장에서 급하게 갈아입고 갈 옷을 몇 벌 사고 공항에서 기다렸다. 정확히 예상대로였다. 어머니는 몸뻬를 입고 올라오셨다. 나는 어머니를 붙잡고 심각한 얼굴로 말했다.

"엄마, 여기 아니야. 우리 가면서 얘기해."

그리고 제주도행 티켓과 연계시켜 탑승했다. 딸의 울먹이는 전화를 받고 놀라서 허겁지겁 경주에서 올라와 그러잖아도 정신없는 어머니를 데리고 또다시 비행기로 골인했다.

"얘, 너 지금 어디 가니? 이거 뭐야?"

"승객 여러분, 오늘도 아름다운 제주 여행을……."

안내방송이 그렇게 나오니 모르려고 해도 모를 수가 없었다. 얘가 날 데리고 제주도 여행을 가는구나. 어머니는 그걸 알자마자 우시기 시작했다. 엄마들이 우는 걸 보면 딸은 뿌듯하면서 미안하면서 고마우면서 창피하면서 그러면서도 사랑스러운 기분이 든다.

"엄마 울어? 감동받았을 땐 울어야지 당연히. 그렇게 감동했어? 그치그치, 울어 엄마."

그런데 엄마가 울음을 도무지 안 그치신다. 입가를 삐죽거리다 말고 정색을 하고 말했다.

"엄마, 이건 아니지. 그 정도면 감동한 거 충분히 알았어. 그만 울어."

"아니, 그게 아니고……."

"그게 아니면 대체 뭔데?"

자초지종을 들으니 모든 어머니들이 하실 만한 얘기였다. 엄마는 너에게 해준 것도 없는데 넌 이렇게 여행을 보내줘서 뿌듯하고 고맙다. 여기까진 괜찮았다. 하지만 뒤이은 말은 괜찮지가 못했다.

"나는 너희 외할머니한테 진짜 해준 게 없는 딸이다. 2년 내내 외할머니가 제주도 여행을 그렇게 가고 싶으시다고 했는데 이모들이랑 상의만 하고 지금까지 못 해드렸어. 외할머니가 사시면 얼마나 사신다고……."

"아, 알았어 알았어."

제주공항에 내리자마자 바로 막내이모에게 전화를 걸었다. 외할머니댁 바로 옆집에 사는 우리 막내이모.

"여보세요? 민정이니?"

"이모, 지금 시간 돼?"

"응, 시간 돼."

"나 지금 엄마 모시고 제주도 왔어."

"어머, 그래? 아이구, 잘 했어!"

"그게 아냐. 이모, 지금 당장 외할머니한테 가서 짐 챙겨 드려. 비행기표 끊고 여기로 보내. 모시고 다니는 건 내가 할게."

그러고 나서 어머니께는 렌트카 대여 과정에서 문제가 있다고 말씀드린 다음, 두 시간가량 공항 근처 용두암을 산책하며 그동안 밀린 이야기를 했다. 이쯤이면 됐겠다 싶을 때 공항으로 돌아갔다. 게이트 밖에서 잠깐 기다리자, 저만치 끝에서 스튜어디스 손을 붙잡고 나오시는 외할머니의 모습이 보였다. 어머니 손을 꼭 붙잡았다.

"엄마, 외할머니 왔어. 이제 울지 마?"

그렇게 나, 어머니, 외할머니 3대가 제주도 여행을 다녀왔다.

하지만 여행을 다니면서는 굉장히 다퉜다. 내 나이 20대 중반이었으니, 어른들의 여행 마인드하고는 다를 수밖에 없었다.

"어제 먹었던 밥집이 싸고 맛있었는데, 오늘도 거기서 먹자, 얘."

"엄마! 여기까지 와서 똑같은 걸 또 먹어?!"

자는 시각도 다 다르고, 보고 싶은 관광지도 다 다르고. 그렇다 보니 2박3일 내내 티격태격의 연속이었다.

외할머니는 그 이듬해에 갑자기 쓰러지셔서 몇 년 투병 생활 끝에 돌아가셨다. 외할머니로서는 그게 마지막 여행이 된 셈이다. 지금도 어머니는 제주도 여행 얘기를 종종 하시면서, 외할머니께서 여한은 없으실 거라며 그때의 추억은 평생 못 잊을 것 같다고 말씀하신다.

의원님도 그 제주도 여행을 이따금 언급하신다.

"너 그때 나한테는 부담 잔뜩 주고 귤 한 박스 안 갖다 주고 내 친구한테만 줬지? 그래도 너 그렇게 해서 모시고 다녀온 건 잘 한 거야."

그래도 전화 한 통이면 사소하지 않나요? 생각난 김에, 이번 겨울엔 귤 한 박스 들고 의원님을 찾아뵈면 어떨까 싶다.

예전에는 김홍신 의원님이 단순히 훌륭하신 분, 좋은 분, 유쾌하신 분, 이렇게만 생각했던 것 같다. 그러나 세월이 지나면서 깨닫게 된 것이 있다.

의원님, 당신은 제 인생에 잊지 못할 추억들과 함께하시고 정말 저에겐 훌륭한 인생의 멘토입니다. 늘 감사합니다.

내 청춘의 한 장, 로드트립

대학 졸업 후 갑자기 이런 생각이 들었다.

'기회가 있다면 외국에 가서 여러 가지 경험을 해보는 것도 좋지 않을까? 이왕이면 여행보다는 몇 개월 눌러앉아 있고 싶다.'

인생은 짧고 내게 허용된 시간은 그보다 더 짧으니, 그나마 사용할 수 있는 시간이 많을 때 외국 문화와 생활을 접하고 싶었다. 헌데 결혼을 하고 나면 도무지 짬을 내기가 힘들 것 같았다.

'내가 결혼할지 안 할지는 모르겠지만, 일단은 만에 하나의 가능성이라도 눈여겨보자. 그러면 조금이라도 젊은 나이에 갔다 오는 게 확률이 높겠지?'

마음을 굳힌 다음엔 언제든지 떠날 수 있도록 준비하는 단계에 들어갔다. 어떤 준비를 했느냐고? 별 게 있겠나. 돈이지.

집에는 손을 벌릴 수 없는 상황이었다. '시집안 간 딸은 절대로! 해외에 돌리지 않는다!' 외치실 우리 아버지에겐 유학의 'ㅇ'도 꺼낼 수 없었다. 통장과 도장을 들고 해외 망명을 할 수도 없는 일이고, 남은 건 내 손으로 돈을 버는 것뿐이었다.

목표액이 달성되면 곧바로 떠나는 방식도 있었지만, 내 계획은 조금 달랐다. 계속 일하면서 돈을 꾸준히 모으다 마음이 내키면 언제든 훌쩍 떠나는 것이었다.

한 달에 80만 원씩 적금 붓는 것을 목표로 세웠다. 1990년도 초반에 비록 직장에 다니고는 있었지만 갓 대학을 졸업한 사회초년생이 한 달에 80만 원을 저축하기란 결코 쉬운 일이 아니었다. 3년 남짓 끊임없이 아르바이트를 하면서 돈을 모았다. 길고 가늘게 오랫동안 고생하느니 짧고 빡세게 일해서 반짝 고생하는 게 훨씬 나았다.

그 사이에 문제가 있었으니, 내 선후배·동기들이었다. 시간을 가리지 않고 찾아오는 사람들에게 밥과 술을 사주다 보니 목표치를 도저히 달성할 수가 없었다. 어디서 이 구멍을 메울까 골머리를 썩이다 새 아르바이트를 구하기로 결심했다. 바로 우유 배달이었다. 이미 평일과 주말은 직장, 밤 아르바이트, 주말 과외로 꽉 찬 상황이라 내가 쓸 수 있는 빈 시간은 새벽밖에 없었기 때문이다.

미리 밝히자면 나는 아침잠이 굉장히 많고 게으른 사람이다. 일찍 일어나는 걸 굉장히 싫어한다. 하지만 방법이 없었다. 우유 배달을 하겠다고 찾아가는 그 걸음이 어찌나 무거웠던지 모른다. 정신을 차리고 보니 이미 이야기를 끝내고 터덜터덜 걸어나오고 있었다. 이제는 그만둘 수도 없는 노릇이었다. 고개를 휘휘 털면서 긍정적으로 마음가짐을 다듬었다.

'그래, 20대에 우유 배달 한번 하는 거 나쁘지 않을 거야. 나한테 좋을 거야. 건강도 좋아지고 운동 부족도 해소되겠지. 아무렴.'

시작은 가벼웠다. 그러나 6개월을 못 채웠다. 몸이 하루하루 무거워지고 팔다리에 모래주머니를 매단 것처럼 피곤하다 보니 직장에서까지 무리가 왔다. 뼈아픈 경험이었다. 우유 배달을 그만둔 날, 이불을 덮고 누워 부릅뜬 눈으로 천장을 쏘아보면서 단단히 결심했다.

'후배들을 당분간 끊어야겠어. 근데 인간관계를 다 끊을 수는 없잖아?'

그래서 결심한 게 이거였다.

'좋아. 내가 얻어먹고 다닐 수 있는 선배들 위주로만 만나야겠다.'

그 순간 퍼뜩 깨달음을 얻었다.

'아, 아니다. 후배들이랑 친한 선배 중에 주머니 좀 두둑하신 분을 번갈아 모셔서 3개월만 밥값 좀 내달라고 하면 되겠구나!'

다행스럽게도(?) 나는 연배가 좀 있는 선배들과 친한 편이라 이 계획은 성공적이었다. 다시는 우유 배달을 하지 않기 위해서 지나친 술값과 밥값은 전혀 내지 않는, 빡세게 얻어먹는 날이 그렇게 지나갔다. 밥값과 술값을 내주는 사람들을 진심으로 존중하고 사랑하며 허리띠를 졸라매고 알뜰살뜰 학비를 모았다.

그러던 어느 날 그 시기가 찾아왔다. 우유 배달의 후유증인 지독한 근육통이 다 가실 무렵이었을까. 아침에 눈을 뜨고 잠이 채 가시지 않은 머리로 생각했다.

'지금 떠나고 싶다.'

내 첫 유학 생활의 시작점이었다.

사실 외국에 미리 나가 있던 사람들이 꽤 되었는데, 일부러 그들 근처로는 가지 않았다. 내가 택한 곳은 아는 사람이 단 한 명도 없는 지역이었다. 그곳에서 새로 사람들을 만나며 인연을 맺었다. 아무래도 내가 현지 학부생 친구들보다는 나이가 좀 있는 편이었지만 우정을 쌓는 데에는 별 문제가 없었다.

그중에서도 스프링브레이크 기간에 다녔던 로드트립은 내 기억에 깊게 남는다. 로드트립, 듣기만 해도 가슴이 설레었다. 영화에서는 빈번히 나오지만 국내에서는 접할 기회가 없던 문화였다.

'나도 로드트립 갈래!'

망설일 이유가 없었다. 여차저차 네 명이 일정 없는 로드트립을 떠났다. 렌트카 한 대만 빌린 다음 숙소 없이 이곳저곳을 누비는 형식이었다. 다만 문제가 하나 있었다. 주머니 가벼운 학생들에겐 무엇보다 식비가 큰 부담이었다. 그렇다고 해서 하루이틀도 아닌데 굶을 수도 없는 노릇이었다.

머리를 맞대고 고심한 끝에 기가 막힌 방법을 생각해 냈다. 우선 아이스박스에 3일 동안 꽁꽁 얼린 레토르트 카레와 고추장, 김, 김치를 꾹꾹 눌러 담았다. 그리고 전기밥통, 버너, 코펠, 돗자리 등 웬만한 조리도구도 빠짐없이 트렁크에 실었다.

그 후론 걱정할 게 없었다. 바퀴 굴러가는 곳따라 가다가, 날이 어두워지면 가까운 아무 숙소에나 들어갔다. 그리고 방 밖에 팻말을 붙여놓았다.

'우리 방은 안 치워 주셔도 괜찮아요!'

바깥사람의 출입을 엄금한 다음엔 비밀스러운 만찬이 열렸다. 아이스박스에 담아 온 냉동 카레와 쌀이 진가를 발휘했다. 숙소 안에 화장실이 딸려 있으니 쌀을 씻고 밥을 안치는 건 무척 쉬운 일이었다. 미국의 숙소에는 대부분 복도에 제빙기를 설치해 두는데, 거기에서 얼음을 받아 아이스박스에 보충하기도 하고 밥을 짓는 데에도 요긴하게 썼다. 김치·참치·고추장은 우리를 국경과 언어를 넘어서 하나의 공동체로 단단히 묶어 줬다.

또 미국에는 울창한 숲이 굉장히 많은 데다, 따로 관리하는 사람도 없는 곳이 대부분인데, 그 안에서 돗자리를 펼쳐놓고 코펠과 버너로 라면을 끓여 먹곤 했다. 하루종일 몸을 움직이고 난 다음 함께 먹은 그 음식들은 무척이나 맛있었다.

그렇게 줄인 식비는 잘 모아서 여행지에서 제일 맛있다는 집에 들러 한 끼 정도 호화판 식사를 하거나, 또는 들러 볼 만한 관광지에서 기념품을 사는 데 사용했다. 2주 남짓 되는 로드트립은 하루하루가 영화의 한 장면처럼 아름다웠고, 청춘 시트콤의 한 컷처럼 즐거웠다.

배고픈 웨이트리스

꿀맛 같던 스프링브레이크 기간이 끝나고 고난이 찾아왔다. 유학을 오기 전에 생각했던 전체 생활비에 로드트립 비용을 미처 고려하지 못했던 것이다. 결국 생활비에 커다란 펑크가 나버렸다.

'어떡하지? 어쩌면 좋지?'

고민에 고민을 거듭하며 하루하루를 초조하게 보냈다. 미국 땅을 밟은 지 얼마 되지 않아 영어 실력이 좋지 않은 게 무엇보다 치명적이었다. 아무리 한국인이 운영하는 식당이라곤 해도 손님 대다수가 외국인인 이상, 영어 실력이 나쁜 종업원은 고용될 수가 없었다. 앞길이 막막했다. 몇 년 동안 악착같이 벌어서 드디어 원하던 생활을 하나 싶었는데, 이렇게 일찍 고난이 찾아올 줄은 몰랐다.

최대한 말이 필요 없는 직업을 찾아볼까? 그런 생각도 해봤지만 아무 대책이 없기는 마찬가지였다. 땅이 꺼져라 한숨을 내쉬면서 집으로 돌아가던 어느 금요일이었다.

"이봐요, 학생. 혹시 한국사람이에요?"

바로 그때, 반가운 언어가 들려왔다. 한국어였다! 깜짝 놀라 고개를
돌리자, 웬 아주머니 한 분이 다급한 표정으로 내게 말을 걸고 있었다.

"네? 아, 네, 저 한국인 맞아요."

그랬더니 아주머니의 얼굴이 확 밝아졌다가 또 안절부절못하는 표
정이 되었다.

"그래요? 저기, 아니, 그게…… 혹시 말이죠, 혹시…….."

"네, 말씀하세요."

"혹시 학생, 아르바이트 한번…… 해볼 생각 없어요?"

"네?! 좋아요!! 얼마든지요!"

아마 요즘 소설이나 드라마에서 이런 식으로 주인공이 고난과 역경
을 극복하는 내용이 나온다면 시청자들이 분기탱천할 것이다. 어디서
돼먹지 못한 우연으로 다 때우려는 수작이냐고 항의하는 게시글로 홈
페이지가 마비되지 않을까? 그런데 그게 현실에서 실제로 일어났다!

자초지종을 듣자 하니 금·토 메인타임에 근무하는 친구가 갑자기
사정이 생겨 그만뒀다는 이야기였다. 하루아침에 벌어진 일이라 당장
사람을 구하긴 구해야겠는데 도무지 뾰족한 수가 생기지 않았다고 한다.

'일단 한인타운에 가서 전단지를 붙여 두자.'

그렇게 생각하며 한숨을 내쉬면서 걷던 찰나, 마침 그 아주머니 앞을
내가 지나가고 있었던 것이다.

"저, 근데 아주머니…….."

"네? 왜 그래요, 학생. 뭐 문제 있어요?"

"제가 영어를 좀 못하는데…… . 아, 그래도 서빙에는 지장 없을 것 같아요!"

"됐어, 됐어, 그럼 괜찮아요!"

"정말요? 고맙습니다!!"

우리는 운명적인 만남으로 각각 일터와 종업원을 한 번에 해결했다.

여기서 잠깐 미국의 금·토 식당 종업원waitress이 어떤지 설명하자면 일단 엄청나게 바쁘다. 금·토요일은 식당 영업 시간 중에서도 제일 바쁜 피크타임이기 때문에 누구나 가고 싶어 하는 아르바이트 자리다. 여기서 어떤 사람들은 의아해할 수도 있다.

'아니, 눈 돌아가게 바쁘다는데 왜 거길 가려고 하지?'

그 궁금증을 해소하기 위해서는 미국의 팁 문화를 알아둘 필요가 있다. 미국에는 우리나라엔 없는 팁 문화가 있어서, 보통 식사한 가격의 10~15%를 종업원에게 팁으로 주는 게 일반적이다. 그러니 피크타임일 수록, 손님이 많을수록 종업원이 벌어들이는 급여는 많아진다. 그 자리를 내가, 정말 우연히, 그 아주머니를 만나 얼떨결에 꿰차게 된 것이다.

한인식당의 또 다른 이점은 남는 밥과 반찬을 어느 정도 싸갈 수 있다는 점이다. 김치나 간단한 밑반찬 종류가 가게에 늘 있고, 남은 음식은 어차피 버려야 하니까 종업원들이 싸가는 게 차라리 나았다. 아르바이트 자리를 구했다는 기쁨도 기쁨이었지만, 앞으로 이 가게에서 일하는 동안에는 식비 걱정을 하지 않겠다는 생각이 들자 뛸 듯이 기뻤다.

아주머니의 손에 이끌려 그 즉시 식당으로 간 나는 웨이트리스 복장으로 갈아입고 현장에 투입됐다. 미국으로 오기 전에도 한국에서 여러 아르바이트를 해본 경험이 있지만 그래도 첫날이라 긴장됐다. 식당 홀의

중앙으로 툭 튀어나가자마자 가슴이 철렁 내려앉았다.

'아차, 나 오늘 저녁을 안 먹었지……'

수업이 끝나고 곧바로 왔기 때문에 저녁을 먹을 겨를이 없었다. 게다가 그 이전에도 아침 겸 점심으로 샌드위치 한 조각을 먹었을 뿐이었다. 그걸 깨닫자마자 뱃속에서 기다렸다는 듯이 아우성을 치기 시작했다. 밥! 먹을 것! 음식! 위가 울부짖는 소리가 내 배를 뚫고 꼬르륵꼬르륵 연신 흘러나왔다.

지금도 약간 그런 경향이 있지만, 난 배고픈 걸 잘 참지 못한다. 그래서 주변에서도 나를 일컬어 "배가 고프면 난폭해진다"고 쑥덕거린다. 하지만 유니폼을 입고 비기너Beginner 웨이트리스로서 일해야 하는데 손님에게 난폭해질 수는 없는 노릇이었다. 간신히 이성을 붙잡았다.

하지만 사방에서 풍겨 오는 음식 냄새, 고기 굽는 냄새, 찌개가 보글보글 끓는 소리……. 모든 게 나를 자극하고 있었다. 허기가 서서히 내 의식을 지배하려 들던 그 순간, 나를 구한 것은 외국인 노부부였다.

"이봐요Hey!"

"네? 네!"

퍼뜩 정신을 차리고 허겁지겁 그쪽 테이블로 향했다. 입안에 가득 고이는 침을 꿀꺽 삼키면서 주문하시겠냐고 물었다. 그러자 70대로 보이는 노부부는 서로 마주보며 난처한 듯 웃더니 메뉴판을 나에게 보여줬다. 지금부터는 편의상 영어로 했던 대화를 한글로 옮기겠다.

"오늘은 우리의 결혼 40주년 결혼기념일이에요. 의미 있게 보내고 싶어서 한 번도 와보지 않은 한국 음식점에 처음 와봤어요. 그래서 우린 한국 음식에 대해 아무것도 몰라요. 그러니 당신이 좀 추천해 줄래요?"

"아, 그럼 한국 식당에 처음 오셨나요?"

"네, 처음이에요."

이럴 때 보통 웨이트리스가 추천하는 건 가장 비싼 메뉴다. 아까 말했다시피 식당에 지불한 금액의 일부를 종업원에게 팁으로 주기 때문에 비싼 메뉴일수록 종업원에게 떨어지는 금액이 많기 때문이다. 물론 미국인들이 무난하게 좋아하는 고기 종류는 원래도 가격이 좀 있는 편이다. 그래서 나도 그 식당에서 가장 비싼 메뉴인 불갈비를 추천했다. 그래도 예의상 한 번은 물어 봤다.

"불갈비는 불고기랑 맛은 비슷한데 가격이 좀 비싸요. 괜찮으세요?"

"아, 괜찮아요. 우리 결혼기념일이라 돈 쓰러 왔어요."

위트 있게 대답한 노부부는 어색한 발음으로 "불, 갈, 비?" 하고 말해 보더니 웃으며 주문을 마쳤다. 그 식당의 불갈비는 우리나라와 살짝 다르게, 뼈에 붙은 갈비를 통째로 내오는 게 아니라 갈비살을 다 발라 나오는 형식이었다. 고기와 쌈야채가 다 차려졌는데도 노부부는 먹는 방법을 몰라 당혹스러워했다. 그러더니 나를 불러 먹는 법을 알려 달라고 부탁했다.

막 구워 나와서 표면에 지글지글 육즙이 끓는 갈비살과 신선한 상추, 고소한 쌈장, 송송 썬 고추와 마늘……. 그리고 나에게 먹는 법을 알려 달라고 선망에 찬 눈빛을 보내는 노부부. 내가 할 행동은 하나뿐이었다.

"좋아요. 알려 드릴게요. 처음엔First step."

손에 상추를 놓고 고기를 집어 가운데에 놓았다. 먹음직스러운 냄새가 진동했다.

"매운 것 좋아해요?"

"살짝?"

그 애길 듣고 얇게 슬라이스한 마늘을 불판에 구웠다. 불판 끝으로 흘러나온 고기 육즙이 스며들면서 마늘이 노릇노릇하게 익었다. 육즙을 먹어 반질반질해진 마늘을 고기 위에 얹고, 싱싱한 고추 한 조각을 얹고, 쌈장을 톡 찍어서 상추를 잘 쌌다.

'쌈'이라는 음식문화가 없는 미국에서 나고 자란 노부부는 마치 공예품 만드는 장인을 보듯 연신 감탄사를 내뱉으면서 내가 하는 행동을 유심히 지켜보았다.

"자, 이렇게 돌돌돌 잘 싼 다음에 먹으면……."

탐스럽게 싼 상추쌈. 그 안에 들어간 잘 익은 갈빗살. 고소하게 구운 마늘. 코끝을 간질이는 고기 냄새. 내 손은 머리를 배반했다. 말이 끝나기도 전에 그 상추쌈은 내 입으로 쏙 들어가 버렸다.

지금이야 심하게 허기져도 이성적으로 참을 수 있지만, 20대의 나는 위의 조종을 받는다고 해도 무리가 없을 지경으로 허기에 약했다. 아무튼 그때엔 손님이 먹을 음식을 내가 먹었다는 생각조차 못했다. 태어나서 그렇게 맛있는 고기는 정말 처음이었다. 입안 한가득 넣은 쌈을 정신없이 우물우물 씹고 꿀꺽 삼켰다. 행복한 기분에 막 젖으려는 순간, 번쩍 제정신이 들었다.

"……."

"……."

노부부가 넋이 나간 얼굴로 나를 멀거니 보고 있었다. 그리고 식당 주인 아주머니가 날 위아래로 훑어보며 째려보고 있었다.

'이럴 수가…… 첫날인데.'

얼굴이 목까지 빨개져서 죄송하다고 연신 사과를 하자, 친절한 노부부는 괜찮다며 오히려 나를 다독였다.

"다시 한 번 해요. 괜찮아요."

2차 시도였다. 내 손에도, 노부부의 손 위에도 상추를 한 장씩 올리도록 하고, 고기·마늘·고추·쌈장을 차례차례 올렸다.

"자, 하나 둘 셋 하면 한 입에 먹는 거예요."

한글로 옮기니 그럴싸해 보이지, 그때는 영어가 짧았을 때라 실제론 이렇게 말했다.

"One, two, three, 음~! 쩝쩝!"

그것도 바디랭귀지까지 잔뜩 섞어서 말했다. 이 친절하디친절한 노부부는 알았다며 내 신호를 기다렸다.

"오케이. 원, 투, 쓰리!"

내 신호에 맞춰 노부부는 상추쌈을 한 입에 넣었다. 쌈을 처음 먹는 사람치곤 솜씨가 괜찮았다. 상추쌈을 우물거리면서 서로 마주보고 웃던 노부부가 나를 힐끔 보더니 아까처럼 표정이 멍해졌다.

아, 이런. 두 번이나 사고를 쳐버렸다. 내 입에는 이미 언제 넣었는지 모를 상추쌈이 들어와 있었다. 그것도 고기를 두 점이나 넣은 상추쌈이었다. 이미 들어온 것 뱉을 수도 없으니 열심히 우물거렸다. 노부부, 주변 테이블 손님들, 종업원들, 가게 주인 할 것 없이 다들 황당하고 경악한 얼굴로 날 보고 있었다. 특히 가게 주인은 사색이 됐다.

'잘리겠구나……'

첫날에 손님 음식을 두 번이나 집어먹은 내 운명은 이미 정해진 거나 마찬가지였다. 이왕 잘릴 거 상황 해명은 해야겠다 싶어서 입안에

든 걸 꿀꺽 삼켰다.

"정말 죄송해요. 저 오늘이 처음 일하는 날인데, 배가 고픈 걸 정말 너무 못 참는 성격이고 지금 배가 너무너무 고파서 먹어 버렸어요. 그 래서 저 아마 오늘 지나면 여기 없을 거예요. 그러니까 팁은 안 주셔 도 돼요."

다시 한 번 말하지만, 결코 유창한 영어가 아니었다.

"Me, Today is first day……."

이런 식의 해명을 하고 나서 하고 싶은 마지막 한마디를 끝냈다.

"My tip is inside."

내 배를 가리키면서 그렇게 말했더니, 노부부를 비롯해 주변 사람들 이 폭소의 도가니에 빠졌다. 웃음소리는 한참 동안 이어졌다. 그리고 얼마나 지났을까? 내가 두 번이나 먹어 버려서 얼마 남지 않은 불갈비 를 다 먹은, 첫 손님이자 마지막 손님이 될 노부부가 계산을 하러 카운 터로 갔다. 그들은 날 보더니 웃으면서 말했다.

"우린 나이가 들어서 많이 못 먹어요. 당신 덕분에 우리 테이블의 음 식이 남지 않아서 다행이에요. 도와줘서 고마워요."

생각지도 못한 말이었다. 첫날에 실수한 웨이트리스를 위로해 주려 고 이런 말을 하나 보다 싶어서 마음이 찡했다. 그리고 이 노부부를 다 시 못 볼 거라는 생각에 한편으로는 아쉬웠다.

그런데 예상치 못한 일이 계속 이어졌다. 계산을 하고 난 할아버지가 가게 밖으로 나를 조용히 불러냈다. 영문을 모르고 조심조심 가서 서자, 할아버지는 지갑을 열더니 지폐를 꺼내 내 손에 쥐어 주었다. 깜짝 놀 라서 보자 100달러짜리였다.

"아니, 이게 뭐예요?"

"팁이에요."

"잘못 보신 거 아니에요? 이거 100달러짜리예요. 10달러짜리가 아니라. 그리고 제가 아까 고기 먹어서 팁은 제 뱃속에 있다고 말씀드렸는데 이걸 왜……."

"아뇨, 이건 당신 게 맞아요."

본래 팁은 음식 가격의 10~15%다. 후하게 주면 15%인데, 불갈비의 15%가 100달러나 될 리가 없었다. 당황스러워하는 내 손을 꼭 붙잡으며 할아버지가 인자하게 웃었다.

"당신 덕에 40주년 결혼기념일은 평생 동안 못 잊을 거예요. 여태까지 우리가 40번이나 되는 결혼기념일을 지냈는데, 뭘 하고 보냈는지 기억나는 게 며칠 없어요. 그렇지만 오늘, 40주년 결혼기념일은 절대 잊지 못할 겁니다. 정말 유쾌한 추억을 줘서 고마워요. 그래서 주는 거예요. 결혼기념일에 당신을 만난 게 우리에겐 행운입니다."

날 밖으로 굳이 불러낸 것도, 테이블 위에 팁을 두면 내가 아니라 가게 주인이 가져갈까 봐 걱정해서 그런 거였다.

"이 팁은 식당이 아니라 당신에게 주는 거예요. 그러니까 당신이 받는 게 맞아요."

계산할 때 주인에게는 이렇게 말했다.

"당신이 웨이트리스 하나는 기가 막히게 잘 선택했군요. 난 이 웨이트리스를 보러 또 올 거니까 해고하지 말고 꼭 두세요."

주인의 얼굴에도 화색이 돌고, 해고 위기에서 벗어난 데다 두둑한 팁까지 받은 내 얼굴에도 웃음꽃이 피었다. 할아버지는 문을 나서기 전에 이렇게 말했다.

"오, 그렇지. 이름이…… 민정! 내가 내일 친구들에게 이 식당 소개해 줄게요. 당신이 있는 시간이 금요일·토요일이니까 그때 오라고 하면서 내가 그 친구들에게 팁을 줄 겁니다."

"팁이요?"

"민정이 먹는 방법을 가르쳐 줄 때 한 번에 배우지 않으면 배고픈 웨이트리스가 음식을 몽땅 먹어치울 거라고 말이에요."

그렇게 첫날의 아르바이트가 끝났다. 해고당하나 싶었던 가게에서는 내가 이사를 가고 가게가 문을 닫을 때까지 일했다. 그 사이에 노부부와 그들의 친구들이 몇 번 식당에 들렀음은 말할 필요도 없다. 그들이 내게 '유쾌한 추억'이라고 이야기해 주고, 주인에게 선처를 부탁한 덕에 나는 생활비를 벌면서 무사히 유학을 마칠 수 있었다.

당시의 일은 나에게도 굉장히 좋은 추억으로 남았다. 그래서 지금도 누군가가 나에게 기분 좋은 일을 안겨 주었다면, 나 또한 그 사람에게 100달러에 달하는 금액을 기꺼이 지불할 수 있는 사람으로 살려 한다. 그 노부부는 나에게 일터를 유지시켜 줬을 뿐만 아니라, 추억에 정당한 값을 지불하는 법도 가르쳐 줬다.

그래서 이후에 나도 라이브 카페에서 좋은 공연을 보고 난 뒤엔 그 공연팀이 마신 술이나 먹은 음식값을 꼭 지불한다. 직접 자리에 끼어들지 않고도 카페 주인에게 저 공연팀이 마신 술값은 내게 달아 달라고 이야기한다. 그러면 가끔씩 공연팀이 나에게 와서 어쩐 일로 면식도 없는 우리에게 술을 샀냐며 고마워했다.

"공연이 정말 좋았어요. 나에게 좋은 추억이 될 것 같아서, 제가 고마워서 지불하려고요."

귀국하고 나서도 이 버릇은 여전하다. 홍익대학교 근처 길거리에는 야외공연을 하는 인디 가수들이 많다. 그 거리를 오가다 내 마음에 좋은 울림을 주는 노래를 들으면 거기 서서 30분이고 한 시간이고 공연을 듣는다. 이따금 그 친구들이 내 신청곡을 받아 주기도 한다. 내게 좋은 추억이 될 공연을 다 듣고 나면, 소극장이나 콘서트장 티켓을 구매하는 금액에 달하는 돈을 모금함에 낸다.

누군가는 내게 왜 길거리 공연을 듣고 그런 거금을 내냐고 핀잔을 주지만, 그 음악은 나에게 그만한 가치를 주었기 때문에 인정하고 존중하고 싶다. 내 감성을 적시고 지나간 음악은 보통 가치를 지닌 게 아니다.

내 생각에 '나이를 먹어 간다'는 건 감성에 대한 표현을 아끼는 것이다. 자신의 감성을 존중하지 않고, 표현하지 않으면 감성은 메말라붙는다. 나는 감성을 그런 식으로 내팽개쳐두고 싶지 않기 때문에 오늘도 홍대거리를 돌아다니며 공연을 듣는다. 그들이 내민 모자 안에 공연비를 지불할 때면 아직도 나에게 '배고픈 웨이트리스'라는 별명을 붙여 준 그 할아버지의 웃는 얼굴이 생각난다.

"너 같은 학생은 처음이다!"

내가 미국에 공부하러 갔을 때, 가장 먼저 맞닥뜨린 난관은 바로 수강 신청이었다. 지금 한국의 수강신청과 비슷하게 학번과 아이디를 사용하는 시스템이었다. 하지만 당시 나는 그야말로 '컴맹'이었던 터라, 아무리 설명서를 들여다봐도 도대체 무슨 소리인지 알 수가 없었다. 그렇다고 해서 두 손 놓고 있다가 강의 오리엔테이션도 못 들어가 보고 F를 맞을 수는 없었다.

'어떡하지? 누구한테 부탁을 할까?'

그때 이과를 전부 관할하는 지도교수님이 계시다는 걸 떠올렸다. 무작정 교수님의 연구실로 찾아갔다.

똑똑.

"들어와요."

"안녕하세요, 교수님. 저 교수님 수업 듣는 학생이에요."

"아, 그래요?"

노교수님께 공손히 인사하면서 한국 전통 문양으로 만든 책갈피를 선물로 드렸다.

"인사를 드리러 왔습니다."

"오, 선물 고마워요. 앞으로 잘 해봅시다. 굿 럭!"

"아, 잠깐만요. 교수님, 제가 그 목적만 있어서 온 게 아니고요. 작은 부탁 하나만 들어 주세요."

"작은 부탁?"

"교수님…… 저 수강신청을 못하겠어요. 도와주세요."

최대한 측은한 표정으로 부탁을 드리자, 교수님은 껄껄 너털웃음을 터뜨리셨다.

"학번이 뭐예요?"

"제 학번은 이거이거예요."

"이건 전공과목이니까 들어야 하고, 또 듣고 싶은 과목 있어요?"

"이 과목은 어떤 과목인가요?"

"아, 이 과목은…….'"

"헉, 어려운 거네요. 그럼 저 이거 말고 다른 거, 저거로 할게요."

"하하, 그래요. 외국인들은 이 방법이 낫죠. 뭐가 뭔지 모르고 어려우니까."

그렇게 교수님과 함께 모니터 앞에서 수강신청을 했다. 무사히 수강신청을 끝내고 나가면서 꾸벅 인사했다.

"감사합니다, 교수님. 교수님이 절 이 학교 학생으로 만드셨어요."

교수님 덕분에 잘 짜인 시간표로 한 학기를 보냈다. 본래 지도교수는 졸업할 때까지 바뀌지 않는다. 1학기에 지도교수님의 수업까지 들었더니 우리 사이는 더욱 가까워졌다. 수업도 듣고, 질문도 하고, 작은 선물도 드리면서 한국에 관한 얘기를 들려 드리며 함께 토론하다 보니 시간이 휘리릭, 지나가서 다음 학기가 됐다.

똑똑.

"들어와요."

"교수님, 저 다음 학기에도 교수님 학생이 될 겁니다. 잘 부탁드리겠습니다."

"하하! I know you!"

"저도 교수님 기억나요. 이제 알 것 같아요."

서로 농담따먹기를 몇 마디 나누다가 본론으로 들어갔다.

"교수님, 그런데 저 작은 부탁이 하나 있어요."

"뭔데?"

"저, 수강신청……."

"아니, 지난번에……."

"기억 안 나세요? 지난번에 교수님이 다 해주셨잖아요. 전 해본 적이 없어요. 그러니까 교수님이 방법 아실 거 아니에요. 해주세요~"

교수님은 그 말을 들으시더니 이마를 탁 치며 맞다고, 그랬었다고 맞장구를 치셨다. 교수님 덕분에 졸업할 때까지 한 번도 수강신청을 해본 적이 없다.

수강신청도 교수님을 통해 잘 해결했고, 언뜻 보면 어려움이 없어 보이겠지만 결코 그렇지 않았다. 미국에서 유학 생활을 하며 제일 어려웠던 점이 무엇이었냐고 묻는다면, 한 치의 망설임도 없이 '학점 따기'

라고 대답할 것이다. C 학점을 두 번 받으면 강제출국이었다. 처음엔 한국에서 대학원을 다녔던 경험으로 미루어 안이하게 생각하고 있었다.

'에이, 설마…… 강제 출국이라는데 그렇게 야박하게 C를 주겠어?'

당시 내 옆자리에 앉아서 수업을 듣던 성실한 대만인 친구가 한 명 있었다. 그야말로 FM, '공부벌레'라는 별명에 걸맞은 생활패턴으로 매일 도서관에 틀어박혀 사는 학생이었다. 레포트를 쓸 때 조사도 많이 하고, 영문법이나 문장력도 타의 추종을 불허하는 친구였다.

그런데 다음 학기에 보이질 않는 거였다. 무슨 영문인가 싶어서 알아봤더니 C를 두 개 받아 추방됐다는 것이 아닌가.

세상에. 아무리 그래도 그렇지, 진짜 추방을 시킨단 말이야? 아니, 그보다 그렇게 열심히 공부하고 영어 문장 구사도 잘하던 애가 C를 두 번이나 받았다고?'

도무지 내 머리로는 납득이 가지 않아서 그 친구에게 C를 줬다는 교수를 수소문해 찾아갔다. 나는 저번 학기에 그 수업을 듣지 않았고, 그 친구는 먼저 수강해서 C라는 고배를 마셨으니 미리 알아둘 필요가 있을 것 같았다.

"교수님, 그 애 아시죠?"

"그럼, 알지."

"그 친구 C 두 개 맞아서 출국했다고 들었어요. 그 C 중 하나가 교수님 수업 때문이라고 그러던데, 그 친구 제가 보기엔 굉장히 똑똑하고 열심히 하는 영리한 학생이었거든요. 그런데 왜 C를 주셨어요? 이런 걸 물어 봐도 되는지 모르겠지만, 앞으로 저도 그런 문제가 생길 수 있을 것 같아 불안해서 여쭤 봐요. 대답해 주시면 좋겠어요."

"아, 그 친구. PPT, 레포트, 시험도 다 잘 봤지. 문장도 좋고."

"네? 그런데 왜 C를 주셨어요?"

"왜냐하면 나는 이 수업에서 가르치고 싶은 게 A라는 내용이었어. 걔? 문법, 문장, 논리, 다 좋아. 그런데 B라는 내용을 써서 왔어. 그러니 그 친구는 내 수업을 이해하지 못한 거지."

그 짧은 면담으로 깨달았다.

'아, 여기에서 학점이라는 건 100% 주관적인 거구나.'

내가 아무리 내 방식대로 잘 한다고 해도 통하지 않는다는 것을 2학기 들어서야 알아차린 것이다. 여긴 미국이고, 주관적 판단·논리도 모두 미국식이었다. 미국식 평가 방법에 순응하지 않은 대만인 친구는 C를 두 개 받아 출국당했다. 그럼 내가 해야 할 일은 불 보듯 뻔했다.

'나를 버리자.'

내 머리에서, 내 경험에서 우러나온 답안을 써봐야 나는 한국인이다. 그렇다면 한국인인 나를 버리고 미국 방식에 완벽하게 몰입하는 게 정답이었다.

다음 날, 수업이 끝났다. 강의실을 나가는 교수님 뒤를 쪼르르 따라갔다.

"Give me a minute!"

무작정 그 말을 외치며 교수님의 연구실로 향했다.

"무슨 일로 왔지?"

"저 오늘 수업 들은 거, 제가 이해했는지, 뭘 이해했는지, 못했는지 확인받고 싶어서요. 질문 있어요. 사실 전 외국인이고, 제게 주어진 시간 동안 제가 아무리 영어를 공부해도 아마 능숙해지지 못할 거예요. 근데 전 추방될 수는 없어요. 그럼 방법은 제 주관이 아니라 교수님이 뭘 가르쳤는지 아는 것이고, 그건 교수님께 배우는 게 최고예요. 하지만 수업 시간에는 다 못 따라가요. 그러니까 저 좀 도와주세요. 수업 끝나고 찾아와서 이렇게 여쭈어 봐도 괜찮을까요?"

대답은 희망적이었다.

"언제든지!"

그래서 수업이 끝나고 나면 항상 교수님을 찾아가서 질문하는 습관이 생겼다. 레포트를 하나 쓸 때에도 레이아웃을 잡은 다음 꼭 찾아갔다.

"전 주제를 이걸로 잡았고, 거기에 대한 레이아웃은 이렇습니다. 그리고 이런 방식으로 풀어 나가려는데 어떤가요?"

괜찮다는 이야기를 들으면 곧바로 작업에 들어갔고, 주제가 적절하지 않다는 이야기를 들으면 그 즉시 수정에 들어갔다. 수정한 레이아웃은 이메일로 먼저 보내 드리고 날이 밝으면 다시 찾아가서 피드백을 받았다. 그때 잡채며, 불고기며, 만두 따위를 만들어서 갖고 갔다. 간식으로 한두 입 먹을 정도로만 만들어서 가져갔다. 그렇게 모든 교수들에게 찾아가서 레포트 피드백과 시험 범위 주제에 관해 질문을 했다. 정말 눈코 뜰 새 없이 바빴다. 대신 그렇게 하니 학점이 잘 나올 수밖에 없었다. 교수가 자신의 과목을 직접 컨펌해 주는데 좋지 않을 리가 있나?

그렇게 공부하 중 유독 기억에 남는 강의가 있다. 우리나라로 치면 '인사관리 경영'에 해당하는 강의였는데, 주로 사례 중심으로 수업을 진행했다. 예를 들면 월마트 직원이 휴식 시간에 재고로 버려질 사탕 하나를 먹었다. 그런데 그 일로 해고를 당했다. 거기에 대해 어떤 식으로 접근하고, 만일 잘못된 점이 있다면 어떻게 보완해야 할지, 각자 레포트를 써온 다음 토론하는 게 수업 내용이었다.

우리나라의 상식으로 생각해 보자. 이게 정말 해고당할 만한 일일
까? 내 머리로는 도저히 이해가 가지 않았다. 그래서 월마트의 담당 매
니저와 약속을 잡고 직접 찾아갔다. 매니저는 흔쾌히 약속을 잡아 주었
고, 녹취도 허락했다.

"무슨 일로 연락하셨죠?"

"저는 한국 사람인데, 한국식으로 생각하면 그 일이 도저히 이해가
안 돼서요. 제가 월마트 사례에 대해 알아봤는데, 만일 휴식 시간에 재고
로 버려질 사탕을 하나 먹은 직원이 있다면 당신은 해고하실 건가요?"

"네, 해고할 겁니다."

매니저는 왜 그 직원을 해고하려고 하는지 길게 설명했다. 영어가 좀
늘긴 했지만 그래도 완벽하게 이해하기 힘들었던 나는 인터뷰에 응해
줘서 고맙다고 인사한 뒤, 녹취 파일을 들고 미국인 친구들에게로 갔다.

외국어를 녹취한 건 돌려듣기엔 좋지만, 얼굴과 얼굴을 맞대고 대화
하는 것보다 이해하기는 힘들다. 그러니 친구들의 도움을 받는 게 정
답이었다. 한 명 한 명에게 모두 들려준 뒤, 그 내용을 내게 다시 설명
해 달라고 부탁했다. 친구들이 설명을 하는 중간중간에 말을 잠시 끊
기도 했다.

"아, 잠깐만. 내가 이해한 게 맞는지 체크해 줘."

그러면 친구들은 내 이야기를 다 듣고 맞다고 하기도 하고, 틀리면 고
쳐 줬다. 녹취 파일을 다 들은 뒤에는 다시 친구들에게 물었다.

"이 매니저는 이렇다는데, 너희들은 어떻게 생각해?"

그 친구들은 비록 월마트 직원이나 매니저는 아니었지만, 나와 다르

게 현지에서 월마트 직원이나 매니저가 될 수도 있는 학생들이었다. 친구들의 대답은 다양했다.

"난 그냥 경고만 줄래."

"나도 해고할 거야."

"주의만 주면 충분하지 않을까?"

"그건 논의가 될 만한 일이 아니라고 생각해."

친구들이 대답한 다양한 대답까지 모두 레포트에 포함시켰다. 그리고 맨 마지막에 진술한 내 의견을 넣었다.

'한국에서는 이런 일이 있었다면 아마 이런 식으로 해결했을 것이다. 왜냐하면……'

비단 월마트뿐만 아니라 다른 모든 사례 레포트에서도 한국의 직장 문화와 환경에 대한 설명을 곁들여서 분석했다. 미국 교수들은 다양한 시야로 접근하는 방식에 굉장히 호의적이다. 타 문화에서 바라본 내부 문화의 모습을 자료로 제시하는 일은 점수 따기 안성맞춤이다.

드디어 발표날이었다. 미국에서는 발표를 하지 않으면 좋은 점수를 받을 수 없기 때문에 레포트라 해도 발표는 필수다. 심호흡을 하고 내 앞에 있는 버튼을 눌렀다. 삑, 소리가 나면서 강의실 맨 앞의 커다란 스크린에 내 얼굴이 떴다. 처음에는 그 공포감이 이루 말할 수 없이 심했지만 발표를 거듭하다 보니 차츰 익숙해졌다. 발표 자료를 챙겨서 강의실 맨 앞으로 걸어나갔다. 내 첫마디는 이랬다.

"나 월마트 갔다 왔어요."

그 첫마디는 매주 돌아오는 인사관리 수업에서 거의 오프닝 멘트였다.

"나 월그린 매니저 만나고 왔어요."

"나 시리얼 가서 매니저 만났어요."

"나 로펌 가서 변호사 만났어요."

케이스마다 매번 회사를 직접 찾아가서 사람을 만나고 오니, 친구들은 물론이고 교수까지 신기해했다. 심지어 어떤 때에는 내가 버튼을 누르기 전에 교수가 은근슬쩍 말을 걸기도 했다.

"민정, 이번에 켈로그 갔다 왔어? 우리 민정 얘기 한번 들어 보자."

내 대답은 언제나 "Absolutely!"였다. "당연하죠!" 매번 같은 대답만 하면 지루하니 살짝살짝 양념을 치기도 했다.

"이번 매니저는 아주 예쁜 여자였어요."

"이번 변호사는 아주 잘생긴 남자였는데 아쉽게도 결혼했더라구요."

내가 직접 발로 뛰어 입수한 자료도 자료였지만, 그걸 깔끔하게 정리하는 일은 외국인 친구들의 도움이 컸다. 물론 미리 이야기해 두기는 했다.

"솔직히 이 레포트에 나온 영어 문장들이 내 생각은 맞지만, 내 워딩 wording은 아니에요. 내가 쓴 다음 친구들에게 교정해 달라고 보여줬는데 다시 쓰는 게 차라리 낫다고 해서……."

수업마다 미흡한 내 영어 실력과 그걸 도와준 친구들에 대한 감사 인사를 오프닝 멘트 2탄으로 하니, 나중에는 교수님이 손을 휘휘 내젓기까지 했다.

"알아, 알아. 아니까 발표 시작해."

강의를 함께 듣는 학생들과 교수의 반응은 학기 내내 아주 좋았다. A 학점을 거머쥔 것은 당연지사다.

학기 마지막에는 이런 일도 있었다. 기업 변호사 출신인 여교수님이 내게 이렇게 말씀하셨다.

"강의를 오래했지만, 당신 같은 학생은 처음 봐. 꽤 오랫동안 기억에 남을 것 같아. 어떻게 매번 그렇게 사람들을 찾아가? 그 사람들이 만나 주긴 했어?"

"아, 그게요. 매니저급 사람들은 남자들이 많더라구요. 그래서 전화통화할 때 꼭 만나 달라고, 저 학생이니까 도와달라고 하면서 저 예쁘다고 항상 덧붙였죠. 그랬더니 '일단 와요!'라던데요?"

당연한(?) 수순이었지만 그 이후로는 한국 음식을 잔뜩 만들어 가져가선 미안하다고 사과했다.

"그렇게 거짓말 치면서 만났어요."

"하하하! 민정, 민정이 조사한 자료는 앞으로 민정에게도 큰 도움이 될 거야. 그리고 민정 레포트는 내가 보관하고 있으면서 계속 볼 것 같아."

"감사합니다, 교수님. 저 그렇지 않아도 친구가 많은데 교수님 수업 덕분에 친구가 엄청 늘었어요."

오죽했으면 학기 초에 만났던 월마트 매니저가 학기말에 직접 전화를 걸어 왔을까.

"이제 월마트 케이스는 더 안 나와요? 내가 뭐 더 도와줄 것 없어요?"

이렇게 미국에서의 대학 생활은 여러 사람들의 도움이 있어 가능했다. 혹시라도 미국 유학을 고려하고 있는 사람들은 내 이야기를 봐서라도 두려워하지 말지어다. 영어를 못하고, 쓰기가 미흡해도 다 방법이 있다. 혹시 또 모른다. 잡채 한 젓가락과 인터뷰 한 번에 교수님과 월마트 매니저가 당신의 팬이 될지도.

지옥이 따로 없었던 인턴십

"와, 너 미국 유학 가서 인턴십도 갔다왔어?"

내가 인턴십을 다녀왔다고 하면 대개는 이런 반응이다. 선망의 눈길, 기대에 찬 목소리. 하지만 나는 그 일을 똑똑히 기억하기에 가차없이 기대를 끊는다.

"아니. 끝까지 들어 봐. 그런 얘기 아냐."

미리 이야기해 두지만, 이번 에피소드는 나에게는 상당히 낯부끄러운 추억담이다. 지금 생각해도 그때의 기억은 추억이라고 표현하기엔 다소 벅찬 기억들뿐이다.

미국에 유학 가서 공부하고 있는데, 어느 날 게시판에서 포스터 하나를 발견했다. 워싱턴 D.C.에 있는 회사 인턴십 이수 과정에 대한 안내였다.

'인턴십? 인턴십 좋지.'

걸음을 멈추고 꼼꼼히 읽어 보니 조건은 하나같이 좋았다. 단순히 회사 경험을 쌓는 것뿐만 아니라, 내가 자신 있는 분야를 세세하게 분석해서 그쪽 회사로 연결해 준다는 이야기를 보니 상당히 좋은 기회임에 틀림없었다. 학생들은 아주 적은 실비만 내면 학교와 주에서 비용을 대고, 도시 한복판에 있는 회사에서 교육을 시켜 주는 제도였다. 당시 나는 우리나라로 치면 목포나 경주 즈음의 시골에서 지내고 있었다.

'대도시에서 생활해 보는 경험도 괜찮을 것 같은데? 내 영어 실력으로 현지 취직은 꿈도 못 꾸니까 경험해 보는 것도 나쁘지 않을 것 같아. 한번 해볼까?'

그런데 인턴십 지원자 자격에서 가장 중요한 비중을 차지하는 항목이 '추천서'였다. 지도교수와 학장이 각각 추천서를 써줘야 인턴십에 합격할 수 있었다.

'이 정도야 누워서 떡 먹기지.'

그때 나와 지도교수님은 굉장히 친한 사이였다. 교수님이 내 수강신청을 대신 해준 것을 계기로 연구실에도 자주 들르고, 서로 농담따먹기도 하며 절친하게 지내고 있었으니 추천서 한 장쯤이야 별거 아니었다. 그날로 바로 지도교수님을 찾아갔다.

똑똑.

"들어와요."

"안녕하세요, 교수님."

편의상 한글로 쓰고 있지만, 영어로 대화하고 있다고 읽어 주시라. 아무튼 우리 나이 든 교수님이 어떻게 생기셨냐면 KFC 앞에 서 있는 하얀 할아버지를 떠올리면 된다. 남산만 한 배와 듬직한 풍채, 푸근한 미소와 하얗게 센 머리카락이 딱 KFC 할아버지였다. 그래서 난 지도교수님을

'프로페서 KFC'라고 불렀다. 물론 친구들이랑 있을 때만.

"오, 민정!"

"워싱턴 D.C.에서 인턴십 뽑는다는 포스터를 보고 왔어요. 저, 그 인턴십 한번 해보고 싶습니다. 그러니 추천서 좀 써주세요."

내 예상은 '오케이!' 혹은 '물론이지!', 아니면 '그런 걸 말이라고, 어서 이리 줘 봐!'였다. 하지만 현실은 달랐다.

"아니…저기……."

"아니 왜요? 싫으세요?"

"싫은 게 아니라…… 추천서는 아무한테나 써줄 수 없게 되어 있어."

순간 머리를 뭐에 한 대 얻은맞은 것처럼 띵해졌다. 눈을 둥그렇게 뜨고 항변했다.

"무슨 말씀이세요? 교수님 저 알잖아요?"

"물론 알고 친하긴 친한데, 이 추천서를 써줄 만큼 내가 너를 알지는 못해. 그러니 미안하지만 너에 대해 모르는 나로선 이 추천서를 써줄 수가 없어."

아니 1년 동안 그렇게 친하게 지냈는데, 어떻게 이럴 수가 있단 말인가. 지금 저 말이 정녕 저 인자하고 후덕한 KFC 교수님의 입에서 나온 게 맞단 말입니까? 충격도 잠시, 재빨리 상황을 판단했다.

'그렇구나. 미국식과 한국식은 다르구나.'

한국인인 내 생각대로라면 1년간 KFC 교수님과는 굉장히 가깝게 지내고, 많은 이야기를 나누고, 또 서로에 대해 꽤 깊게 알고 지냈다. 그렇다고 해서 인턴십 추천서를 써줄 만큼 교수님이 나를 알지는 못한 것이다. 망치로 얻어맞은 것처럼 띵하던 머리를 간신히 가눴다. 이대로 못 가는구나, 하고 관둘 수는 없었다. 어떻게 온 미국인데!

'그래. 여기선 나를, 한국식을 버리자. 미국식으로 생각하는 거야.'

"아, 그러셨군요. 제가 그걸 몰랐어요. 어쨌든 죄송하고요, 그럼 교수님, 교수님께서 제 추천서를 써주실 만큼 저를 모른다고 하셨으니까 제가 추천서 써줄 정도로 알게끔 도와 드릴게요. 그러니까 저에 대해 알고 싶다는 마음만 좀 열어 주세요."

그러고는 날마다 KFC 교수님을 찾아갔다.

"제가 살아온 배경부터 먼저……."

"교수님, 오늘은 저의 어떤 부분을 알아주셨으면 하냐면요……."

"이번에는 성격을 알려 드릴게요. 이런 제 성격을 알면 스타일 견적이 나와요."

처음엔 인간적인 설명에 집중해서 주로 내가 어떤 사람인지에 대해 설명했다. 그다음에는 내가 한국에서 했던 일을 설명했다. 갈림길에 섰을 때 했던 판단으로 나의 성격을 곁들여 말했고, 내가 어떤 일을 전문적으로 했는지도 알려 드렸다.

"여기서 교수님이 아셔야 할 게 뭐냐면요, 이 일을 이렇게 처리하려면 여기선 이런 스킬! 이런 스킬이 딱 필요해요. 여기에서는 제가 이런 판단력을 발휘한 게 잘한 거예요."

"제가 보기엔 한국와 미국의 문화적 차이엔 이러이러한 게 있는데, 그걸 고려하면 저는 이런 장점을 꼽았지만 일을 할 때에는 이런 문제가 생길지도……."

"제가 어떻게 다 잘하겠어요. 이제 겨우 인턴 준비하는데. 인턴은 배우려고 하는 사람들이 가는 데잖아요."

"제가 만일 인턴을 가면요, 그때 생기는 어려움에는 이렇게 대처할 거예요."

열흘쯤 지나서는 이런 이야기도 드렸다.

"저 인턴십 못 가도 괜찮아요. 근데 제가 이렇게 살아온 과정을 통해 교수님께 저를 좀 더 알려 드릴 계기가 생겨서 그것만으로도 좋은 것 같아요. 그러니까 더 알려 드릴 거 있는 한은 앞으로도 계속 와서 교수님 시간 좀 뺏을게요."

그걸 2주 동안 쉬지 않고 했다. 그랬더니 어느 날, 연구실 문을 열고 들어가자마자 교수님이 딱 한마디 하셨다.

"저기 민정, 음…… 내가 너 이제 아는 것 같아. 더 이상 안 와도 돼. 나 너 알어."

"저 아세요?"

"나 너 알어. 쫌 알지."

그리고 얼마 지나지 않아 다 쓴 추천서를 주셨다.

"너 같은 애는 처음 봤다."

"교수님께 저에 대해 표현하고 알려 드리면서 저도 많이 배웠어요. '아, 내가 이렇구나.' 돌아볼 수 있는 기회를 주셔서 감사드려요. 그리고 하나만 더 부탁드려도 괜찮을까요?"

"응? 그래."

"교수님이 저에 대해서 아는 만큼 학장님께 얘기 좀 해주세요. 지금 이거 서류 넣고 할 시간이 없어서 학장님께는 이렇게까지 못 할 것 같아서요. 교수님 저 아신다고 그러셨잖아요?"

"뭐? 하하하! 그래! 알았다."

지도교수님의 인자한 인도 하에 학장님과 만나 면담을 했다. 학장실에 들어가자마자 처음부터 단도직입적으로 목적을 밝혔다.

"저 추천서 받으러 왔는데, 무리인 거 알아요. 왜냐하면 학장님은 절 모르시잖아요? 일단 제가 어떤 사람인지 알려 드릴게요. 쪼금 안 다음에 절 판단해 주세요. 대신 제가 아주 재미있게 알려 드릴게요. 그리고 한국 음식도 소개해 드릴게요."

뵐 때마다 한국 음식을 만들어 갖고 가서 쉴 새 없이 수다를 떨었더니, 방문 세 번째 만에 추천서를 써주셨다. 나중에는 학장님이 먼저 나를 알은체 하시기도 했다.

"나 너 알아. 네 지도교수가 얘기해 줬어. 자, 여기 추천서. Good luck!!"

드디어 두 장의 추천서가 모두 내 손에 들어왔다! 역시 열심히 하는 사람에게는 길이 있는 법이다. 촉박해서 도저히 대지 못할 것 같았던 일정을 다 지켰고, 서류 절차도 끝냈다. 모든 심사가 끝나고 나는 위풍당당하게 워싱턴 D.C.로 향했다.

그로부터 2주 뒤. 인턴십 과정이 다 끝나기도 전에 나는 지도교수님께 전화를 걸었다. 언제? 한밤중에. 왜? 엉엉 울다가 복받쳐서.

"엉엉… 교수님… 왜 그러셨어요… 흑… 흑흑… 저… 말리시지 그랬어요. 저에 대해서 도대체 뭘, 흑, 끅, 아시는 거예요! 저 이 인턴십, 흑흑, 할 능력, 없다는 거, 아셨으면 절 말리셨어야죠! 엉엉엉… 저 이거 드랍할래요. 이거 제 능력 밖이에요."

"저기, 내일 다시 얘기하자. 아냐, 넌 할 수 있어."

"싫어요… 흑흑흑… 교수님 나빠요……."

친구들을 불러 술을 푸다 감정에 복받쳐 교수님께 전화를 걸고 울어대는 제자가 세상에 어디 있나. 인턴십은 그만큼 살인적으로 힘들었다. 나는 드랍한다, 그만둔다를 부르짖으며 울었고 교수님은 그런 나를 필사적으로 달래셨다. 교수님이 나를 도닥인 이유는 비단 사제 간의 정 때문만은 아니었다.

나야 과목 하나만 낙제점을 받으면 끝이지만, 학교 측은 이 인턴십 과정에서 지원받았던 돈을 그대로 뱉어내야 할 상황이었다. 게다가 행정적인 문제는 알찬 덤이었다. 내가 여기서 인턴십을 팽개치면 학교에 크나큰 오류를 남길 상황이었으니, 교수님도 쩔쩔매며 나를 설득하기 바빴다.

"민정! 나 너 알아! 너 할 수 있어!"

"못해요, 몰라요… 엉엉… 왜 안 말리셨어요…….."

그럼 나는 왜 이렇게 울고불며 교수님께 전화를 걸었는가? 인턴십을 신청할 때만 해도 나는 가벼운 마음가짐이었다.

'좋은 경험이 되겠다. 어차피 대도시는 물가가 비싸서 그곳에서 공부 못 하는데, 한두 달 정도 대도시 경험하면 참 좋겠다.'

이런 정말, 지극히 자기중심적인 생각을 갖고 갔으니 말썽이 안 생길 수가 없었다. 내가 이렇게 여유만만한 생각을 한 가장 큰 이유는 아무래도 내 돈이 직접 들어가지 않는다는 안이한 생각 때문이었다.

하지만 현실은 녹록치 않았다. 인턴십이라기에 서류 정리나 좀 시킬 줄 알았는데, 내가 떨어진 곳은 고객응대센터였다. 쉽게 말해 텔레마케터 일이었다. 문제는 내가 수화기만 들면 꿀먹은 벙어리나 다름없었다는 것이다. 어버버거리다가 고객이 화를 내고 항의하는 일이 비일비재했다.

아침에 눈을 뜨면 몸이 막 아팠으면 좋겠고, 이대로 눈을 감고 영영 안 일어났으면 좋겠다는 생각을 정말이지 수도 없이 했다. 울면서 교수님께 전화하는 것도 점점 심해졌다.

"흑흑… 저 그만둘 거라니까요. 왜 안 돼요? 제가 그만둘 거라는데! 한 과목 수업 더 들으면 되잖아요……."

"아니, 그게, 사실은…… 그렇게 되면 학교 쪽도 곤란하고, 나도 불려 가고 문제가 심각해지니 네가 날 좀 도와주면 안 되겠니?"

"흑흑흑……."

"민정! 야, 한 달 금방 끝나! 버텨! 너 왜 이러니? 나 좀 있으면 정년 퇴임이야. 나 좀 살려 다오. 어제 학장님께 너 잘 하고 있다고 얘기했 단 말이다."

그 대목에서 갑자기 덜컥 겁이 났다. 울던 걸 꿀꺽 삼키고 말했다.

"저, 교수님. 제가 걱정이 돼서 말씀을 드리는 건데요. 앞으로 저 때 문에 영어 실력 조금 부족한 외국인 학생이 와서 인턴십 하겠다고 하 면 절 떠올리고 망설이지 않으셨으면 좋겠어요. 이건 제가 특별하게 못 하는 케이스라서 그래요. 제 외국인 친구들 중에서도 저보다 잘하는 애 아주 많아요. 그런 친구들한테 피해가 갈까 봐 저 반성 진짜 많이 했어 요. 그러니까 두 가지만 약속해 주세요."

"그래, 뭐냐?"

"다음에 저처럼 끈질기게 오는 친구가 있더라도 편견 없이 기회를 주시면 좋겠어요. 그리고 덧붙여서 제 사례를 실명 거론해도 되니까 중 간에 드랍하지 말고 끝까지 하라고 얘기해 주세요."

"알았다. 그럼 두 번째는?"

"저…… 학점은 어떻게 주실 거예요?"

"마치면 내가 잘 줄게."

"진짜죠? 억지로 했는데 학점도 나쁘면 할 필요가 없잖아요. 지금부터 열심히 할 테니까 학점 잘 주세요."

"그래, 잘 줄게. A 줄게! 꼭 마무리해."

처음엔 엉엉 소리 내서 울다가 전화를 끊을 즈음에는 울음을 그치고 눈가를 비볐다. 내가 펑펑 울면서 전화하던 것을 숨죽이며 바라보던 친구들은 내 다음 대사에 뒤집어지고 말았다.

그래도 죽으라는 법은 없었다. 2, 3주쯤 지나자 내가 자신 있는 보직으로 옮겨가게 되었다. 영어가 짧은 편이었던 나는 전화 응대는 쥐약이었지만, 직접 대면해서 이야기하는 건 어느 정도 가능했다. 그때 뼈저리게 느꼈다.

'도전도 무조건 하면 안 되는구나.'

내가 못하는 것도 못하는 것이었지만, 내 한순간의 욕심으로 나 말고 다른 사람에게 피해를 끼쳤다는 사실이 부끄러웠다. 고객, 회사, 그리고 이 회사에 지원하려고 노력했을 누군가에게 미안했다. 내 자리에 좀 더 유능하고 잘 맞는 사람이 올 수 있었는데 내가 뺏었다는 생각을 떨칠 수가 없었다.

'나도 중요하지만, 내 능력을 좀 더 냉정하게 평가하고 잘 판단해야 겠다. 내가 나를 잘 판단하지 못하면 남한테 피해를 주는 거야.'

몸과 마음을 추스르고 교수님께 다시 전화를 드렸다. 걱정이 가득한 목소리로 받으시길래 안심시켜 드렸다.

"또 무슨 문제가……."

"교수님, 아니에요. 저 잘 하고 있어요. 교수님 걱정하실까 봐 이거 말씀드리려고 전화했어요. 보직 바꿔서 아주 잘 하고 있으니까 두 다리 쭉 뻗고 주무시라구요. 학교로 돌아가서 인사드릴게요."

"그래? 휴우……."

안도의 한숨을 내쉬는 소리가 수화기 너머까지 들려왔다. 그렇게 좌충우돌 인턴십을 끝마치고 작은 선물꾸러미를 사서 교수님의 연구실로 찾아가자, 자리에 앉아 있던 풍채 좋은 몸이 반갑게 나를 맞이했다. 이리 오라고 손짓하는 KFC 교수님에게 다가가자, 두 팔을 널찍하게 벌려 나를 꼭 안아 주셨다.

"Good job."

그 인상 좋은 교수님은 내가 귀국행 비행기에 오르기 며칠 전까지도 나에게 신경써 주셨다. 영어 표현법이 모자라 친구들의 도움을 받는다는 이야기를 듣고 나신 다음엔 다 이해한다며 너털웃음을 지으셨다.

"내가 많은 학생을 가르쳐 봤지만 이렇게 레포트를 많이 봐준 적이 없어."

지금도 한국에서 지내다 보면 가끔씩 그 노교수님의 인자하신 표정과 푸근했던 몸이 떠오르곤 한다.

5

스트레스 많은 1등보다는
행복한 2등이 좋다

아이들만의 시골 여행

어렸을 적 산골과 개울을 누비며 곤충과 가재를 잡던 추억을 지금도 그리워하는 사람들이 많을 것이다. 뛰어놀았던 추억은 이상하게도 마음속 깊이, 무척 아름다운 모습으로 남아 도시 생활에 시달리는 우리를 부채질한다. 그런 추억을 아이들도 맛보도록 하고 싶었다.

우리 아들의 시골 여행은 이 글을 쓰는 지금으로부터 5년쯤 전에 처음 시작됐다. 현호는 초등학교 1학년 때부터 방학이 되면 외갓집인 경주로 내려갔다. 그 여행에 꼭 끼는 멤버가 있으니, 바로 친한 선배의 아들이다.

이 둘이 같이 방학 여행을 다니게 된 계기는 별게 아니다. 평상시에도 우리 식구와 선배네 식구가 자주 만나 놀다 보니, 자연스럽게 방학 이야기가 나왔다.

"너 방학 때 뭐 해?"

"나? 할머니 집에 가."

"할머니 집이 어딘데?"

"경주."

"와! 좋겠다!"

"형은 외갓집 안 가?"

"야, 우리 친척 다 서울에 있는데 어딜 가냐? 좋겠다."

"그래? 형이랑 같이 내려가면 좋을 텐데……."

그 얘기를 듣고 있던 내가 선배에게 제안했다.

"쟤네 다 우리 친정에 한번 보내 볼까?"

선배는 흔쾌히 오케이했지만 한편으론 걱정스러워했다.

"나야 좋은데 어머님께서 괜찮으시겠어?"

물론 우리 어머니도 대번에 오케이하셨다. 적적한 시골집에 아이들이 놀러오면 활기가 넘친다는 말씀도 하셨지만, 뭣보다 우리 어머니는 아이들을 무척 예뻐라 하는 분이었기 때문이다.

부모가 아무리 지극정성으로 아이를 돌본다고 해도, 또래 친구들과 함께 어울려 지낸 시간은 전혀 다르다. 어차피 우리 아들도, 선배네 아들도 외동이니까 방학 때만이라도 또래 간의 유대를 느낄 수 있는 기회가 될 수 있을 거라고 생각했다. 우리는 아이들이 KTX에 오르는 것을 보고 집으로 돌아오고, 경주에 사는 남동생이 아이들의 픽업을 맡아 주었다. 우리 어른들은 교통편 역할만 할 뿐, 아이들만의 추억에 간섭하지 않는 게 불문율이다.

첫 경주 여행을 다녀온 뒤 두 아이는 방학이 가까워지기만 하면 입을 모아 묻는다.

"경주 언제 가요?"

이렇게 두 명의 꼬맹이가 3년 남짓 함께 여행을 다녔다. 그러다 우연한 기회에 친해진 또 다른 선배의 아들도 합류했다.

"형들은 방학 때 뭐 해?"

"우리? 우린 경주 간다!"

"와, 좋겠다. 나도 형들 따라가고 싶어. 아빠, 나도 가면 안 돼?"

"뭐? 위험하게 어딜 가? 안 돼."

그 대화를 내 귀가 포착한 게 천만다행이었다. 꾸준히 설득 작업에 들어갔더니 선배도 마음을 바꿨다. 그렇게 경주 여행 멤버는 3명으로 늘어났다.

친정집은 아무래도 시골이다 보니 아이들이 도시에서 겪어 보지 못했던 많은 놀이들을 체험할 수 있다. 개울가에서 물수제비도 뜨고, 물고기도 잡고, 근처에 있는 나무와 어디서 났는지 용케 구해 온 고무줄을 가져다가 낚싯대도 만들며 노는 모습이 카메라 안에 고스란히 담긴 채 아이들과 함께 돌아온다.

어머니는 방학 여행 멤버들의 식성을 다 파악하고 계셔서 아이들이 시골에 내려갈 때마다 진수성찬을 차려 주시곤 한다. 무엇보다 아이들을 기쁘게 하는 건 간섭하는 어른이 없다는 사실이다. 늦게까지 놀아도 되고, 놀다가 출출하면 라면을 끓여 먹어도 되고, 느지막이 일어나도 된다. 물론 설거지와 이불 개기는 아이들 몫이다.

그렇다 보니 아이들끼리도 친해졌지만, 이 아이들과 우리 어머니 사이도 돈독해졌다. 본인들의 친할머니·외할머니가 따로 계시니, 그 사이에서 우리 어머니는 '경주 할머니'가 되었다.

"경주 할머니네 집에 언제 가?"

선배네 아들들이 이렇게 말하는 것을 심심찮게 들을 수 있다. 그 호칭이 왜 그렇게 재미나는지 어머니에게 전화를 걸어서 깔깔거리곤 한다.

"엄마, 엄마가 애들 사이에서 '경주 할머니'가 됐어!"

기대에 들뜬 셋이 KTX 기차표를 쥐고 경주로 내려가는 것을 배웅할 때만 해도, 나는 그 애들이 그렇게 기특한 일을 벌이고 올 줄은 몰랐다. 본래 일정은 토요일에 올라오기로 되어 있었다. 그런데 금요일 밤 10시가 넘어서 전화벨이 울렸다.

"여보세요?"

수화기 너머에서 들려온 목소리에 나는 깜짝 놀랐다.

"민정이니?"

"어? 엄마?"

친정 어머니에게서 걸려온 전화였다. 반가움보다는 걱정이 앞섰다. 순간 가슴이 철렁했다. 혹시 애들에게 무슨 문제가 생긴 건 아닐까? 놀다가 크게 다치기라도 했나? 다다다 물어 보고 싶은 마음은 굴뚝 같았지만 어렵사리 침착함을 유지하고 물었다.

"엄마, 왜 아직 안 자고 전화했어? 혹시 무슨 일 있어?"

"…… 너 지금 내 손에 뭐가 있는지 아니?"

약간 목이 멘 듯한 목소리로 대답하시는데, 울음을 겨우 참고 계신 것 같았다. 도대체 무슨 일인지 알 수가 없었다.

"아니, 그걸 내가 어떻게 알아? 내가 뭐 엄마 집에 감시카메라 달아서 지켜보고 있을까 봐? 뭔데?"

저녁때 시골에서 보내는 마지막 밤이라고 아이들이 저희들끼리 속닥속닥하더니 밖으로 냉큼 나갔다는 것이다. 그러곤 한참을 안 들어왔다고 한다. 걱정이 되어 어머니는 TV 앞에서 자다 깨다 하며 아이들을 기다리셨다.

얼마나 시간이 지났을까, 깜박 졸다가 대문 여는 소리에 퍼뜩 잠에서 깨 황급히 뛰어나가 아이들을 맞았는데, 아이들의 손에 웬 못 보던 게 있었다는 이야기였다.

"아이구, 너희 이 밤에 어딜 나갔다 온 거니?"

"할머니, 저희 내일 올라가잖아요?"

"응? 응, 그렇지."

"그동안 정말 감사했습니다."

그러더니 손에 들고 있던 걸 어머니께 드렸다고 한다. 늦은 밤에 도대체 무얼 가지고 왔나 싶어 열어 보니 그 안에 생각지도 못한 선물이 한가득 있었다.

"저희끼리 돈 조금씩 모아서 샀어요. 수면양말이랑 무릎담요예요."

"아니, 너희들이 무슨 돈이 있다고…….."

"아녜요! 정말 감사해서 저희들이 용돈 아껴서 샀어요!"

그러더니 결정적으로 덧붙인 말이 일품이었다.

"할머니, 저희에게 아무 간섭도 안 해주셔서 정말 감사합니다. 몇 시에 자고 몇 시에 일어나도 안 혼내시고, 저희가 언제 나가도 화 안 내시고, 저희 마음껏 놀게 해주셔서 감사해요. 아, 그리고 맛있는 것도 잔뜩 해주시고…….. 그래서 저희가 감사의 표시로 드리는 거예요. 또 내년에도 올게요!"

전화기로 그 이야기를 듣고 있자니 마음이 뿌듯해졌다. 어머니도 아직까지 감동의 여운이 가시지 않았는지 벅찬 목소리였다.

"느이 아들도 아들이고, 선배라는 사람의 아들들도 참 교육을 잘 받은 모양이더라. 고맙다, 얘."

이 애들이 시골에 놀다 오라고 보냈더니, 우리 어머니한테까지 신경 써주고 왔구나. 어머니도 '생각지도 못한 선물'이라고 하셨지만 나도 선물을 가득 받은 기분이었다. 그 이야기를 각 아빠들에게 들려주니 다들 기분이 좋아 싱글벙글이었다. 마음이 훈훈해지는 미담이었다.

층간소음,
불화에서 화해까지

최근 대한민국에서 가장 심각한 이웃 문제로 꼽히는 게 바로 층간소음이다. 요즈음엔 층간소음으로 인해 법정까지 가거나 폭력 사건으로 번지는 일도 드물지 않게 볼 수 있다.

아파트는 더욱더 그렇다. 층간소음에 시달리는 사람들도 무척이나 괴롭겠지만, 아이를 키우는 입장에서도 늘 불안에 떨며 신경을 써야 하니 양쪽 모두에게 고통스러운 일이 아닐 수 없다. 특히 아이가 한창 뛰어놀 3~8세인 경우엔 조마조마한 나날의 연속이다.

"뛰지 마!"

"쿵쿵거리지 마!"

아파트에서 아이를 키우는 엄마라면 누구나 이 두 마디를 입에 달고 지낼 것이다. 나도 예외가 아니었다. 현호가 한창 활발하게 뛰어놀 무렵엔 늘 걱정이었다. 두툼한 매트를 깔아놓고 틈날 때마다 쿵쿵거리지 말라고 당부했다. 그러면서도 안타까운 마음이 들었다. 실컷 뛰어놀아야 할 나이에 계속 잔소리했으니 오죽 답답했을까. 그래도 이웃 간에 눈살 찌푸리지 않고 원만하게 지내려면 어쩔 수 없었다.

사실 층간소음 문제는 어떤 이웃을 만나는지에 따라 많이 좌우된다. 그래서 이사를 갈 때마다 위층, 아래층, 양 옆집에 누가 사는지 확인하는 버릇이 생겼다. 만일 주변에 아이를 키우는 집이 있으면 그 고충을 서로 이해하기 때문에 좀 더 편안한 마음으로 지낼 수 있다. 실제로 약간의 소음이 들려도 '다 같은 처지인데……' 하는 생각에 너그럽게 넘어가곤 한다. 하지만 주변의 모든 집에 아이가 없으면 그때부터는 긴장의 연속이다.

사실 우리 집 꼬맹이가 집에 있는 시간은 그리 길지 않았다. 아침부터 저녁까지는 어린이집이나 유치원에 있었고, 늦어도 밤 10시면 꿈나라로 갔던 것이다. 그래도 그 몇 시간 동안 스트레스를 받는 사람들을 생각하면 미안한 일이다. 혹여 우리 집이 층간소음의 주범은 아닐까, 노심초사하며 지냈던 시절 중에서 가장 기억에 남는 건 다세대주택 3층에 살았을 때의 일이다.

당시 우리는 3층 전부를 쓰고 있었고, 2층은 201호와 202호로 나뉘어 있었다. 201호는 우리 집 애와 비슷한 또래의 아이가 있어서 굉장히 친하게 지냈다. 반면 202호는 아이 둘이 모두 고등학생인 데다 설상가상으로 부부가 둘 다 말 붙이기 힘든 인상의 사람들이었다. 통 웃지 않는 어두운 표정에, 인사를 해도 받아 주지 않고 그냥 지나쳐 버려서 이웃들을 민망하게 하곤 했다. 하루는 201호 부부와 이야기할 기회가 있어서 조심스럽게 202호 얘기를 꺼냈다.

"저…… 혹시 202호 아저씨가 원래 좀 말이 없으신가요?"

"아, 그 식구들이요? 사람들이 인사도 잘 안 받아 주고, 말도 없고, 거기 애들도 항상 바닥만 보고 다니다 보니 아는 체하기도 그렇고…… 좀 서먹서먹하죠."

그러면서 그 건물에 사는 사람들 모두가 202호 식구들을 데면데면하게 여기고 있다고 덧붙였다. 사람에게는 예감이라는 게 있다. '혹시나'가 '역시나'가 되었다.

어느 날 퇴근하고 집에 왔는데, 현관문에 쪽지가 붙어 있었다. 가슴 한켠이 싸해졌다.

'아, 올 게 왔구나.'

아니나 다를까, 애가 시끄러우니까 조용히 해달라는 내용이었다. 예상대로 202호였다. 쪽지뿐만 아니라 직접 올라오는 경우도 많았다. 사정을 들은 201호는 너무하지 않냐며 내 편을 들어주었다.

"그 집도 소음 때문에 힘들었으니까 그랬겠지요."

201호 아주머니에게 들은 것도 있고, 느낀 바도 있어서 우선은 202호의 심기를 거스르지 말자고 생각했다.

"아들, 오늘부터 저쪽 방에 들어가면 안 돼!"

"왜, 엄마?"

"아래층에 우리 발소리가 울리면 굉장히 시끄럽거든. 저기가 특히 발소리가 잘 울리는 곳이라서 그래."

그렇게 202호가 있는 위치에는 아이에게 아예 들어가지 말라고 일렀다. 때로는 답답했지만 그 뒤로는 202호의 항의가 잠잠해져서 다행이었다. 하지만 긴장의 끈을 놓쳐선 안 되었다.

하루는 저녁 준비를 마친 뒤, 네 살 된 현호를 남편에게 맡기고 외출했다. 현호를 돌봐주는 친구에게 늘 신세지는 게 미안해서 저녁 한 끼 근사하게 대접하기 위해서였다.

그런데 저녁 8시 남짓 되었을까? 멀리 떨어지지 않은 식당에서 친구와 막 식사를 하려던 찰나에 전화가 걸려왔다. 남편이었다.

"여보세요?"

"큰일났다. 너 당장 들어와야겠다."

"왜? 무슨 일이야?"

남편 목소리가 심상치 않은 게 왠지 좋지 않은 예감이 들었다. 하여간 그놈의 예감은 좀 틀려도 괜찮건만, 도무지 빗나가는 법이 없었다.

"지금 집에 경찰 왔어."

"경찰……?! 왜?!"

"하여튼 빨리 와, 빨리. 알겠지?"

마른하늘에 날벼락이었다. 친구에게 미안하다고 말할 틈도 없이 부랴부랴 집으로 돌아왔더니 그새 경찰은 가고 없었다. 숨이 턱까지 차도록 뛰어왔는데 상황이 다 정리된 걸 보니 어처구니가 없었다.

"경찰 어디 갔어? 도대체 어떻게 된 거야?"

자초지종을 듣자 어이가 없다 못해 기가 찼다. 오후 8시쯤 위층에서 애가 뛰어서 시끄럽다며 경찰에 신고가 들어왔다는 것이다. 정작 출동한 경찰도 어이가 없었던지 퍽 민망해하는 얼굴이었다고 한다.

"죄송합니다. 저희는 신고를 받으면 출동하는 게 원칙이라…… 저녁 맛있게 드십쇼. 안녕히 계세요."

경찰 출동 소동은 비교적 싱겁게 끝났다. 남편이 호들갑을 떨며 당장 오라고 했던 게 억울하게 느껴질 정도였다.

그 사건 이후로 나를 비롯해서 다세대 주택 사람들의 202호에 대한 반감은 더욱 커졌다. 이유는 다른 게 아니었다. 소음 문제만큼은 202호도 결코 만만찮았기 때문이다. 한밤중이나 새벽에 물건을 던지고 고래고래 소리 지르며 자주 부부싸움을 벌이는 걸 모든 사람들이 참아 주고 있었는데, 막 이사 온 윗집이 시끄럽다고 경찰에 신고했다? 그렇지 않아도 멀어져 있던 사람들의 마음이 등을 돌리기 딱 좋은 사건이었다.

그날 기어이 대책회의가 열렸다.

"도저히 참을 수가 없어요. 너무 심하다니까요."

"새벽마다 욕하고, 소리치고, 깨지고…… 벌써 몇 년째인지 몰라요."

"우리라고 신고할 줄 몰라서 안 했나, 이웃이니까 참아 준 거지."

"애들에게도 교육상 너무 안 좋아요. 하루이틀도 아니고 무슨 부부싸움을 하루 걸러 한 번씩 한대요?"

모두가 입을 모아 집주인에게 이 상황을 전달하자는 의견을 냈다. 나도 참자고 말할 마음이 들지 않아 동의했다. 연락을 받은 집주인도 사람들과 비슷한 반응이었다.

"그렇지 않아도 전부터 계속 주변에 피해가 간다고 얘기 많이 들었어요. 그래서 영 마음이 좋지 않았는데, 이 참에 문서 정리해서 다시 연락드리겠습니다."

202호를 뺀 주민회의가 끝나고 나서 남편에게 진행 상황을 전했다. 남편도 화가 난 얼굴로 씩씩거렸다.

"아니, 사람들이 우리가 그렇게 미안하다고 조심해서 다니고 먹을 것도 갖다 줄 땐 아무 소리 않고 받아먹더니 이게 무슨 짓이야? 8시에 경찰이 왔다는 건 최소한 7시 반에 시끄럽다고 신고했다는 거잖아!"

속이 부글부글 끓어서 남편도 나도 밥이 넘어가지 않을 지경이었다. 언제 저 202호를 쫓아내나, 그것만 생각하고 있는데 전화가 왔다. 어머니였다.

"별일 없지?"

"어, 그냥."

"목소리가 왜 그래?"

그 말을 들은 나는 기다렸다는 듯이 이제까지 있었던 일을 속사포처럼 쏟아냈다.

"아, 엄마. 내가 전에 얘기했지? 밑에 층 새벽에 맨날 싸우고 던지고 부수는 부부 있다고. 그때 내가 엄마 말 듣고 밑에 층에 그렇게 잘하고 조심한다고 하고 매번 잘못하기도 전에 사과했는데, 글쎄 우리 집 오늘 신고당했다? 아래층이 신고했어! 자기네들이 한 건 생각 못 하고, 나 진짜 어이없어. 그래서 오늘 주민회의 해서 집주인한테 연락하고 쫓아내기로 했어. 나 진짜 마음 같아서는 욕도 하고 싶고 그런데 참는 거야. 아무리 생각해도 어이가 없다니까!"

중간중간 어머니가 맞장구도 치고 탄식도 하면서 들어준 덕분에 속이 그나마 조금 풀렸다. 그래도 화가 덜 풀려서 씨근거리고 있는데, 한참을 조용히 계시던 어머니가 입을 여셨다.

"민정아, 내가 또 이런 얘기 하면 넌 '사람이 성인군자야?! 엄마는 그렇게 살아!'라고 할지도 모르겠다. 그런데, 그냥…… 그 사람들 얼마나 힘들었음 그랬겠니. 내가 인생 살아 보니 든 생각인데 살다 보면 남들에게 다 얘기 못 할 때가 있고, 정말 살기 싫고, 힘들고, 죽고 싶을 때가 있어. 그럴 때가 오히려 더 많았어. 그런 거야. 너는 그래도 그 사람들보다 사는 게 낫지 않니? 그러니까 조금 더 나은 네가 마음을 좀 써."

무슨 말씀을 하시나 했는데 답답해서 가슴을 쿵쿵 치고 싶었다.

"엄마, 아니 이런 사람들한테 내가 마음을 어떻게 써? 그동안 내가 마음을 안 썼어? 어? 말도 안 되는 소리 좀 하지 마. 내가 마음을 안 썼으면 이런 말도 안 해!"

"하여간 내 생각은 그렇다."

"아, 알았어. 일단 전화 끊어."

전화를 끊을 때만 해도 서운함과 짜증이 머릿속에 그득했다. 하지만 그날 밤, 잠들기 전에 곰곰이 생각해 보니 어머니의 말씀이 뇌리를 떠나지 않았다.

'조금 더 나은 네가 마음을 써라.'

밤새 뒤척이며 생각했다. 조금 더 나은 내가 왜 마음을 써야 할까? 진짜 마음을 쓴다는 건 뭘까? 내가 여태까지 쓴 마음은 어머니가 말한 마음하고는 다른 걸까?

날이 밝았다. 아침 밥상에 앉아 식사를 하는 동안 어머니가 하신 말씀과 201호에게 전해들은 202호의 사정이 계속 머리를 맴돌았다.

당시 202호 상황은 무척 어려웠다. 아저씨는 실직 후 매일 술을 드시고, 보험설계사 아주머니가 벌어 오는 적은 월급으로 근근이 생활하고 있었다. 아들은 고3, 딸은 고1, 한창 민감할 나이였다. 그나마도 아들은 몸이 아파 학교를 쉬고 병원엘 다녔다. 지나다니다 마주쳐도 인사한 번 하지 않고 무표정하게 바닥만 보며 다니는 가족 구성원이었다.

식사를 마치고 나서 마트로 갔다. 딸기 한 박스를 사서 집으로 돌아왔더니 현호가 신이 나서 달려들었다.

"와, 딸기다!"

"그거 우리 먹을 거 아니야."

"근데 엄마 어디 가?"

"응. 아래층에. 현호야. 네가 그렇게 시끄럽게 말썽을 부린 건 아니지만, 아픈 사람들은 마음이 편하지 않아서 조금만 신경이 쓰여도 스트레스가 될 수 있어. 몸만 아픈 게 아니라 마음도 아픈 거야. 그래서 사람들이 화를 낸 거니까 우리 사과하러 내려가자. 가면 '아저씨 죄송합니다. 잘못했어요. 더 조심할게요' 하는 거야."

현호는 이야기를 다 듣더니 의젓하게 고개를 끄덕였다. 현호의 손을 꼭 붙잡고 아래로 내려갔다.

딩동. 끼익-

"……."

202호 아저씨가 겨우 한 뼘 남짓 되게 문을 열어 줬다. 고개를 다 내밀지도 않고 잔뜩 경계하는 눈빛이었다.

'보나마나 항의하러 왔구만.'

아저씨의 생각이 표정에 그대로 드러났다. 긴장한 눈빛으로 날 아래위로 훑어보더니 툭 내뱉었다.

"왜요? 할말 없는데 뭐요."

그러더니 문을 쾅 닫으려고 했다. 아직 인사도 안 했는데 말이다. 급한 대로 딸기 박스를 문틈으로 잽싸게 쑤셔넣어서 문이 닫히는 걸 막았다.

"잠깐만요, 아저씨! 저 싸우러 온 거 아니에요. 드릴 게 있어서 왔어요. 현호야, 현호야!"

"아저씨, 잘못했어요. 앞으로 더 조심할게요."

"……아니, 뭘…….."

아저씨는 의아하고 황당해서인지 말을 잇지 못했다.

"아저씨, 딸기 드세요."

"이걸 내가 왜요?"

"죄송해서 드리는 거예요. 아저씨가 처음부터 경찰 부르셨을 거라고는 생각 안 해요. 사람이 다 입장 다르니까, 아저씨도 아마 그때 참으시다 참으시다 도저히 화가 나서 부르신 것 같아요. 죄송해요."

"……."

"그래서 이거, 화 좀 푸시라고 드리는 거예요. 그러니까 맛있게 드셔주시면 안 될까요? 그리고 나중에 저희 집에 한번 모실게요. 저희 202호 위층 부분은 꼬맹이가 못 들어가게 막아 놨어요. 저희도 그렇게 몰상식한 사람은 아니어서 배려한다고, 노력한다고 했는데…… 그래도 미처 살피지 못해서 그렇게 됐나 봐요. 앞으로 더 조심할게요. 죄송해요. 맛있게 드세요!"

그 뒤로도 거의 날마다 202호에 찾아갔다. 딸기를 가지고 내려갔을 때 문틈으로 봤던 집안은 어두컴컴했고, 곳곳에 사발면 그릇과 소주병이 널려 있었다. 아주머니가 일찍 출근하셔서 음식을 만들어 먹는 집이 아닌 것 같았다. 우리는 집에 아이가 있으니 간식을 만들 일도 잦고, 골고루 먹이기 위해 음식도 매일 다르게 만들었다.

'그래, 몇 개월만 해보자.'

내가 억지로 하는 것도 아니고 우리 먹을 음식 조금 더 많이 만들어서 갖다주는 건데. 그때부터 음식을 넉넉히 만들어서 저녁마다 202호로 내려갔다. 물론 주변의 말은 이랬다.

"현호 엄마 미쳤어?"

남들이 보기엔 미쳐도 그런 미친 짓이 없었을 거다. 보름 좀 넘게 음식을 만들어서 202호에 가는 일을 반복했다.

그러던 어느 날이었다. 저녁을 먹고 오늘도 내려가려고 준비를 하고 있을 때였다. 딩동 딩동~.

'웬일이지? 이 시간에 올 사람이 있나?'

"네, 나가요."

설거지를 하다 말고 급히 현관으로 갔다. 문을 열기 전에 빼꼼히 내다보자, 앞에 202호 아저씨가 딸이랑 같이 서 있는 게 아닌가?

"헉! 아랫집 아저씨다!"

남편, 나, 우리 꼬맹이 할 것 없이 다들 긴장했다.

"뭐?!"

"엄마, 또 경찰 아저씨 왔어?"

"야, 난 빠질 테니까 네가 얘기해!"

"엄마, 난 공부할게!"

남자 둘 다 제 방으로 쏙 들어가 버리고 나만 남았다. 조마조마한 마음을 안고 현관문을 조심스럽게 열었다. 맨 먼저 눈에 들어온 건 아저씨 딸이 그 2주 남짓 되는 기간에 우리가 음식을 담아 갔다 줬던 접시를 수북이 들고 있는 모습이었다. 아저씨가 말문을 열었다.

"안녕하세요. 저, 현호네 그릇 없지 않아요? 우리한테 그릇이 다 와 있어서……."

"맛있었어요. 잘 먹었어요. 빨리 드렸어야 했는데……."

그러면서 배시시 웃는 얼굴이 그렇게 예쁠 수가 없었다. 접시를 받은 나를 보며 아저씨도 딸과 함께 웃었다.

"현호 엄마, 보기보다 음식 잘하시네요."

"저 음식 괜찮죠? 먹을 만하셨죠?"

"네, 정말 잘 먹었어요. 음식 솜씨가 대단하시네요."

"보기보다요?"

"네? 허허허……."

멋쩍게 웃은 아저씨가 머리를 긁적긁적하더니 이거요, 하고는 손에 들고 있던 걸 불쑥 내밀었다. 검은 비닐봉지였다.

"어? 이게 뭐예요?"

"그렇게 얻어먹었는데 사람이 염치가 있어야죠. 근데 우린 음식 하는 집도 아니고, 별거 아니지만 이거……현호 먹이세요."

쭈뼛쭈뼛 비닐봉지를 건넨 아저씨는 딸과 함께 아래층으로 후다닥 내려가셨다. 무언가 싶어서 집안에 들어와 펼쳐 보니 과자가 한가득 들어 있었다. 그 순간, 얼마 전 회식을 끝내고 집으로 올 때가 생각났다.

한밤중에 골목 옆에서 누군가가 박스를 부스럭거리며 모으고 있었다. 자세히 보니 202호 아저씨였다. 그때는 막연히 새 일거리를 찾으셨구나, 생각만 하고 넘어갔다. 재활용 박스를 하루종일 모아도 4천 원이면 많이 받던 때였다. 봉지 안에 들어 있는 과자를 탁자 위에 쏟아놓고 보니 2만 원어치는 족히 될 것 같았다. 먼지를 마시면서 고생한 아저씨의 일주일이 그 안에 꽉꽉 담겨 있었다.

마음이 짠해서 그 과자 더미를 보고 있으려는데, 방에 있던 현호가 문을 빼꼼히 열고 내다보더니 쪼르르 나왔다.

"어, 엄마! 이거 내 거지! 먹어도 되지? 내가 좋아하는 과자가 무지 많네!"

과자를 먹을 때는 항상 딱 한 봉지씩 먹게 했는데 눈앞에 과자가 수북이 쌓여 있으니 기쁠 만도 했다. 먹으라고 허락해 줬더니, 웬걸. 한 봉지씩 줄 때는 그렇게 아껴서 먹더니 과자가 좀 있다고 한껏 사치를 부리면서 먹어댔다. 이거 한 입, 저거 한 입, 뜯어놓고선 맛없다고 팽개치고, 또 다른 거 뜯고……. 그 순간 내 아이지만 울컥했다.

"야, 이현호! 너 지금 이 과자가 얼마짜리인지 알아? 어? 이거 세상에서 제일 비싼 과자야. 근데 네가 이 과자를 이렇게 먹어? 너 이거, 남는 거 네가 돈 낼 거야? 너는 되게 행복한 애야. 엄마도 그렇고. 그러니까 알뜰하게 먹어. 부스러기 흘리지 말고, 남기는 거 하나 없이 고맙게, 맛있게 먹어. 알았어, 이현호?"

"……네."

"주워 먹어도 돼. 아까 청소했어."

그 일이 있고 난 후 뭉클함이 채 가시지 않았을 무렵, 밤 11시쯤 되는 시각에 일하고 계신 아저씨를 만날 기회가 있었다. 편의점에 들러 박카스 한 병을 사서 아저씨에게 드렸다.

"드세요."

"아니, 뭐 이런 걸 다……."

박카스 한 병, 캔커피 한 잔. 나란히 들고 앉아 이야기를 나눴다.

"일 새로 시작하신 거예요?"

"이거, 생각보다 쉽지가 않네요. 마음은 뭐라도 해야겠지 싶어서 시작했는데……."

겸연쩍은 웃음이 아저씨의 얼굴에 번졌다.

"아저씨."

"응?"

"웃으니까 되게 미남이세요. 그동안 몰랐어요. 세상 모르는 젊은 친구가 건방지다고 들으실 수도 있을 것 같은데, 이건 저희 엄마 말씀이에요. 살다 보면 좋을 때보다 힘들 때가 훨씬 더 많고, 살고 싶을 때보다 죽고 싶을 때가 훨씬 더 많다고요. 그래도 웃고 사는 게 좋아요. 매일 인상 찡그리면서 살면 나도, 보는 사람도 힘들잖아요. 근데 사실 이거 가르쳐준 우리 엄마는 잘 안 웃어요. 대신 그렇게 가르침을 받은 제가 잘 웃고요. 저 잘 웃죠?"

"예, 현호 엄마 정말 잘 웃어요. 밝아서 좋아 보여요."

"아저씨도 웃으니까 이렇게 잘생기셨잖아요. 웃고 사세요."

내 이야기를 듣고 있던 아저씨가 머뭇거리더니 속사정을 털어놓기 시작했다.

"내가 그동안 이사를 많이 다녔어요. 근데 단 한 번도 이웃이랑 말을 해본 적이 없어. 이웃도 우리한테 관심이 없고, 우리도 이웃이랑 얘기하고 지내는 게 별로 필요 없다고 생각했고. 이웃이랑 얘기한 게 현호 엄마가 처음이에요."

"그러니까 애들한테 인사도 좀 하고 다니라고 그러세요. 우리 아들이 물어 보잖아요. '저기 형이랑 누나는 내 인사 안 받아 주는데 맨날 인사해야 돼?' 그러니까 애들한테 인사 좀 받아 달라고 말씀해 주세요."

"알았어요. 고마워요. 아마 우리 한 달 후면 계약 기간이 끝나서 또 이사갈 겁니다. 그래도 현호 엄마는 어딜 가도 못 잊을 것 같아요."

아저씨와 담소를 나눈 다음에도 뭉클한 일은 또 있었다. 주말에 외출하려는데, 202호 학생들이 우산 없이 등교했던 모양인지 비를 맞고 서 있었다. '비도 맞아 추울 텐데 왜 안 들어가고 서 있지?' 생각하면서 막 나가려는데, 학생들이 고개를 꾸벅 숙이는 것이 아닌가.

"안녕하세요~ 현호야, 안녕?"

그랬다. 그 여학생은 주룩주룩 내리는 빗줄기 속에서 나와 현호에게 인사하려고 기다리고 있었던 거다. 남매는 부끄러운 듯 웃으면서 인사하고 나서 집안으로 들어갔다.

'아저씨가 이야기를 하셨구나.'

그렇게 생각하자 빗속에서도 마음이 따스해졌다. 예정대로 아저씨네 가족은 한 달 뒤에 이사를 갔다. 나도 이사를 하고, 유학을 다녀오면서 아저씨와 연락을 주고받을 틈이 없었다. 하지만 그 인연은 아직까지도 내 삶에 깊숙이 남아 있다. 202호 식구들과 만난 뒤로는 재활용 아저씨들을 보면 습관적으로 얼굴을 확인하는 버릇이 생겼다. '혹시 202호 아저씨가 아닐까?' 하는 마음이 들어서.

다른 후일담이 있다. 일이 다 정리되고 나서 어머니에게 연락을 드려 말씀하신 대로 했다고 하니 크게 티는 내지 않으셨지만 참 기뻐하셨다.

"잘했다, 애. 그건 널 위해서도 잘한 거야. 살면서 화나고 힘들 때가 있어도 그럴 때일수록 마음을 조금만 더 넓히고 키워."

그 '마음'이라는 건 옷처럼 44, 55, 66 같은 정해진 사이즈가 없나 보다. 어떨 때는 콩알만큼 작아졌다가, 어떨 때는 고래만큼 커지고. 그렇지만 늘었다 줄었다 하는 그 탄력적인 '마음'의 주인은 결국 나다. 가끔 힘들고 짜증나는 일, 남에게 울컥하는 일을 맞닥뜨릴 때마다 곱씹는다. 이럴 때일수록 마음을 더 넓히자. 이럴 때일수록 마음을 더 키우자.

　이런 '마음 기르기'의 마음가짐을 얻는 데는 적지 않은 시간이 걸렸다. 그것도 곁에서 어머니가 지속적으로 나를 붙잡아 주지 않으셨다면 불가능했을 것이다. 어머니는 나에게 고기를 잡을 때 해야 할 복장, 사용할 미끼, 좋은 낚싯대, 목이 좋은 장소를 꼬치꼬치 알려주시진 않는다. 대신 어떻게 해야 좋은 고기를 잡을지, 어떤 식으로 낚싯대를 드리워야 좋은지 내 스스로 생각하게 만든다. 내게 둘도 없이 든든한 멘토가 아닐 수 없다.

과자 한 조각도 나눠 먹기

아이를 키울 때 가장 중요하게 여겼던 건 무엇보다 사회성과 배려심이었다. 우리 아이는 꼭 사람들과 재미있게, 더불어 살 줄 아는 성격으로 키우자고 다짐했다. 그 때문에 집에는 주중·주말을 가리지 않고 현호의 친구들이 자주 드나들었다. 한두 명이 아니라 여러 명이 찾아와서, 마치 어린이집을 방불케 했다.

어렸을 때엔 다 그렇지만 정말 사소한 일로도 자주 싸우는 걸 볼 수 있다. 현호가 네다섯 살쯤 되었을 때의 일이다. 그날도 친구들과 놀다가 느지막이 들어오겠거니 하고 설거지를 하고 있는데, 갑자기 문이 열리는 소리가 들렸다. 웬일로 이렇게 일찍 들어왔나 궁금하기도 했지만 평상시와 다르게 표정이 어두운 게 마음에 걸렸다.

"안 놀고 벌써 들어왔어?"

"……친구랑 싸웠어."

"친구랑?"

듣자 하니 같은 아파트에 살고 있는 친구와 놀았는데, 그 친구가 화가 나서 먼저 가버렸다는 거였다. 싸움의 발단은 현호가 갖고 있던 과자였다. 과자를 막 뜯었을 때나, 우유나 요구르트를 깠을 때는 곧잘 나눠 먹던 아이가 과자가 딱 한 개 남자 욕심이 났던 모양이다. 당시 아이들이 무척 좋아하던 과자이기도 했다. 과자를 친구와 나눠 먹다가 딱 한 개가 남자, 재빨리 선수를 쳤단다.

"어, 과자가 딱 한 개 남았네?"

그러곤 친구가 뭐라 말하기도 전에 손을 잽싸게 뻗어서 한입에 톡 털어넣었다는 것이다. 그러니 친구가 울고불고 난리가 날 수밖에.

"히이잉…… 나도 그 과자 좋아하는데!!"

눈물을 뚝뚝 흘리는 친구를 앞에 두고 우리 아들 가라사대.

"내 거야. 내가 뭘 잘못했다고 그래? 내 거야. 왜?"

아들은 아들대로 제 딴에는 맞는 말을 했는데 친구가 울면서 집으로 가버리니까 기분이 상한 것 같았다. 어떻게 해야 현호에게 이 상황을 이해시킬 수 있을까, 생각하다가 말을 걸었다.

"너 왜 그랬어?"

"엄마, 알잖아. 여러 개 있을 때는 나 친구들하고 나눠 먹어. 하나 남았을 때는 내 건데, 그거 딱 하나 남은 거 먹은 게 뭐가 잘못이야?"

"그래. 네가 잘못한 거 없어. 잘못하지 않았어. 그 과자 네 거 맞아. 하나 남았을 때 네가 먹을 권리 너에게 있는 거 맞아. 맞는데 현호야. 네가 잘못한 건 아닌데, 그래서 너 지금 기분 좋아? 너 제일 친한 친구가 울고 가고, 다시는 안 온다고 하면서 울었는데 기분 좋아?"

"당연히 안 좋지!"

"그래. 잘못한 건 아니지만 그보다 더 중요한 건 지금 네 기분이 안 좋다는 거야. 그렇지?"

"…… 근데 그래도 내가 잘못한 건 아니잖아."

"그치. 맞아. 그럼 기분 나쁜 건 좋아?"

"아니, 안 좋아. 그래도……."

우물거리는 현호를 소파에 앉히고 잠깐 생각을 정리하도록 놔뒀다. 그러고는 현호 방으로 들어가서 현호가 좋아하는 과자를 딱 하나만 들고 나왔다.

"이 과자, 방에 있더라. 같이 나눠 먹자."

"응!"

얼굴이 조금 편 현호 앞에 딱 한 봉지 남은 과자를 놓자마자, 나는 눈을 휘둥그렇게 뜨고는 말했다.

"어! 이거 엄마가 완전 좋아하는 과자네?"

그러곤 과자 봉지를 탁 낚아채서 쭉 뜯고는 입안에 과자를 털어넣었다. 당연히 현호는 엉엉 울고불고 난리가 났다.

"엄마! 왜 그래?"

"나도 좋아하는 과자야. 내 거야."

"엄마, 어떻게 그럴 수가 있어! 하나 남았는데 나한테 말도 안 하고……!"

"야, 너 지금 기분 어때. 완전 나쁘지? 거봐. 너 아까 친구랑 둘이 있었을 때 그 과자는 네 거야. 하지만 지금 엄마랑 너랑 둘이 있을 때 네 거는 엄마 거야. 엄마가 돈 주고 샀잖아. 그리고 엄마도 이 과자 되게 좋아해. 그렇게 따지면 이 집 주인은 엄마야. 네가 아니라. 그런데 지금 여기서 중요한 건 과자 주인이 엄마인 게 아니라 네가 기분 나쁜 거잖아. 그리고 엄마도 네가 기분 나빠하고 우니까 기분 안 좋아. 그래서 너도 아까 기분 안 좋다고 했지만 울고 간 네 친구는 기분 좋았을 거 같아? 그 친구 기분이 지금 네 기분이야. 지금 네 기분 어때? 기분 나빠서 울었잖아. 이해가 가?"

이야기를 다 들은 현호는 아직 울먹거리고는 있었지만 조용히 고개를 끄덕였다. 현호는 어렸을 때부터 나와 워낙 격식도, 거리도 없이 지내다 보니 관계성에 대해 받아들이는 게 빨랐다. 이번에는 다소 충격요법(?)을 쓰긴 했지만 의젓하게 귀를 기울이고 있었다. 그 야무지지만 아직 덜 여문 꼬맹이를 붙들고 차근차근 타일렀다.

"살아가다 보면 이게 옳다, 틀리다, 내 거다, 아니다보다 더 중요한 게 있어. 물론 그게 중요하지 않다는 건 아니야. 하지만 그것 못지않게 중요한 게 뭐냐면 서로 화나고, 슬프고, 누군가에게 상처 주고, 그래서 나도 기분 나쁘고. 이런 상황을 만들지 않는 거야. 여기서 한번 생각해 보자. 오늘과 똑같은 상황이 또 생길 수 있지 않겠어? 너 방금 전에 엄마가 하나 남은 과자 혼자 먹어 버리니까 기분 안 좋았지? 그럼 엄마가 어떻게 했으면 좋겠어? 한번 우리 둘이 생각해 보자."

이제 현호는 울음을 완전히 그쳤다. 눈가를 씩씩하게 닦더니 또박또박 대답했다.

"…… 방법이 있어."

"무슨 방법?"

"한 개 남은 건 나눠 먹으면 될 것 같아. 친구랑도 나눠 먹으면 되겠다."

"그래, 나도 그러는 게 좋을 것 같다. 앞으로 네 말처럼 과자 하나 남았을 때 나도 너한테 반 나눠 줄게."

현호는 고개를 끄덕거렸고, 나도 등을 토닥여 주며 대화를 마무리했다. 내 것, 네 것에 대한 독점욕이 강해질 시기, 누구나 한 번쯤은 겪어 봤을 '아이의 욕심'에 대한 이야기였다.

그로부터 얼마나 지났을까? 꽤 오랜 시간이 흐른 뒤 현호가 사촌동생을 만날 일이 있었다. 두세 살이나 되었을까 싶은 아기를 붙들고 현호가 무언가 조곤조곤 설명하고 있길래 무슨 소리를 하나 가만 들어 보았다.

"야, 이거 원래 내 건데 너도 이 과자 좋아하는 거 같으니까 내가 특별히 너한테 반 나눠 줄게."

그러면서 말도 제대로 못 하는 꼬맹이에게 내 것, 네 것, 기분 좋음, 기분 나쁨에 대한 설명을 유창하게 늘어놓더니 과자를 반으로 뚝 떼어 나눠 줬다. 그러자 아기는 과자를 손에 쥐고 까르르 웃었다. 현호도 마주 보며 씩 웃었다.

"너도 기분 좋지? 나도 기분 괜찮아."

그걸 듣고 살금살금 돌아 나와서 귀 밑에 걸리려는 미소를 참느라 혼났다. 나조차 내가 했던 말을 까맣게 잊었는데 현호는 내 말을 기억했을 뿐만 아니라 다른 아이에게 납득시키기 위해 설명해 주고 있었다.

그때 깨달았다. 아이들은 어른들이 생각하는 것보다 흡수하는 게 무척 빠르다는 걸. 그게 좋은 일이든 나쁜 일이든 마찬가지다. 그 뒤로도 비슷한 일이 있을 때면 현호는 늘 '너도 기분 좋고, 나도 기분 좋게'를 강조하며 하나 남은 과자를 나눠 주곤 했다. 이따금 현호와 함께 과자를 함께 먹으며 맨 처음 과자를 나눠 먹었던 그때를 떠올린다.

아이 키우면서 잘했던 점 두 가지

아이를 기르면서 부족한 점, 아쉬웠던 점, 후회되는 점, 잘못한 점이 많았다. 엄마도 사람이고, 사람은 완벽할 수가 없기 때문이다. 하지만 지금까지 아이를 키우면서 내가 잘했던 점 두 가지를 꼽으라면 이것만큼은 당당하게 말할 수 있다.

첫째, 아이와 자연스럽게 대화하는 시간을 가진 것, 둘째, 책 읽는 습관을 들인 것이다. 밤에 아이와 함께 잘 때 어두침침한 방에 스탠드를 켜놓고 항상 30분 정도 꼬박꼬박 수다를 떨었다. 그날 하루 있었던 일, 자기 생각, 내면의 이야기를 습관적으로 털어놓았다. 아이가 초등학교에 입학하고 난 뒤엔 길게는 몇 시간이고 이야기하다 도저히 안 되겠다 싶어서 내일 다시 이야기하자고 잠든 경우도 있었다. 이런 경험이 아이가 다른 사람들과 대화를 할 수 있는 기본적인 능력을 길러 주지 않았을까. 스탠드 불 아래서의 수다는 종목을 가리지 않았다. 그날 있었던 서운한 일, 재밌었던 일을 이야기할 때가 대부분이었지만 때로는 간단한 수학퀴즈를 내기도 했다. 현호가 지금 알고 있는 구구단·덧셈·뺄셈·곱셈·나눗셈·분수·소수 같은 개념은 모두 잠자리에 들기 전 스탠드 불 아래에서 배운 것이다. 대화를 나눌 시간을 가진다는 의미도 있었지만, 수학처럼 딱딱한 과목을 머릿속으로 상상하는 습관 자체를 길러주기 위해서였다.

약간 난이도가 있는 문제를 내면 현호는 이리 뒤척, 저리 뒤척 하면서 머릿속에서 열심히 계산했다.

"음…으음……."

"이번 건 좀 어려워?"

"엄마, 잠깐만."

문제가 어려워서 도저히 암산을 하지 못할 때면 벌떡 일어나서 불을 켰다. 그리고 제 방으로 쪼르르 가서는 공책을 가져와서 거기에 문제를 풀었다.

"엄마, 이것만 정리하고 잘게."

어려운 문제를 공책에 다 풀고 나면 현호는 뿌듯하고 후련한 미소를 지으며 잠자리에 들곤 했다. 그런 현호를 지켜보는 내 마음도 뿌듯하고 기특하긴 매한가지였다.

용돈을 관리하는 방식도 비슷하게 가르쳤다. 어느 날인가 현호가 내쪽으로 냉큼 돌아눕더니 눈을 동그랗게 뜨고 물어 왔다.

"엄마, 우리 집은 생활비가 얼마나 들어? 우리 집 자산은 얼마나 돼? 부채는? 엄마, 주식은 해?"

여태까지 TV에서, 책에서 보고 들은 금전적인 개념이 궁금했던 모양이다. 어린아이들의 경제 관념은 생각보다 꽤 일찍 잡히는 편이다. 질문은 꼬리에 꼬리를 물었다.

"우리 한 달에 돈을 얼만큼 써? 엄마 아빠 연봉은 얼마나 돼?"

"일단 한 달 쓰는 것부터 계산해 볼까? 엄마도 요즘 쓰는 게 조금 달라졌으니까 좀 따져 보자."

그렇게 불 꺼진 방의 침대에 나란히 누워서 스무고개 하듯 지출 품목을 주고받았다.

"너 한 번 얘기하고, 엄마 한 번 얘기하고, 그다음에 나온 금액들 암산하자. 기억하기 편하게 너는 네가 쓰는 돈부터, 엄마는 엄마가 쓰는 돈부터 얘기해 볼까?"

"핸드폰!"

"그래, 나도 핸드폰, 아빠도 핸드폰. 합쳐서 이만큼."

"전기세!"

"수도세!"

"도시가스비!"

"엄마, 쌀값은?"

"그건 할머니가 주시잖아. 쌀값은 빼고, 부식비 해보자."

"책값!"

"차 기름값!"

집에 자가용이 있었으니 기름값은 당연히 들어갔다. 하지만 현호가 모르는 또 하나의 비용이 있었다.

"차 세금! 현호야, 너 그거 알아? 자동차 있으면 거기 세금도 따로 낸다? 너 세금은 또 뭐 있는지 아니?"

"세금이 어떤 건데?"

그러면 또 세금에 대한 설명을 한참 한다. 현호가 알겠다고 고개를 끄덕거린 다음엔 또 생활비 이야기로 돌아가서 스무고개를 계속했다.

"지방세는 뭐야?"

"지방세? 으음…… 이건 설명하기가 좀 애매하다. 네이버에 물어 보자."

내가 확실히 모르는 건 검색 포털의 힘을 빌려 해결하고, 지방세의 개념을 현호가 알고 나면 다시 생활비 암산으로 돌아갔다.

"엄마, 잠깐잠깐. 이거 암산으로 안 될 것 같아. 공책에 좀 적어 보자."

품목별로, 금액별로 적어 나가며 암산을 하는 연습은 결코 지루하지 않았다. 오히려 재미있는 놀이였다. 어떤 때는 내가 미처 기억하지 못했던 걸 현호가 기억해서 추가하는 경우도 있었다.

"아! 맞다, 그게 있었지. 나 까먹었어. 너 똑똑한데?"

암산을 끝낸 최종 액수가 우리 가족이 벌어야 할 돈, 그중에서 적지 않은 부분을 차지하는 보험료·세금은 어떤 의미인지, 무슨 소용이 있는지, 꼬치꼬치 따지다 보니 어느 새 밤이 깊었다. 이렇게 머리를 맞대고 칭찬과 이야기를 계속한 기억이 구체적인 경제 관념의 토대가 되었다.

어느 날인가는 현호가 다소 색다른 경제 관념을 배워 왔다. 초등학교 3~4학년 때 있었던 일인데, 당시 TV 드라마 〈찬란한 유산〉에 이승기가 출연하고 있었다. 일요일에 그 드라마 재방송을 현호와 종종 함께 보곤 했다. 그때 이승기는 설렁탕집을 하는 할머니가 거액의 유산을 물려 주면 당장 가업을 매각하고 자기가 좋아하는 일을 하겠다고 외치는 배역을 맡고 있었다. 그날 밤 잠자리에 들기 전에 현호가 불현듯 말했다.

"엄마, 궁금한 게 있어."

"뭐?"

"엄마, 나는 거기 나오는 이승기처럼 그렇겐 안 할 거야. 그래서 지금 나 열심히 살잖아. 공부도 열심히 하고."

"그 얘긴 왜 하는데? 엄마 알아 달라고?"

"그건 당연한 거고. 엄마, 근데 궁금한 게 있는데……."

"뭔데?"

"엄마는 유산을 어떻게 할 거야?"

"그게 무슨 말이야?"

"아니, 유산을 자식한테 다 물려줄 거야, 아니면 사회에 다 환원할 거야, 어떻게 할 거야?"

〈찬란한 유산〉에서 이승기는 유산을 다 물려받길 원한 반면, 할머니는 유산을 사회에 모두 환원하려고 했다. 그걸 본 현호가 궁금증이 생긴 것이다. 과연 우리 엄마는 유산을 어떻게 할까? 초등학교 저학년에서 갓 고학년으로 올라간 아이가 그렇게 말하니 놀랍기도 했고, 한편으로는 기도 안 찼다.

"엄만 지금 이 질문을 너한테 처음 들어서 별로 생각해 본 적이 없어. 아직 뭐라고 얘기해야 할지 잘 모르겠는데, 오히려 이렇게 질문한 거 보니까 네가 이 부분에 대해서는 나보다 생각을 더 많이 한 것 같아. 그러니까 너부터 얘기해 봐. 네 말을 존중해 줄게. 네 생각은 어떠니?"

그랬더니 현호가 말하길.

"반은 사회에 환원할 거야."

"왜?"

"아니, 돈 벌고 그런 게 사회의 도움이 있었으니까 환원하는 것도 필요하지."

"그럼 반은?"

"반은 자식한테 주기."

"왜?"

"자식도 먹고살아야지."

"알았어. 네 생각이 뭔지 알았으니까 그 부분에 대해 정말 충분히 고민해서 결정할게. 지금 결정 안 해도 되는 거지?"

"응. 그냥 궁금했던 것뿐이야."

현호가 자기 생각을 다 이야기했으니 이번에는 내 생각을 현호에게 이야기해 줄 차례였다.

"근데 현호야, 알려줄 게 하나 있어."

"응? 뭐?"

"엄마는 있잖아, 네가 하는 그 고민을 할 수 있는 수준이 됐으면 좋겠어. 근데 지금은 있잖아, 너한테 빚을 안 물려주려고 엄마 아빠가 노력 중이야. 이 집 사면서 빚졌거든. 만일 네가 이 집을 물려받았는데, 알고 보니 빚이 반 이상이야. 넌 집 물려받았다고 좋아했는데 알고 보니 빚도 갚아야 되는 거지. 그러니까 지금은 엄마 아빠가 너한테 빚을 많이 안 물려주게 최대한, 설사 그게 널 교육하면서 진 빚이라고 해도 엄마 아빠의 몫으로 커버하려고 노력하고 살 거야. 이 빚 다 갚고 나면 그 문제에 대해 진지하게 생각해 볼게. 우리 상황이 그래."

"어, 응."

"그리고 이 참에 한마디 하자면 너 거기 나오는 이승기처럼 안 산다고 했지? 근데 너 대학 간다고 했잖아. 근데 대학은 현호야, 공부 잘해서만 갈 수 있는 게 아니야. 대학 다니는 데도 돈이 들어. 학비부터 시작해서 책값, 그리고 너 학교 가면 밥 안 사먹는 줄 알아? 집이 항상 학교 옆인 줄 알아? 아니야. 그러면 전철이나 버스를 타야 돼. 그뿐이야? 학교 가서 하루종일 굶진 않잖아? 그럼 밥 사먹어야 돼. 이 모든 게 다 돈이야. 근데 지금 형편으로는 너 대학 등록금을 포함해서 다 해줄 수 있다고 예상하곤 있지만 만에 하나 엄마 아빠가 정말 열심히 일했는데도 안 된다고 하면 어쩔 수 없이 대학 못 가는 거 아냐? 만에 하나 그럴 수도 있는 거 아냐? 그렇잖아?"

"어, 그럴 수도 있겠네?"

"야, 그럼 내가 너 같으면, 너 아직 초등학교 4학년이잖아. 대학 가려면 몇 년 남았잖아? 너 지금 할머니한테 용돈 받고, 엄마 아빠한테도 용돈 받잖아. 네가 정말 대학 가는 게 목표라고 생각한다면, 만에 하나 있을 수 있는 그때를 생각해서 조금이라도 돈을 모으겠다. 어때?"

"어, 그거 좋은 생각이야! 그럼 대학교 등록금 통장을 하나 만들어서 거기에 돈을 모을게. 명절이나 시험 잘 봐서 받은 용돈을 열심히 모을게. 엄마도 거기에 돈을 조금 넣고. 만에 하나 그런 일이 없어서 엄마 아빠가 학비도, 용돈도 다 해결해 줄 수 있으면 나 그 돈으로 여행 갈 수도 있고. 좋겠네! 모으자, 엄마."

그래서 지금까지도 중학교에 막 올라간 아들이 대학교 등록금을 모으고 있는 중이다.

잠자리에서 나눴던 유산에 대한 대화, 그것도 드라마에서 보고 배운 단어 하나로 우리 아들은 대학교 등록금 통장을 만들기에 이르렀다. 다른 사람들이 보기엔 어이없을 만큼의 주제 비약이지만, 나와 아들 사이에서는 흔히 있는 자연스러운 일이다. 친구들끼리 농담따먹기를 하다 보면 사회와 정치를 넘나드는 토론의 장이 벌어지는 것과 원리가 비슷하다고 하겠다.

두 번째로 잘한 일이라고 생각하는 것은 책 읽는 습관을 들인 것이다. 그 과정을 이야기하려면 먼저 아들과 어떤 대화, 어떤 놀이를 했는지부터 풀어 나가야 한다. 아이와 대화하는 기법, 표현하는 방법은 생각하는 것 이상으로 굉장히 중요하다. 아이를 키우는 엄마들끼리, 학부모들끼리 모이는 날에 이야기를 나누다 보면 비슷비슷한 주제로 흘러가게 마련이다. 그럴 때마다 엄마들은 무릎을 치면서 탄복하기도 하고, 왜 그때 그러지 못했나 아쉬워한다.

"맞아, 나도 딱 그랬는데. 왜 그때 애한테 그렇게 말해 줄 생각을 못했지?"

"언니, 나도 애한테 그렇게 말해야겠다."

"그렇구나. 그렇게 이야기하면 애도 반발하지 않고 잘 알아들을 것 같아. 그게 괜찮겠다."

모두들 마음은 같지만 표현하는 방식에 익숙지 않아서 실수를 저지른다. 만일 애가 시험에서 1등을 해서 왔다고 가정해 보자.

1. "어, 잘했어."
2. "어? 뭐야, 너 1등 했어? 우와! 세상에, 우리 ○○가 1등을 했단 말이야! 축하해! 엄마 정말 기쁜 완전 좋아! 너도 기쁜 좋겠다, 그지? 오늘 뭐 해줄까? 응?"

분명히 차이가 난다. 말을 아끼고 칭찬을 아껴서 좋을 때도 있고, 나쁠 때도 있지만 최소한 아이에게 칭찬은 아끼는 게 아니다.

오히려 아껴야 할 것은 내가 울컥하는 감정들이다. 순간 욱해서 내뱉는 말들은 남기는 게 없다. 내뱉은 말이 남기는 게 있다면 상처와 앙금뿐이다. 아이가 시험에서 좋지 않은 성적을 받아왔을 때 기분 좋은 엄마들이 어디에 있을까? 그렇지만 한 번은 참아 보자.

1. "야, 너는 맨날 실수하냐? 맨날? 안다면서, 아는 걸 맨날?! 으휴!!"

2. "그래. 실수하면 누구나 다 섭섭하지. 너 실수 많이 해서 기분 안 좋겠다. 다음 번에는 실수 안 하게 우리 같이 생각해 보자. 엄마가 너 기분 안 좋으니까 위로해 줄게. 뭐 해줄까? 소원 하나 얘기해 봐."

어차피 실수한 마당, 윽박질러 봐야 소용이 없다. 실수를 줄이는 데 도움이 하나도 되지 않을 뿐만 아니라 부모자식 간의 관계만 나빠진다.

사람은 누구나 자기가 힘들 때 위로받고 싶은 마음이 있다. 비록 잘되라고 모질게 말한다지만, 그 상황에서 당장 받아들이는 사람의 입장에서는 결코 그렇게 느끼지도 않고, 잘 되지도 않는다. 이번이 딱 한 번만 있는 기회가 아니잖은가? 때로는 아이의 실수에 너그러워지는 법도 배워 보자.

나와 현호가 항상 이렇게 서로의 감정을 존중하고, 그때그때 떠오르는 말을 툭툭 내뱉지 않으려 주의하면서 지내다 보니 다른 사람들의 눈에는 참 특이해 보이는 모양이다.

"애가 나이답지 않게 쿨하고 긍정적이야."

쿨하면서 긍정적이라는 말을 한꺼번에 듣기도 참 쉽지 않다. 그래도 현호는 가는 곳마다 어른들에게 그런 소리를 듣는다.

우리의 쿨하고 긍정적인 관계를 더욱 돈독하게 해주는 건 앞서 말했듯이 재미있는 놀이다. 현호가 초등학교에 입학한 후, 방학 때가 되면 항상 방학 커리큘럼을 짰다. 다음 학기 예습? 다음 학년에 무사히 적응하기 위한 공부? 우리가 짜는 커리큘럼엔 공부의 'ㄱ'도 들어가지 않았다.

'어떻게 하면 재미있게 놀 수 있을까?'

'누구랑 놀면 재밌을까?'

커리큘럼은 전적으로 아이가 재미있게 놀 수 있는 생활에 초점을 맞췄다. 현호가 내 여러 가지 모습 중에서 제일 좋아하는 면도 이와 일맥상통한다. 현호는 재미있게 놀 수 있도록 해주는, 좋은 친구들과 함께 여행하도록 해주는 엄마를 무척 좋아한다. 1박2일 생일파티, 3박 4일 여행을 치르고 나면 엄마가 최고라고 엄지손가락을 연신 치켜든다.

아이와 친해지려면 엄마가 해주는 모든 일이 재미있어야 한다. 재미있지 않으면 아이들은 흥미를 느끼지 못하고 자연스럽게 멀리하게 된다. 본인이 공들여서 접근하고, 아이가 잘 되라는 마음에 여러 가지 공부 방법이나 학원을 소개해도 아이가 시큰둥하다면 소통 방법을 바꿔보는 것이 좋다.

아이와 하는 놀이는 거창한 게 아니다. 내 경우엔 짜투리 시간을 활용한 사소한 놀이를 자주자주 바꿔 가며 했다. 병원이나 시장을 오가는 짧은 시간에도 끝말잇기·덧셈·뺄셈·나눗셈·곱셈 놀이를 했다.

차를 타고 멀리 여행 갈 때 고속도로가 심하게 정체되어도 우리는 지루할 틈이 없었다. 이 놀이를 할 때면 다른 자동차 번호판에 현상금처럼 용돈이나 쿠폰을 발행했다. 예를 들면 이런 식이다.

"숫자 다 더해서 20!"

내가 이렇게 외치면 현호는 번호판에 있는 4개 숫자를 다 더했을 때 20이 되는 차를 찾는다. 번호판을 찾으면 용돈도 100원씩 더 받으니, 신이 나서 번호판을 찾을 수밖에. 차가 막힐 때만큼 짜증나는 일이 없지만, 이런 놀이를 하면 시간 가는 줄 모른다.

요즈음엔 그래도 어느 정도 컸다고 덧셈이 아니라 곱셈을 적용한다. 4728처럼 앞의 두 자릿수를 곱해서 뒤의 자리가 되는 경우, 2204처럼 더해도 곱해도 뒤의 자리가 되는 경우, 조금 더 난이도를 올려서 2308처럼 제곱수의 개념을 적용시킨 경우 등 다양하게 응용하는 것이다. 이 놀이에 다들 익숙해지다 보니 현호뿐만 아니라 현호와 함께 다니는 조카, 반 친구들, 동네 친구들까지 번호판 놀이에 심취했다.

이런 다양한 놀이 가운데서 단연 고차원적인 종목은 바로 '서점 가는 동안 자기소개 하기'다. 학교에서 독후감 숙제를 내거나 학원에서 필요한 문제지를 살 때면 현호와 함께 서점에 가는데, 그럴 때 현호는 내게 이런 말을 하곤 한다.

"엄마, 나 만화책 사고 싶어."

아무래도 만화책은 일반 책하고는 성격이 좀 다르다 보니 덥석 사주는 편이 아니다. 시험 성적을 잘 받거나, 칭찬 받을 일이 생겼거나, 아니면 생일처럼 특별한 날 사주곤 했다. 기본적으론 그랬지만 일상적으로 만화책을 사고 싶을 때는 늘 서로의 합의 아래 구매를 결정했다.

"몇 권 정도 필요한데?"

"다다익선~"

"좋아. 그럼 한 세 권 정도로 하자."

"응, 그것도 좋지."

"자, 어떻게 할까? 한 권당 포인트가 5라고 하자. 포인트를 5점씩 채울 때마다 한 권 사줄게. 그러니까 집에서 서점까지 가는 길에 15점을 받으면 만화책을 세 권 살 수 있는 거야."

"어떻게 점수를 매길 건데?"

"네가 생각하는 너의 장점을 얘기해. 대신 조건이 있어. 엄마가 바로 수긍이 가면 오케이지만, 엄마가 수긍을 못 하면 네가 납득이 될 만한 설명을 해야 돼. 또 장점 말고도 네가 앞으로 고쳐야 할 것, 바꾸면 더 좋을 것도 얘기하는 거야. 그러니까 과거의 너, 지금의 너, 미래의 너에 대한 얘기를 한번 해봐. 네 이야기를 듣고 엄마가 포인트를 줄게."

"알았어 알았어. 빨리 시작해, 빨리."

현호는 조바심이 나는지 발을 동동 구르며 재촉했다.

"그럼 시-작!"

"음~ 나는 밝고 긍정적이야."

"어! 그래, 맞아. 인정!"

"나는 내가 틀린 것도 잘 받아들일 줄 알아."

"좋아, 인정!"

"으음~ 친구들하고 잘 지내."

"맞아, 그렇지. 인정!"

"난 속상한 일이 생겨도 친구들한테 화풀이 안 해."

"그런 면이 다 있었어? 좋아, 인정!"

"엄마가 기분 안 좋았을 때 설거지 해준 적 있었어."

"맞아, 그때 엄마가 고마웠어. 인정. 벌써 5점이네?"

사실대로 말하자면 포인트는 결국 다 못 채웠다. 집에서 서점까지는 꽤 먼 거리였는데도 15점을 다 모으지 못했다. 횡단보도 하나만 건너면 서점에 도착하는 상황이 오자, 현호가 제안을 하나 했다.

"엄마, 우리가 얘기를 조금 더 해야 하지 않겠어?"

"그래, 조금 더 하자."

"앗싸!"

시간을 벌기 위해 주로 횡단보도 많은 길을 골라 가며, 서점을 코앞에 두고 그 주변을 뱅글뱅글 돌았다. 나도 나중에 포인트가 다 쌓여 갈 즈음에는 속으론 인정했으면서도 일부러 설명을 요구했다.

"어? 이유가 뭐야? 설명 한번 해봐."

"엄마, 완전 까칠해진다?"

그런 식으로 '자기 이야기'를 할 수 있도록 유도했다. 현호의 과거·현재·미래에는 엄마 아빠도 있었고, 학교 선생님도 있었고, 친구들·할아버지·할머니도 있었다. 막바지에 가서는 조바심이 난 현호가 고집을 부려서 웃음을 터뜨리기도 했다.

"으으…… 맞다! 나 설거지 잘 하잖아."

"설거지 아까 했잖아?"

"아니, '잘' 한다고."

"야, 그러면 아까 너 긍정적이고 밝다고 했지. 그럼 긍정적인 거 1점, 잘한 거 1점, 명랑한 거 1점, 이러게?"

"음 뭐…… 듣고 보니 그러네. 알았어, 인정."

이런 대화 놀이는 현호가 생각하는 가족, 현호가 생각하는 엄마 아빠, 현호가 생각하는 행복, 세상의 모든 것을 바라보는 현호의 생각 위주로 이야기하도록 자연스럽게 이끌어 나갔다. 현호가 이 '포인트'를 써서 얻어낸 만화책이 집에 수백 권은 족히 있다.

사실 이 놀이의 원동력은 돈이다. 아무리 그렇다고 해도 돈 얼마 줄 테니 이야기해 봐라, 할 수는 없어서 형식을 약간 바꾸었다. 직접 용돈을 유인책으로 내걸지 않고 포인트를 환전하는 중간 절차를 둔 것도 내가 택한 방법 중 하나다.

현호에게 만화책을 흔쾌히 허락한 건 그만큼 일반 도서도 많이 읽기 때문이다. 아이에게 책 읽어 주는 일을 꾸준히 한 다음, 현호가 어느 정도 나이를 먹었을 때는 혼자 읽는 연습을 시켰다. 나도 일을 다니느라 바쁘고, 현호도 더 이상 꼬맹이가 아닌데 굳이 옆에 붙어서 책을 소리 내어 읽어 줄 필요가 없었던 것이다.

그런데 '아름다운 가게'에서 산 책들을 책꽂이에 잔뜩 쌓아둔 다음 혼자 읽으라고 시킨 지 얼마 지나지 않았을 때의 일이다. 책을 읽는다고 들어가더니 30분도 채 되지 않아 방 밖으로 나오는 것이 아닌가.

"왜 벌써 나와?"

"다 읽었어."

'30분 만에 책 한 권을 다 읽었다고?' 수상했지만 감시할 수도 없는 노릇이었다. 생각 끝에 현호를 붙잡고 이야기했다.

"현호야, 어떤 사람들은 TV를 아이에게 아예 보여주지 말라고 해."

"그런 어른들이 있어?"

"어, 소위 교육 쪽을 되게 많이 공부한 사람들 중에서 특히 좀 있어."

내가 워낙 진지한 얼굴로 말하자, 현호는 덜컥 겁을 먹었는지 우물 우물 작아졌다.

"엄…마도…그래…? 그럴 거야……?"

"아니, 그 얘기가 아니야. 현호야. 그 사람들이 왜 TV를 보여주지 말라고 하는지 그걸 얘기해 주고 싶은 거야."

"왜?"

"어린이들에게 제일 중요한 건 생각하고 받아들이는 거야. 그런데 그런 얘기 들어 봤니? 머리는 계속 써야지 좋아지고, 사람 마음도 계속 써야지 넓어지고 커진다는 것? 그런데 TV는 그런 생각을 안 하게 만들어. TV는 그냥 보고 끝이야. 사람들이 생각하는 습관, 좋은 습관을 많이 뺏는 거지. 그래서 많은 엄마들이 아이 잘 되라고 TV를 못 보게 한단다."

현호가 눈동자를 불안하게 굴렸다.

"그럼 엄마도 나 잘 되게 하려고 TV 못 보게 할 거야?"

"아니, 그래서 내가 너한테 제안을 하나 하려고."

"무슨 제안?"

"살다 보면 현호야, 맨날 좋은 것만 할 수가 없어. 나도 그래. 설거지 있지, 어차피 할 거 밥 먹자마자 바로 하면 냄새도 안 나고 보기도 좋지만 엄마 귀찮아서 쌓아 놨다가 한꺼번에 할 때도 있어. 너 알잖아? 그런 것처럼 항상 좋게만 할 수가 없어. TV도 이런 면이 있어. 그래서 너무 많이 보는 건 아닌 것 같아. 현호야, 너 몸이 아플 때 어디 가?"

"병원! 약 먹고 주사 맞고 엄마가 간호해 줘."

"그렇지. 사람이 몸이 아프잖아? 그러면 거기에 맞는 약을 먹고 치료를 받아. 그런 건데 사람은 두 가지가 아플 수 있다. 너 그거 알아? 마음이 아프고 정신이 아프다는 얘기 들어 봤어?"

"응응, 알아."

"마음이 아프고 정신이 아픈 거에 원인 제공을 하는 것 중 하나가 TV야. 왜? 생각을 안 하고 못 하게 만드니까. 근데 몸이 안 아프게 할 수는 없잖아. 대신 아플 때 병원 가고 약 먹으면 낫잖아. 그럼 마음이 조금 아플 때 치료를 할 수 있는 뭔가가 있으면 되겠지?"

"어, 맞아맞아!"

"그래서 하는 말인데, TV만 계속 보면 생각하지 않아서 결국 마음이나 정신이 아픈 병이 생길 수가 있어. 그래도 나한테 안 좋아도 TV를 보고 싶지? 이 부분에서 치료할 수 있고 도움이 되는 게 책이야. 독서야. 그래서 TV를 보지 말라는 얘기가 아니라, TV를 보면 지금 읽는 것보다 더 많이 읽었으면 좋겠어. 어떻게 생각해?"

"나 책 읽는 거 완전 좋아하지! 책 좀 더 사야겠다."

"그래, 알았어. 대신 무조건 많이 읽으면 얼마나 읽었는지 모르니까 규칙을 정하자."

"알았어, 엄마. 만화 한 편당 책 세 권 어때?"

"좋아!"

그 후 현호는 TV를 보고 싶을 때면 책을 먼저 읽었다. 그게 습관이 되다 보니 어떤 때는 급하게 와서 협상을 하기도 했다.

"엄마, 이따가 저 만화 봐야 하는데, 그러면 내가 책을 한 권밖에 못 읽어. 그러니까 한 권 먼저 읽은 다음에 TV 보고 나머지 읽을게."

"알았어, 오케이. 읽는 게 중요하지 뭐."

처음에는 순조롭게 예방이 되는 듯싶더니, 30분도 채 안 되어 책을 다 읽었다며 쪼르르 방 밖으로 나오는데 걱정이 안 될 수가 없었다.

'얘가 진짜 책을 읽었을까?'

무턱대고 의심하는 건 좋지 않지만 확인하고 싶은 마음이 점점 커졌다. 그렇다고 해서 이제 겨우 유치원생이 된 아이에게 독후감을 쓰라고 할 수도 없는 노릇이었다. 그러던 어느 날이었다.

"엄마, 왜 그렇게 표정이 안 좋아? 무슨 일 있어? 나한테 얘기해 봐."

내 표정이 시무룩하자 평소에 대화를 자주 하던 현호가 금세 알아차리고 온 것이다.

"아니야. 괜찮아."

"왜? 얘기해 봐. 우리 베프잖아. 나도 얘기하잖아. 이러면 나도 얘기 앞으로 안 할 거다? 엄마가 먼저 약속 깨는 게 어딨어?"

"알았어, 얘기할게. 사실 엄마가 모임에 갔는데, 거기서 옛날 동화책 얘기가 나왔거든. 엄마는 어릴 때 집도 가난했고, 외할아버지·외할머니가 독서가 중요하다는 걸 몰라서 책을 안 사줬어. 그래서 엄마는 전래동화·창작동화 정말 많이 못 읽어 봤어. 친한 친구들이 뭐라고 한 건 아니지만 그냥 슬펐어……."

"엄마 속상했겠다. 그럼 내가 엄마 도와줄게."

"어떻게?"

"엄마, 지금이라도 읽으면 되잖아! 내 책 빌려줄게, 그거 읽어."

'어, 이게 아닌데……'

잠시 당황했지만 재빨리 평정심을 가다듬었다.

"야, 네 책? 그거 내 돈으로 산 거야!"

"아니, 그러니까 엄마 돈으로 산 거니까 엄마도 아무때나 읽어!"

'……아!'

퍼뜩 좋은 생각이 떠올랐다.

"아니지, 현호야. 엄마도 마음은 그러고 싶은데 현호도 알잖아, 엄마 시간 없는 거. 밖에 나가서 맨날 일하고, 집에 와서 엄마가 소파에 앉아 있는 시간이 얼마나 돼? 집에 오자마자 장 보러 가고, 오자마자 냉장고 정리하고, 밥 하고, 식사 차리고, 설거지하고. 또 어떤 날은 다음 날 아침 준비하고, 너 목욕시키고. 몰라? 엄마 시간 어딨어. 피곤해 힘들고 지쳐 죽겠는데 책 읽으면 즐겁겠어? 아니지?"

"아~ 그럼 어떡하지?"

"네가 날 도와줄 수 있는 방법이 어디 없을까…."

"아! 그럼 이렇게 하자. 내가 책을 읽고 엄마한테 설명해 줄게. 엄마가 일하는 동안 들려줄 테니까 그걸로 사람들한테 얘기해. 엄마가 책 안 읽었다는 거, 사람들 아무도 모를 거야."

그때부터 집에만 들어가면 현호가 옆에 서서 종알종알 책 줄거리를 읊었다. 부엌에서도, 빨래를 꺼내러 세탁기 앞으로 갈 때도, 청소를 할 때도 내 옆을 졸졸 따라다니며 야무지게 지저귀었다.

"엄마, 오늘 얘기할 책 주인공은 얘고, 제목은 이렇고, 줄거리는 이래. 잘 듣고 있지? 이해돼? 잠깐잠깐, 나 한 대목이 생각 안 나. 잠깐만 기다려!"

그러곤 방안으로 들어가서 다시 읽고 나온 다음 줄거리를 설명해 줬다. 이 유쾌한 독서를 굉장히 오랫동안 했다. 몇 년쯤 지났을까, 현호도 이제 슬슬 머리가 굵어졌다. 여느 날과 마찬가지로 동화책 이야기를 다 한 현호가 진지하게 입을 열었다.

"엄마, 나 할 얘기 있어. 나 살~짝 의심이 들기 시작했어."

"뭔데?"

"처음에는 그런 생각을 안 했는데, 나 이제 컸잖아. 그러니까 엄마가 나한테 이거 읽어 달라고 한 거, 나 책 읽었나 안 읽었나 확인하려고 한다는 의심이 살~짝 들어."

'헉?!'

이럴 수가. 내가 의심하는 것처럼 현호도 의심할 수 있다는 걸 깜박하고 있다가 정곡을 찔렸다. 내 반응을 살핀 현호가 짐짓 어른스럽게 내 등을 두들겼다.

"괜찮아, 괜찮아. 이미 나 익숙해져서. 그리고 솔직히 이러는 거 우리 둘 다 나쁠 거 없잖아? 괜찮아."

"그래, 고마워 고마워."

"근데 엄마, 엄마 머리 완전 좋다? 나 되게 오랫동안 속았잖아?"

그래도 다행인 건 속아넘어갔던 현호가 괜찮다고 말해 줬다는 점이다. 아이에게 책 읽는 버릇을 들이겠다고 꾀를 썼는데 어느새인가 아이는 그 꾀를 꿰뚫어볼 만큼 무럭무럭 자랐다.

"엄마, 난 2등주의다"

나는 아이를 기르면서 단 한 번도 '1등을 하라'고 등을 떠민 적이 없다. 물론 1등을 하면 기분은 좋을 것이다. 하지만 1등을 하라는 이야기는 하기 싫다. 이런 나를 꼭 닮은, 아니, 어쩌면 나보다 더한 아들이 이런 이야기를 꺼냈다.

"엄마, 난 2등주의다."

"야, 무슨 소리야?"

"내가 곰곰이 생각해 봤는데 1등보단 2등이 나아."

"왜?"

"1등 하잖아? 그럼 엄마도 그렇고, 주변 사람도 그렇고, 선생님도 그렇고, 1등 하다가 2등 하면 잘했단 소리 못 듣잖아. 그럼 또 1등 해야 되고 그렇잖아? 근데 2등 하다가 가끔 1등 하면 칭찬도 되게 많이 받고, 용돈도 생기고, 좋은 거 아냐? 엄마, 난 2등이 좋아."

"나도 그래, 나도. 엄마도 항상 그랬어!"

"그래도 참 다행이야. 엄마는 '시험 공부 열심히 해라, 꼭 1등 해라' 그런 얘기 안 하잖아. 대신 잘하면 엄청 칭찬해 주잖아. 시험 못 봤다고 해서 혼내지 않잖아. 그건 우리 엄마지만 되게 좋은 점 같아."

"어, 참 고맙다. 칭찬해 줘서."

초등학생 때부터 아이들은 시험과 성적 스트레스를 받는다. 그 와중에도 현호는 자기 나름대로 스트레스를 덜 받고, 어른들에게 칭찬도 받을 수 있는 길을 용케 찾아냈다. 나는 아이가 시험을 볼 때마다 매번 강조한다.

"그건 네 인생이고, 네 공부야. 네가 중심이 돼서 해야 해. 도움이 필요하면 도와달라고 얘기를 해야지, 안 그러면 엄마는 몰라."

1등보다 더 중요한 건 내 아들이 1등이라는 자리에 스트레스를 받지 않는 것이다. 1등 해서 기분이 좋은 것보다, 그 자리를 유지해야 한다는 강박관념에 스트레스 받지 않았으면 한다. 1등을 하는 대신 스트레스를 심하게 받는다면 차라리 1등을 하지 않고 스트레스를 덜 받는 쪽이 낫다. 나를 위해서도 그렇다.

현호는 초등학교 5학년 때까지 학원 문턱을 밟아 본 적이 없다. 물론 태권도 도장이나 그 비슷한 취미 학원은 다녔지만 공부를 위한 학원은 전혀 다니지 않았다.

초등학교 1학년 2학기 때 이런 일이 있었다. 동네에 현호 또래인 딸을 키우는 친구가 있어서 집으로 놀러왔다. 아이 키우는 엄마들이 그렇듯이 안부를 확인하자마자 물어 본 질문은 이랬다.

"애, 너 현호 학원 어디 보내?"

"아니, 안 보내는데?"

"뭐? 학습지는 뭐 해?"

"아니, 안 해."

"뭐?!"

"아니다, 하나 있구나. 구몬 중국어는 지가 하고 싶다고 해서 끊어 줬어. 근데 하는 것보다 노는 게 더 많아. 그래도 비용 많이 드는 것도 아니고 자기가 하고 싶다는데 뭐."

그 말이 끝나자마자 친구가 심각한 얼굴로 일장 연설을 늘어놓았다.

"너 그러면 안 돼. 초등학교 1학년 때부터 공부 방향을 제대로 잡아야지 좋은 대학 가는 거야. 저학년 때 안 하면 고학년 때도 마찬가지라니까. 지금 안 잡으면 중학교 때 가서 어떻게 할 수가 없어!"

쉴 새 없이 퍼붓는 '조기교육 기관총'의 총탄 세례에서 나를 구한 건다름 아닌 현호였다. 우리 이야기를 듣고 있었던 모양인지, 방문을 빠끔히 열고 나와서 또박또박 말하는 게 아닌가.

"엄마 친구 ○○이 어머니. 제가 옆에서 다 들었는데요. 이런 말씀은안 드리려고 했는데, 그 얘긴 엄마랑 이미 다 끝난 얘기예요. 저희 엄마가 초등학교 저학년 때는 많이 놀아야 된다고 하셨고, 저도 그렇게 생각해서요. 엄마랑 얘기 끝난 지 오래됐으니까 그 얘기는 그만 해주세요."

조기교육의 중요성을 역설하던 친구는 한 대 얻어맞은 것처럼 멍한얼굴로 눈만 껌벅이고, 나는 그 옆에서 터져나오는 웃음을 참느라 혼났다. 현호가 한 말은 사실에 근거한 것이었다. 가족끼리 식탁에 앉아 투덜투덜 푸념하듯 이야기했던 걸 현호는 기억하고 있었다. 저학년 때 놀게 하는 건 맞았다. 대신 조건이 하나 붙었다.

"저학년 때는 그냥 놀게 해줘. 쟤가 뭐 한글을 못 읽어, 책을 못 읽어? 받아쓰기를 못해? 커서 맨날 입시경쟁이고 뭐고 가뜩이나 불쌍한데 뭐 하러 지금부터 그러려고? 야, 현호야. 저학년 때는 놀아. 대신 고학년 때는 너 알아서 공부해. 고학년 때 공부는 필요하니까. 약속해."

"응, 당연하지."

의기양양하게 손가락까지 걸었다. 현호가 내 친구에게 한 방 먹인 뒤로 시간은 쏜살같이 지나갔다. 현호가 초등학교 3학년이 됐을 때, 살짝 아리송했다.

'3학년도 저학년에 해당하는 거 아닌가?'

나는 그렇게 생각했는데, 주변에서 이만저만 성화가 아니었다.

"3학년이 무슨 저학년이야! 고학년이지."

"너 3학년 때까지 애를 놀린 거야? 미쳤어?"

그래서 3학년인 당사자에게 자문을 구했다.

"현호야, 너 엄마랑 한 약속 기억하지? 저학년 때는 놀고, 고학년 때는 공부하자는 거. 근데 3학년은 저학년이야, 고학년이야? 어떻게 생각해?"

"엄마, 초등학교 6년이잖아, 6년. 어? 그럼 123, 456, 반 딱 자르면 이렇잖아. 3학년 때까지는 저학년이야. 4학년 때부터 열심히 할게."

그 결과 3학년도 알차게 놀았다. 어느새 4학년이 됐다. 그랬더니 현호는 또 이런 주장을 내세웠다.

"4학년은 애매해. 보통 '고학년'이라고 하면 5, 6학년을 얘기하는 거잖아. 애매하니까 조금만 생각해 보자."

'조금만 생각해 보자'라는 게 1년이 됐다. 시간은 쏜살같이 또 지나 현호가 5학년이 됐다. 이제 더 변명할 것도 없겠다 싶어서 은근슬쩍 물었다.

"야, 5학년은 고학년 확실하지?"

"나도 알아. 근데 준비할 시간을 줘."

"그래, 알았어."

'준비할 시간'으로 한 학기 남짓을 까먹은 건 당연한 일.

"아~ 이제 5학년이 됐으니까 공부 좀 해볼까? 엄마, 이제 학원 좀 다녀야겠어."

긴긴 시간이 흘러 드디어 마음을 잡았나? 잠시 그렇게 생각했지만 그건 나의 착각이었다. 5학년이 되고 나니 주변 친구들이 전부 학원에 가서 같이 놀아 줄 친구가 없어 학원 생각이 났던 거다. 아무튼 학원 이야기를 꺼냈으니 나도 이야기해 둘 게 있어 자리에 앉혀 놓고 말을 꺼냈다.

"엄마는 너한테 먼저 이 학원 다녀라, 어디부터 다녀라 얘기하기 싫어. 네 공부니까 네가 마음먹은 시기에 마음먹은 학원에 가겠다고 이야기하면 학원비를 대줄게."

"응, 나 알아둔 학원 있어."

"오~ 훌륭한데?"

첫 학원에 야심차게 등록하고 나서 딱 두 달이 지났다.

"엄마, 내가 경솔했어."

"갑자기 그게 무슨 소리야?"

"학원을 그렇게 쉽게 결정하는 게 아니었어."

"그래, 알았어. 대신 엄마 말 잘 들어. 엄마는 너한테 무조건 기회를 주는 사람이 아니야. 그건 너한테 기회를 주기 싫어서가 아니라, 너에게 나쁜 영향을 줄 것 같으면 기회 주지 않을 거야. 학원비를 주는 것도 엄만데, 엄마 아빠가 놀면서 도와주니? 어? 너한테 필요하니까 하는 건데.

엄마가 제일 싫은 게 있어. 엄마 아빠는 네게 필요하다고 생각해서 돈 벌고 너한테 투자하는데, 너는 너대로 그 학원 다니면서 스트레스 받고 기분 나쁘다면 누굴 위한 학원이고 누굴 위한 투자지? 돈은 돈대로 쓰고, 너는 너대로 시간 낭비하고. 그럼 뭐 하러 해? 차라리 깔끔하게 엄마는 돈 쓰지 않고, 너한테 기대 안 하고, 넌 너대로 학원 다니지 말고 혼자 공부하는 게 낫지. 네가 그렇게 행동한다면 엄마 아빠를 존경하지도, 존중하지도 않는 거야. 엄마는 너한테 학원비를 썼다, 안 썼다 이전에 너한테 부모를 존경하고 존중하는 것부터 가르쳐 줄래. 그러니까 지금 네가 그렇게 스트레스 받고 가기 싫은 학원 이번 달까지 다니고 끊어. 이미 낸 거니까. 너무 싫으면 당장 안 가도 좋아. 엄마가 어렸을 때부터 해봤더니 공부는 특히나 억지로 해서 잘 되지 않아. 하지만 사람들이 다 공부를 좋아해서 하는 건 아냐. 엄마도 그랬어. 그런데 싫다 하더라도, 재미없다 하더라도 나한테 필요한 일이면 기꺼이 하는 거야. 그랬으면 좋겠어. 그리고 학원은 처음부터 그랬지만 억지로 다니라는 소리 안 해. 네가 정말 마음 다잡은 다음에, 그때 다시 다닌다고 하면 보내줄게. 하지만 그때는 책임을 져야 돼. 네가 중학교·고등학교 다닐 때까지 그걸 고마워하고 존중하는 법을 모르고 시간 낭비한다면, 대학 못 가는 것도 네 인생이야. 무조건 학원비 댈 생각 없어. 성적도 안 오르고, 스트레스만 받는데 뭐 하러 다녀? 네 인생인데. 네가 그렇게 시간 낭비하는 데 돈 쓰고 싶으면, 너 대학 간다고 모아 놓은 등록금 통장 깨서 네 돈으로 해. 그런 식으로 하면 어차피 대학 못 갈 건데 뭐 하러 모아?"

오랫동안 붙들고 한소리 하자, 현호는 묵묵히 듣고 있다가 알았다고 대답했다. 그렇게 한 번의 진통 이후 5학년 생활도 이전의 초등학교 생활과 별로 다를 바 없이 놀며 보냈다.

현호가 드디어 대망의 6학년이 되었다.

"후우……."

"무슨 일이길래 그렇게 땅이 꺼져라 한숨이야?"

"이제 진정한 고학년의 세계에 들어왔으니까 학원에 가야지."

이번에는 마음을 다소 달리 먹었는지 사전 조사도 꽤 꼼꼼히 하는 것 같았다. 친구들에게 어느 학원이 좋은지도 물어 보고, 친구들이 가장 많이 다니는 학원, 또 제일 가까운 학원을 다 알아본 다음 신중하게 결정했다. 그 학원은 아들이 중학생이 된 지금도 유쾌하게, 기분 좋게 잘 다니고 있다.

아이를 학원에 보내면서 이런 과정을 거치는 사람은 많지 않을 것이다. 항상 학원은 엄마가 알아보는 것이고, 아이가 아무리 싫다고 해도 보내는 문화가 어느샌가 단단히 정착하고 말았다.

만일 학원에 잘 다니던 아이가 어느 날 이런 말을 한다.

"엄마, 나 오늘은 학원 정말 가기가 싫어."

그러면 예상되는 대답은 대개 고함이거나 윽박지름이거나, 가슴을 쿵쿵 두들기면서 한숨을 쉬는 몸짓일 것이다. 하지만 우리 집은 조금 다르다.

"그래, 알아서 해."

앞서 이야기했듯이 그건 아이의 인생이기 때문이다. 학원도 학원이지만, 학교 쪽지시험이나 중간고사, 기말고사에서 좋은 성적을 받았을 때에도 칭찬하는 방식이 다르다.

"너 기분 좋겠다. 축하해. 그리고 고마워, 네 덕에 나도 기분이 좋네."

100점을 맞은 건 내가 아니라 그 아이다. 그렇기 때문에 가장 기분 좋은 사람도, 성취감을 가장 많이 느끼는 사람도 그 아이다. 나는 그 아이가 100점 맞은 행위, 그리고 그 아이가 내 아들인 덕분에 기분이 좋은 것이다. 만일 시험 점수가 안 나오거나 실수를 해도 무턱대고 혼내거나 지난번의 점수와 비교하지 않는다.

"이번엔 진짜 운이 없었어. 실수 안 할 수 있었는데."

"어떡하니? 너 속상하겠다. 사람들은 다들 살면서 실수해. 똑같은 실수는 계속 하는 것보다 안 하는 게 낫지. 하지만 노력하지 않으면 같은 실수 계속 하게 돼. 그게 싫으면 네가 노력해서 똑같은 실수 하지 마."

낮은 성적을 받았어도 그 성적으로 혼낸 적은 없다.

"너 기분 나쁘겠다. 위로해 줄게. 오늘은 특별히, 학원 가기 싫으면 가지 마. 뭘로 위로해 줄까?"

친구들끼리도 서운한 일이 있으면 들어주고, 위로해 주고, 맞장구쳐 주고, 기분 좋아지도록 맛있는 음식을 함께 나눠 먹는 것처럼 나와 아들은 그렇게 지낸다. 소위 '베프' 사이다.

"야, 너 속상하겠다."

"아, 엄마. 나 그거 완전 아는 거였는데! 왜 틀렸는지 몰라! 진짜 쉬운 건데 엄청 어이없이 틀렸어!"

"진짜 아쉽겠다, 속상하겠다. 나도 예전에 시험 볼 때 그럴 때 있었어. 너 오늘 기분 나쁜데 엄마가 어떻게 해주면 좋을까? 외식 한번 쏠까?"

"아 뭐, 그래 주면 나야 고맙지."

이렇게 시험 성적에 관해 야단치거나 잔소리하는 일은 없지만, 그래도 내가 간파하지 못하는 어떤 어려움이 있을까 봐서 물어 본 적이 있다.

"너 혹시 시험 스트레스 같은 거 있냐?"

"어? 난 그런 거 없어."

"솔직하게 말해 봐."

"엄마 알잖아. 나 솔직한 거."

"아무리 그래도 어떻게 시험 스트레스가 없냐? 시험에 관심이 없어?"

"에이, 그런 건 아니지. 시험 잘 치면 칭찬 받고, 못 치면 위로 받는 데 스트레스가 왜 있어?"

그 말을 들으면서 한편으로는 묵직하게 주저앉는 걱정이 하나 있었다. 이런 방법을 중·고등학교까지 계속 써도 과연 괜찮은 것일까. 우리 아들, 대학은 과연 갈 수 있을까? 나랑 제일 친한 평생 친구는 될 수 있겠지만 대학 못 가는 거 아닌가? 그런 현재진행형 고민이 함께한다. 아무리 친해도 엄마는 엄마만의 역할이 있어야 할 것 같은데, 우리 사이에는 아무래도 그런 벽이 전혀 없다 보니 말이다.

"기분 나쁘더라도
조금만 기다려 줘~"

살다 보면 부부끼리 의견이 달라 다툴 때가 있게 마련이다. 그런 모습을 아이에게 보여주지 말자고 생각은 해도, 막상 의견이 부딪히면 한바탕 싸우게 된다.

하루는 한참 다투다가 분이 다 풀리지 않아 씩씩거리며 거실로 나오니, 소파에 현호가 시무룩하게 앉아 있는 게 보였다. 엄마 아빠가 서로 싸우는데 어떤 자식이 풀죽지 않을 수 있을까. 설령 소리를 치지 않더라도 그 느낌은 분명히 있게 마련이다. 아이들은 뾰족하고 날카로운 싸움의 기척과 냉랭한 공기를 민감하게 느낀다.

"잠깐만, 잠깐 있다가 싸워."

이래선 안 되겠다 싶어서 남편에게 일단 휴전을 통보하고 현호에게 다가갔다.

"너 지금 기분 어때?"

"……왜? 좋아 보여?"

"아니. 너 기분 안 좋은 거, 엄마 아빠 싸워서 그래?"

"어, 그치. 그럼 기분 좋겠어?"

"싸워서 기분 나쁜 거 말고도 걱정돼서 그렇지? 불안해서, 두려워서."

"어."

"엄마 아빠 싸우다 이혼할까 봐 걱정돼서 그래? 그런 걱정 해본 적 있어?"

"그런 생각은 안 하지만, 그래도 걱정은 되지."

"싸울 수 있어. 너 친구들하고 놀든, 뭘 사먹든 하면서 싸울 때도 있고, 선생님에게 기분 나쁠 수 있는 것처럼 엄마 아빠도 사람이기 때문에 서로 의견 안 맞아서 싸울 때 있는 거야. 그런데 잘 생각해 봐. 여태까지 엄마 아빠 많이 싸운 건 아니지만 항상 어땠어? 싸운 뒤에는 항상 풀고, 다시 사이좋게 지냈지? 지금까지 안 그런 적 있었어?"

"아니, 없었어."

"그러면 앞으로도 어떨 것 같아?"

"싸우면 또 풀고?"

"그래. 싸우고 난 다음엔 반드시 화해하는 거야. 지금까지도 그랬고, 앞으로도 항상 그럴 거야. 그리고 네가 있는 이상 도중에 어떤 일이 생기든, 누가 어떤 잘못을 하든, 무슨 상황이 닥쳐도 네가 있기 때문에 엄마 아빠는 너 두고 이혼하지 않아. 그런 일은 더더욱 없어. 그러니까 조만간에 빨리 정리하고 외식하고, 사이 좋은 관계로 돌아갈 테니까 지금은 기분 나쁘더라도 조금만 기다려 줘. 그리고 네가 기분이 나쁠 수는 있겠지만 불안해할 필요는 없어."

"알았어. 그럼 빨리 싸움 끝내고 와. 내 방에서 만화책 보면서 기다
릴게."

그때 이후로 현호는 우리의 싸움에 불안해하거나, 기분 상해 한 적
이 없다. 우리가 현호가 집에 온 것도 모른 채 말다툼하느라 한참 정신
을 팔려 있을 때는 먼저 안방문을 열고 말을 걸기도 한다.

"둘이 뭐 해? 말다툼하는 거야? 의견 충돌? 알았어, 내 방에 가서 기
다릴게. 어차피 싸움 끝나면 외식할 거 아냐? 메뉴는 내가 정해도 돼?
빨리 끝내고 와."

그러곤 자기 방으로 간다. 싸움 중간에 현호의 쿨한 모습을 본 우리
는 이렇게 중얼거리고 만다.

"…… 빨리 끝내자."

"…… 그러자."

아들도 저렇게 쿨한데, 부모인 우리도 그 쿨함을 본받아서 얼른 싸움
을 끝내는 게 맞지 않을까, 그런 생각을 하며.